피아노살인

김성종 장편추리소설

이 책은 1985년 도서출판 明知社에서
최초 발행되었습니다.

이 도서의 국립중앙도서관 출판시도서목록(CIP)은
서지정보유통지원 시스템 홈페이지(http://seoji.nl.go.kr)와
국가자료 공동목록시스템(http://www.nl.go.kr/kolisnet)에서
이용하실 수 있습니다. (CIP제어번호: CIP2013006552)

피아노살인

김성종 장편추리소설

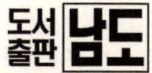

피아노살인

피아니스트의 죽음 ……………… 7
제 자 ……………… 25
형사 강무우 ……………… 45
비상계단 ……………… 69
왼손잡이 ……………… 95
팜플릿 ……………… 121
시한부 인생 ……………… 161
의 심 ……………… 195
비 오는 바닷가 ……………… 223
벽돌 조각 ……………… 241
모래섬 ……………… 264
사형수 ……………… 310
피아노 살인에 대하여 ……………… 346

피아니스트의 죽음

그 날은 바람 한 점 없는 따뜻한 날이었다.

베란다의 난간에 기대서서 빙판처럼 움직임이 없는 해면을 바라보고 있는데 조금 전 밖에 나갔던 아내가 헐레벌떡 뛰어 들어왔다.

"여보, 여보, 큰일 났어요!"

나는 그대로 바다를 보고 있었다. 바다에 떠 있는 배들도 움직이지 않고 있었다. 나는 모든 것이 정지해 있고 고요하다는 사실에 마음이 편안해졌다.

그런데 아내가 호들갑을 떨며 들어온 것이다. 아내는 꽤 시끄러운 편이다.

"여보, 여보, 이리 와 보래두요. 큰일 났어요!"

"왜 그래?"

나는 아내를 보지 않고 물었다.

갈매기 한 마리가 날개를 쭉 편 채 허공에 가만히 떠 있었다.

"아이, 이리 와 보래두요."

아내가 발을 굴렀다.

그것은 눈처럼 하얀 배를 가진 갈매기였다. 가슴 부분에는 검은 얼룩무늬가 있었다.

"사람이 죽었어요!"

갈매기가 날개를 접더니 밑으로 쏜살같이 떨어졌다.

"제 말 들으세요?"

갈매기는 수면을 차면서 다시 날아올랐다가 수평선 쪽으로 날아가 버렸다.

나는 거실로 들어가 소파에 앉았다. 그 날은 일요일이었다. 그래서 집에서 한가롭게 시간을 보내고 있었다. 나는 담배를 집어 들고 불을 붙였다.

"사람이 죽었다구요!"

아내는 내 맞은편 자리에 앉아 눈을 반짝이고 있었다. 나는 그녀 쪽으로 담배연기를 후 하고 내뿜었다. 아내가 그렇게 호들갑을 떠는 이유를 알 수가 없었다.

"사람 죽은 게 그렇게 대단한가?"

나는 중얼거리듯 말했다.

"이 아파트에서 죽었단 말이에요!"

"그래? 그럴 수도 있겠지. 여기도 사람이 사는 데니까."

사람은 누구나 죽기 마련 아닌가. 눈을 감으면 낮잠을 좀 잘 수 있을 것 같았다.

"그냥 죽은 게 아니라 살해됐다구요!"

나는 편안한 자세를 취했다.

"신문을 보라구. 매일 사람이 살해되고 있어. 사람이 사는데 살인 사건이 없을라구."

사실 살인 사건은 끊임없이 일어나고 있었다. 건수가 늘어나면 늘어났지 줄어드는 기미는 보이지 않고 있었다. 왜 그럴까? 나는 그 이유를 알 수 없었다. 문명의 발달로 살기는 점점 좋아지고 있다. 그런데 거기에 비례해서 살인 사건 또한 증가 일로에 있다. 문명이 발달함에 따라 인간들의 욕망도 그만큼 커지고 갈등 또한 심화되기 때문일까. 하여간 알다가도 모를 일이다.

"아이, 당신이라는 사람, 어쩌면 그래요!"

어이없다는 듯 잔뜩 볼멘소리로 그녀가 말했다. 나는 눈을 스르르 감았다.

"피곤한데…… 한숨 자야겠어."

"같은 동 사람이 살해됐는데 아무렇지도 않으세요?"

"우리 동이라고 사람이 살해되지 말라는 법이 있나."

"어머머머, 기가 막혀…… 아무리 남의 일이라고 어쩌면 그렇게 무관심이세요! 미림이 피아노 선생이 살해됐다구요! 바로 요 위층에 사는……."

미림이는 나의 외동딸이다. 나는 감고 있던 눈을 떴다.

"뭐라고? 다시 한 번 말해 봐."

"미림이 피아노 선생이 살해됐다구요! 그 여류 피아니스트 말이에요!"

나는 눈을 껌벅거렸다. 그리고 상체를 천천히 일으켰다.

"정말이야?"

"지금 밖에 야단났어요! 이리 와 보세요!"

나는 아내를 따라 뒤쪽 베란다로 가 보았다. 아파트 출입구는 뒤쪽으로 나 있었다. 내가 살고 있는 306동의 출입구는 모두 두 개로 우리 집 쪽 출입구는 오른편에 있었다.

그런데 바로 우리 집으로 들어오는 오른편 출입구 앞에 사람들이 잔뜩 몰려 웅성거리고 있었고, 순경들이 그들의 접근을 막느라고 진땀을 빼고 있었다. 사건은 우리 집 쪽 출입구로 들어오는 아파트에서 일어난 것 같았다.

"조금 전에 죽은 것을 발견했대요. 그 집 가정부가 문을 열고 들어가 보니까 글쎄, 그 피아니스트가 스타킹으로 목이 졸린 채 죽어 있더래요. 세상에 그럴 수가……!"

"자살한 건지도 모르잖아?"

"어떻게 스타킹으로 자기 목을 졸라서 자살해요? 목을 매달면 몰라도. 저기 저 여자 있지 않아요? 순경하고 이야기하고 있는 여자 말이에요. 그 여자가 가정부예요. 시간제로 일하고 있는 아줌마예요. 언제나 열두 시에 와서 다섯 시에 돌아가는데 한 달에 팔만 원 받고 일한대요."

눈에 띌 정도로 초라한 차림의 중년 여인 하나가 구경꾼들에 둘러싸여 있는 것이 보였다. 그녀는 눈물을 닦아내며 파출소 소장쯤 되어 보이는, 금테 두른 경찰관에게 무엇인가 부지런히 이야기하고 있었다.

"가정부도 아파트 열쇠를 하나 가지고 다닌대요. 피아니스트가 문 열어 주기 귀찮다고 열쇠를 가지고 다니라고 준 모양이에요. 피아니스트는 언제나 열두 시쯤 일어나 가정부가 해 주는 밥을 먹는대요. 아침 겸 점심이래요."

아내는 열심히 지껄이고 있었다. 나는 그녀의 말을 반쯤은 흘려듣고 있었다.

멀리서 사이렌 소리가 들려오고 있었다. 그것은 점점 커지더니, 이윽고 경찰 패트롤카가 아파트 단지 입구에 나타났다. 뒤이어 경찰 마크를 옆구리에 붙인 검은색의 미니버스와 앰뷸런스가 들이닥쳤다.

세 대의 차에서 여러 명의 사나이들이 뛰어내려 내가 사는 아파트 안으로 달려 들어가는 것이 보였다. 나는 그것을 보면서 약간은 어리둥절해 하고 있었다. 여자가 하나 피살되었다는데 그렇게 많은 사람들이 현장에 동원되었다는 것이 얼른 이해가 가지 않았다.

아내는 이미 밖으로 뛰쳐나가고 없었다.

구경꾼들은 더욱 많아지고 있었다.

내가 살고 있는 아파트 단지는 약 3천 세대나 되기 때문에 어마어마하게 클 뿐만 아니라 주민들 또한 많았다. 나는 거실로 돌아와 소파 위에 비스듬히 드러누웠다.

나의 딸 미림이도 구경꾼들 틈에 끼어 한참 호기심을 충족시키고 있을 것이라고 생각하니 나는 기분이 언짢았다. 아이들에게 그런 것을 보인다는 것이 나는 싫었다. 그러나 막을 수는 없는 노릇이었다. 너도 나도 뛰쳐나가 구경하고 있는 판에 그 애가 내 말을 듣고 집안에 틀어박혀 있을 리가 없는 것이다. 더구나 나는 내 딸애한테 꼼짝 못 하고 있었다.

깜빡 잠이 들었던 모양이다. 나는 누가 흔드는 바람에 눈을 떴다. 내 딸애가 나를 때리면서 훌쩍거리고 있었다.
"아니, 너 왜 우니?"
나는 일어나 앉으며 눈을 떴다.
"아빠, 바보……."
미림이는 더 크게 울었다. 어깨를 들썩이며 입을 딱 벌리고 서럽게 흐느낀다.
"미림아, 왜 그러지? 누구한테 맞았니?"
그러나 딸애는 대답대신 나를 마구 때렸다. 나는 딸을 끌어안고 어깨를 다독거려 주었다.
"아빠를 때리면 못써. 말해 봐. 왜 그러지?"
미림이는 못생긴 입술을 내밀고 나를 흘겼다.
"아빠, 바보. 피아노 선생님이 죽었는데 잠만 자고. 아빠는 바보야. 선생님이 죽었어! 죽었어!"
아이는 다시 울음을 터트리며 나의 얼굴이며 가슴을 닥치는 대로 마구 때렸다.

비로소 아이가 그렇게 슬퍼하는 이유를 알게 된 나는 적이 당황했다.

하긴 자기에게 피아노를 가르치던 선생이 죽었으니 마음이 여린 아이로서는 충격을 느낄 만도 했다.

"아이구, 이런…… 아빠가 바보 같은 짓을 했구나. 그래, 그래, 미안하다. 아빠는 머리가 아프고 좀 어지러워서 좀 누워 있었던 거야. 자, 울지 말고 아빠를 봐. 사실 아빠도 네 피아노 선생님이 죽어서 슬프긴 슬퍼. 하지만 어떡하니. 죽은 사람을 살려낼 수도 없는 거고. 슬픔이 가라앉으면 며칠 있다가 다른 선생님한테 배우도록 해. 내가 엄마한테 말해서 그렇게 하도록 할게. 알았지, 응?"

미림이는 울음을 그치고 안경 너머로 나를 빤히 쳐다보다가 다시 밖으로 뛰쳐나갔다.

딸애는 못생긴데다 병약하기까지 했다. 눈이 나빠 안경까지 끼고 있었다. 지금 열 살로 초등학교 3학년인데 제 또래 아이들보다 몸집이 작았고 공부도 못했다. 한마디로 모든 면에서 뒤떨어지고 있었다. 건강하고 미녀 축에 드는 아내를 닮았다면 그렇지는 않을 것이다.

아내가 하는 말에 의하면, 딸애는 나를 많이 닮아 그렇다는 것이었다. 나는 그것을 굳이 부인하지는 않았다. 딸이 아빠를 닮는다는 것은 당연한 이치 아닌가.

그처럼 병약하고 못생겼기 때문에 나는 딸애를 더욱 사랑했다. 건강하고 예쁘게 생긴 아이에 대한 애정은 다만 하나의 건강한 감정일 뿐이다. 거기에는 애틋한 감정이나 연민 같은 것은 없을 것이다.

딸애 미림이가 피아노 교습을 받기 시작한 것은 서너 달 전인 3월인가 4월부터였다. 물론 그 전부터 극성스럽고 부지런한 엄마의 등쌀에 쫓겨 여기저기 학원에서 피아노와 영어를 배우러 다니긴 했지만, 그 여자한테 피아노를 배우기 시작한 것은 불과 서너 달밖에 되지 않았다. 그러니까 그 여자가 이곳으로 이사오면서부터 그녀와 미림이의 관계가 시작되었다고 보는 것이 옳을 것이다.

아내는 그 여자를 처음부터 피아니스트라고 불렀다. 아내뿐만 아니라 이웃의 모든 여자들이 그녀를 그렇게 부르고 있는 것 같았다.

그 피아니스트의 등장은 요란스런 피아노 소리와 함께 시작되었다. 그러니까 그녀는 하나의 독특한 소리를 가지고 이 아파트 단지에 나타났던 것이다.

나는 그녀가 이사 오던 날을 지금도 분명히 기억한다. 그 날도 일요일이었기 때문에 나는 집에서 쉬고 있었다. 사람 사는 데는 어디나 다 그렇지만 일요일에 이삿짐을 보는 것은 아주 흔한 일이다.

그 날도 아내는 창가에 앉아 새로 들어오는 남의 이삿짐을 구경하고 있었다.

여자들은 살림살이에 병적으로 애착이 강해 남의 살림살이를 엿보기를 좋아한다. 남의 살림이 자기 것보다 못 하거나 별것이 아니면 아무 소리 안 하지만, 그렇지 않고 자기 것보다 월등히 낫거나 사치스러우면 질시와 부러움이 뒤섞인 눈으로 쳐다보면서 감탄을 연발한다.

그런 점에서 내 아내도 예외는 아니었다. 성격이 외향적이고 아주 활달한 아내는 자신의 느낌을 밖으로 드러내는 데 있어서 다른 여자들보다 더 노골적이면 노골적이었지 결코 못 하지는 않았다.

그 날도 아내는 연방 탄성을 터트리고 있었다. 새로 이사 오는 집안의 살림살이가 꽤나 사치스러운지 그 어느 때보다도 자주 탄성을 연발하고 있었다.

"어머머머, 저것 좀 봐요! 국산은 없고 물건이 전부 외제예요! 어머나, 저 화분 좀 봐요! 화분만 한 차가 넘어요! 세상에 저럴 수가……. 저 소파 좀 봐요! 전부 고급 가죽으로 됐어요. 어머나, 저 침대! 당신 신문은 이따 보구 저것 좀 보세요. 저것 좀 보고 당신 반성 좀 하세요. 침대만 해도 2백만 원이 넘겠어요."

아내는 남의 이삿짐에 멋대로 값을 매긴다. 이어서 그녀의 한숨이 흘러나왔다.

"나는 언제 저런 침대에서 한번 자 보지. 어머나!"

아내는 마침내 내 어깨를 주먹으로 쳤다.

"저것 좀 보세요! 그랜드 피아노!"

나는 하는 수 없이 고개를 돌려 밖을 내다보았다. 검은 색깔의 대형 피아노가 햇빛을 받아 무슨 괴물처럼 번쩍거리고 있었다. 그것이 곤돌라에 실려 우리 집 베란다 앞으로 천천히 올라가고 있었다. 베란다가 꽉 막히는 기분이었다.

"몇 호에 이사 오는 거지?"

"우리 집 바로 위예요. 805호예요."

805호라면 8층이다. 우리 집은 7층에 있었다.

아내는 자못 흥분해 있었다. 아내가 지금 몹시 흥분하는 것도 무리는 아니었다. 우리는 조그만 피아노 한 대도 아직까지 없었으니까.

아내는 이 아파트의 반장이었다. 그래서 누가 몇 호에 이사 오는지를 훤히 알고 있었다. 반장 말이 나왔으니 말인데, 아내가 반장 일을 맡게 된 것은 그녀가 똑똑해서라기보다 귀찮은 일을 서로가 맡지 않으려다 보니 자연 수다스러운 그녀에게 떠맡겨진 것이었다. 잘은 몰라도 부지런한 아내는 반장 일이 제격인지 열심히 뛰어다니는 것 같았다. 그리고 내가 퇴근해서 집에 돌아오면 그 날 일어났던 일이며 갖가지 소식들을 한꺼번에 쏟아내는 것이었다.

내가 살고 있는 306동에 피아노 소리가 울려 퍼지기 시작한 것은 그 피아니스트가 이사 온 그 날 저녁부터였다. 그 피아노 소리는 갑자기 주위의 모든 잡음을 압도하면서 모든 것들 위에 군림하려는 기세로 쾅쾅쾅 울려 퍼지기 시작했다.

그 전에도 다른 집의 피아노 소리가 들려오지 않은 것은 아니지만, 그것은 먼 데서 불어오는 바람소리 같은 미미한 소리에 불과해서 별로 부담이 된다거나 하지 않았다.

그런데 그랜드 피아노 소리는 확실히 달랐다. 쾅쾅쾅 할 때는 마치 해머로 천정을 두드리는 것 같았고, 창문이 덜덜덜 떨리기까지 했다. 바로 내 머리 위에서 두드려대기 때문에 그렇게 소리가 크게 들리는 것 같았다.

하긴 건설업자들의 잘못이 더 크다고 볼 수 있다. 아파트를 지으면서 방음 장치도 전혀 없이 엉성하게 지었으니 피아노 소리가 그렇게 생생하게 들릴 수밖에 없는 것이다.

하여튼 그 날 밤 나는 어리둥절한 기분으로 밤 늦게까지 천정을 바라보다가 가까스로 잠이 들었다. 밤늦게까지 피아노 소리가 들려왔기 때문에 그것이 그칠 때까지 기다렸다가 겨우 잠이 들었던 것이다.

그 때 내가 느낀 것은, 누가 피아노를 치는지는 몰라도 그 사람은 대단한 정력가임에 틀림없을 거라는 생각이었다. 몇 시간 동안 쉬지 않고 건반을 두드려댈 정도라면 웬만한 정력 가지고는 어림없을 것이기 때문이었다.

그런데 아내는 그 피아노 소리를 매우 적극적으로 받아들이고 있었다. 나처럼 어리둥절해서 잠을 못 자는 게 아니라 그 소리를 감상하기 위해 잠을 자지 않는 것 같았다.

"아, 역시 달라요. 그랜드 피아노니까 저런 소리가 날 거예요. 들어 보세요. 얼마나 힘차고 아름다워요! 저게 무슨 곡인지 아세요? 당신이 알 리가 있어요! 저건 차이코프스키 피아노 협주곡 제1번이에요. 얼마나 화려하고 웅장해요. 피아노 가진 집들, 이젠 창피해서 찍소리 못하겠어요."

아내는 고소해서 못 견디겠다는 듯 즐거워했다.

아내가 말한 차이코프스키 피아노 협주곡 제1번이란 것은 틀린 말이었다. 그것은 라흐마니노프 피아노 협주곡 제2번이었다. 그러나 나는 아내가 부끄러워할까봐 잠자코 있었다.

그 다음 날인가 저녁 밥상머리에 앉아서 아내는 이렇게 쏟아 놓았다.

"그랜드 피아노 주인공은 유명한 여류 피아니스트예요. 그 피아노 얼마짜린 줄이나 아세요? 자그마치 천5백만 원이에요. 독일제 슈타인웨이예요! 반장이라고 하면서 찾아가 봤지요. 글쎄, 안방에 들여놨는데 방 하나를 다 차지하고 있어요. 가구도 모두 최고급 외제뿐이에요. 국산은 눈을 씻고 봐도 찾아볼 수가 없어요. 당신 그 집에 한번 구경 가 보세요."

"거긴 뭐 하러 가?"

나는 좀 자존심이 상했다.

"당신 그 집에 들어가면 양주병 보고 입이 딱 벌어질걸요. 양주병이 글쎄 찬장 속에 하나 가득 들어 있어요. 피아니스트가 취미로 양주병을 모으는 줄 알았는데 가만 보니까 딱지도 떼지 않은 것들이에요. 술 한 잔 주기에 무슨 술인지도 모르고 받아 마셨더니 얼얼해서 혼났어요. 여보, 우리는 언제 그렇게 해 놓고 살죠?"

그 날부터 아내는 그 그랜드 피아노의 주인을 피아니스트라고 불렀다. 그래서 그 때부터 나도 편의상 덩달아 그녀를 피아니스트라 불렀다.

그녀의 이름은 오세란(吳世蘭)이라고 했다. 나는 생전 처음 들어 보는 이름이었지만, 아내는 그 이름을 익히 들어 알고 있다고 했다.

"아니, 오세란도 모르세요? 당신두 참……. 나 여학교 다닐 때 피아노 천재라고 해서 얼마나 떠들썩했게요. 굉장했어요. 저보다 세 살인가 아랜데, 그 애가 연주회를 가질 때는 표를 못 구해서 사람들이 야단법석이었어요. 국내에서 한참 날리다가 미국으론가 건너갔어요. 거기서 뉴욕의 무슨 유명한 음악학교에 다닌다는 소문이 나더니 곧 외국 남자하고 결혼했다고 했어요. 그 때 신문과 주간지에 얼마나 크게 보도됐다구요. 그런데 그 뒤로는 통 그 여자 소식을 못 들었어요. 바로 그 여자가 우리 아파트에 올 줄 누가 알았어요, 차암. 세상은 넓고도 좁죠? 하여간 오래 살고 볼 일이에요."

소녀 시절 아내의 꿈은 유명한 피아니스트가 되는 것이었던 만큼 그 꿈을 이루지 못한 그녀로서는 당연히 오세란에게 특별한 관심이 기울어질 수밖에 없었을 것이다.

아내에게 있어서 오세란은 그녀가 닮고 싶어 하는 모델이자 한편으로는 질시의 대상이었는지도 모른다. 아내는 찬탄과 질시가 뒤범벅된 말을 쏟아놓고 있었다.

"피아니스트 남편을 봤거든요. 외국인이에요. 아마 미국 사람일 거예요. 키가 크고 아주 멋지게 생겼어요. 금발에다 콧수염을 길렀는데 영화배우 뺨치게 생겼어요. 아주 잘 어울리는 한 쌍이에요."

 아내는 또 오세란의 그 외국인 남편에 대해서 입에 침이 마르도록 칭찬을 늘어놓았는데, 그에 대해서는 나도 자주 보고 있는 터였다. 시커먼 구레나룻에다 콧수염까지 기른 그 외국 사나이는 아침마다 조깅을 했기 때문에 아침 산책을 하는 나와 자주 마주치곤 했다.

 내가 살고 있는 아파트에서 조금 떨어진 곳에는 해수욕장이 있기 때문에 아침 산책을 하기에는 아주 좋았다. 조깅 붐이 일어나 너도나도 아침 일찍 뛰는 게 유행이었지만, 나는 뛰는 것하고는 거리가 먼 편이다. 조금만 뛰어도 숨이 가빠오고 다리가 오그라드는 것 같아 아예 처음부터 뛸 생각을 하지 않고 뒷짐 지고 어슬렁어슬렁 걷는 것이 차라리 좋았다.
 그런데 그 여류 피아니스트의 남편이라는 외국인 사나이는 조깅하는 사람들 가운데서도 단연 뛰어나 보였다. 그가 이곳으로 이사 올 때는 2월경이라 아직 겨울 추위가 꾀 남아 있을 때였다. 따라서 조깅 족들은 두툼한 옷들을 입고 뛰어다니곤 했는데, 그 외국인 사내는 그렇지가 않았다.
 그는 러닝셔츠에 팬티 바람으로 찬바람을 가르며 해변을 질주하는 것이었다. 그는 정말 아내의 말처럼 건장한 사내였다. 온몸은 시커먼 털과 근육질로 덮여 있었고 얼른 보기에도 엄청난 힘을 가지고 있을 것 같았다.
 그는 정말 대단한 힘을 가지고 있었다. 해변의 길이가 왕복 4

킬로쯤 되는데, 그 외국인 사나이는 도중에 한 번도 쉬지 않고 단숨에 해변의 저쪽 끝까지 갔다가 되돌아서 쉬지 않고 바로 이쪽까지 달려오는 것이었다. 그런 그의 모습을 보면서 나는 속으로 찬탄을 금할 수 없었다. 그가 거친 숨을 내뿜으며 숫말처럼 내 곁을 지나칠 때는, 나는 내 자신이 위축되는 것을 느끼지 않을 수 없었다.

그런 덩치가 큰 외국인 남자와 사는 한국 여인은 과연 어떤 여자일까? 자연히 나는 그 여류 피아니스트에게 관심을 갖지 않을 수 없었다.

그런데 오세란 역시 그 외국인 남자에게 어울릴 정도로 키가 훤칠한 팔등신 미녀였다. 그러니 아내가 그들 부부에 대해 끊임없이 찬사를 늘어놓는 것도 무리는 아니었다. 그럴 수밖에 없는 것이, 나는 그 외국인 남자에 비해 우선 육체적으로 너무나 빈약해서 견줄 만한 상대도 되지 못하는 처지였다.

그 외국인의 이름은 바이런이라고 했다. 직업은 무엇인진 알 수 없었다.

바이런과 오세란은 무엇 때문에 부산까지 내려와 살게 되었는지도…….

그들 사이에는 자식이 없었다. 아내는 그 점을 궁금하게 여겼지만 막 대놓고 물어 볼 수도 없는 일이라 궁금한 대로 그대로 덮어 두고 있는 눈치였다.

아내는 그들 부부를 선망의 눈으로 바라보곤 했지만, 그러나 사실 나는 그렇지가 않았다. 솔직히 말해 나는 그들 두 사람이 몹시 못마땅했다. 나에게 외국인 혐오증 내지 기피증 같은 것이 있는 것은 아니었다. 하지만 그들 두 사람은 이 아파트에서 너무 눈에 띄게 설쳐대고 있었기 때문에 호감보다는 오히려 아니꼬움이 드는 것이었다. 그런 터에 아내가 미림이의 피아노 교습을 오세란에게 부탁했다는 말을 듣고는, 나는 몹시 씁쓸해하지 않을 수 없었다.

미림이에 대한 교육은 철저히 아내가 맡고 있었다. 나는 어린아이가 공부를 잘해야 된다는 그런 낡아빠진 생각 따위는 아예 하지 않는 사람이었다. 나는 그저 미림이가 티 없이 건강하게 무럭무럭 자라고 명랑하게 되어 가는 것이 바람직하다고 생각하고 있었다.

그런데 아내는 나와는 정반대의 생각을 가지고 있었다. 아내는 딸애가 남보다 특출하게 공부를 잘하기를 바라고 있었고, 그래서 항상 딸애한테 틈만 나면 공부하라 공부하라 하고 마구 윽박지르곤 하는 것이어서, 그 문제 때문에 아내와 나는 자주 다투곤 했다.

아내는 학교 공부 외에도 딸애한테 피아노를 가르친다, 주산을 가르친다 등등…… 조금도 놀 시간을 주지 않으려고 애쓰고 있었다. 내가 강력하게 반대하는 바람에 미림이는 피아노만을 배우게 되었는데, 그것을 내가 못마땅하게 생각하는 그 오세란이라는 여자에게 부탁하게 되었으니, 내가 기분이 언짢아하는 것도 당연한 일이었다.

내가 그 점을 못마땅해 하자, 아내는 이렇게 말했다.

"어머나! 당신도 참……. 그렇게 유명한 여자가 뭐 돈 보고 미림이 피아노 교습을 맡은 줄 아세요? 내가 찾아가서 사정사정해서 맡게 된 거라구요. 자기는 바빠서 그런 것을 할 수 없다는 것을, 동네 여자들하고 가서 사정사정해서 부탁한 거라구요. 교습비가 조금 비싸긴 하지만 다른 데서 배우는 것하고는 질적으로 다르다구요."

오세란이 살해되던 그 일요일은 하루 종일 어수선한 하루가 되었다.

밖에는 많은 사람들이 우글거리고 있었고, 아내는 뻔질나게 들락거리면서 나에게 소식을 전해 주느라 바빴다. 그 날 저녁 밥상머리에서도 아내의 이야기는 역시 오세란의 죽음에 관한 것이었다.

"정말 아까운 여자가 죽었어요. 누가 무슨 이유로 그런 여자를 죽였죠?"

"어젯밤에 그 여자 남편은 뭘 했나?"

나는 아무 뜻 없이 무심코 물었다.

"어젯밤에 바이런은 집에 없었나 봐요. 경비원 말이, 그 사람은 집에 들어오는 시간이 일정하지가 않대요."

"직업이 특수한가 보군."

"글쎄, 오세란한테 바이런 직업이 뭐냐고 물어 봤더니 웃기만 하고 대답하지 않았어요."

아마 특수한 일을 하고 있는 모양이라고 나는 생각했다. 한국에 와 있는 외국인들 중에는 특수한 일을 하고 있는 사람들이 많다는 것을 나는 알고 있었다. 바이런도 그런 사람들 중 하나일 것이라고 나는 생각했다.

"바이런이 우는 것 보셨어요? 저는 아까 봤어요. 차에서 내리더니 울면서 뛰어 올라갔어요. 엘리베이터가 내려오지 않으니까 기다리지 않고 계단으로 막 뛰어 올라갔어요. 남자가 엉엉 소리 내어 우는 것 처음 봤어요. 부인을 무척 사랑했나 봐요. 당신은 제가 죽으면 그렇게 울지 않을걸요."

"그거야 알 수 없지."

제 자

그 다음다음 날엔가 오세란의 장례식이 있었다.
나는 오후에 강의가 있었기 때문에 아침나절에는 집안에서 강의 준비를 하고 있었는데, 아내가 갑자기 서재로 들어와 내 팔을 끌어당기는 것이었다.
"빨리 나와 보세요. 관이 내려오고 있어요."
"관이라니?"
"피아니스트 말이에요. 지금 위에서 관이 내려오고 있단 말이에요."
나는 언짢은 표정으로 아내를 바라보았다. 그리고 아내가 이끄는 대로 거실로 나가 창밖을 바라보았다.
그 때 우리 집 베란다 앞으로 곤돌라가 내려오고 있었는데,

그 곤돌라 위에 관이 놓여 있었다. 관은 국화꽃으로 덮여 있었다. 베란다 앞으로 관을 실은 곤돌라가 서서히 내려오는 것을 보고 있자니, 나는 갑자기 이상한 느낌이 들었다. 그것은 형언할 수 없는 기묘한 느낌이었다.

마침 그 때 우리 집안에는 차이코프스키의 '비창'이 울려 퍼지고 있었다. 마치 그것은 곤돌라에 실려 내려오고 있는 오세란의 관에 맞추어 흘러나오는 음악 같았다. 아니, 차이코프스키 음악에 맞추어 하늘로부터 관이 서서히 내려오고 있었다고 말하는 것이 옳은 표현일 것이다.

나는 아내가 틀어놓은 음악을 끄고 싶지 않았다. 밑으로 서서히 내려가는 오세란의 관을 내려다보면서 나는 착잡해지는 기분을 느끼지 않을 수 없었다. 아내를 얼핏 보니 눈물을 글썽이고 있었다.

밑에는 장의차가 와 있었다. 차 주위에는 제법 많은 사람들이 몰려서 있었는데 거의 모두가 같은 아파트에 사는 구경꾼들 같았고, 오세란과 관계있는 사람은 몇 안 되는 것 같았다. 오세란의 남편 바이런을 비롯해서 외국인 몇 명이 눈에 띄었고, 그밖에 오세란의 집안사람으로 보이는 사람들이 맨송맨송한 얼굴로 서 있었다.

관이 마침내 밑으로 다 내려가는 것을 보고 아내는 밖으로 뛰어나갔다.

나는 그대로 창가에 한동안 서 있다가 서재로 들어와 아까 하던 일을 계속하려고 했지만, 왠지 일이 손에 잡히지 않았다.

아내가 틀어놓은 음악이 갑자기 시끄럽게 느껴졌다. 나는 밖으로 나가 신경질적으로 음악을 끄고, 다시 서재로 들어와 책상 앞에 앉았다.

그래도 여전히 일이 손에 잡히지 않았다. 나는 대학의 철학 교수였다. 그러나 나는 요즘 들어 교수직을 그만둘까 생각하고 있었다. 학교에 나가 학생들을 가르친다는 것이 견딜 수 없이 싫었기 때문이다.

그러나 막상 학교를 그만두면 생활이 문제였다. 내가 할 수 있는 일이란 아무것도 없었기 때문이다. 왜 학생들을 가르친다는 것이, 그들을 위해 철학을 가르친다는 것이 견딜 수 없이 싫은지 나 자신도 알 수 없었다.

나는 서랍 속에 넣어 둔 사직서를 꺼내 보았다. 그것은 벌써 석 달 전에 써둔 것이었는데 아직 내 서랍 속에 그대로 들어 있었다. 일신상의 이유로 사표를 제출하니 받아주기 바란다는 내용이었다.

아내가 이것을 보면 펄펄 뛸 것이다. 아내는 말은 안 했지만 남편이 대학 교수라는 사실을 매우 자랑스럽게 여기고 있는 것 같았다. 그러나 나는 나의 직업이 자랑스럽다고 생각한 적은 한 번도 없었다.

오후 강의는 세 시간 동안 있었다.
강의를 마치고 몹시 피곤해서 교수실에 앉아 있는데 3학년 여학생이 찾아왔다. 유소희라는 여학생이었는데 그녀는 뛰어난

미모에 명석한 두뇌를 가지고 있었다.

"선생님, 커피 끓여 드릴까요?"

"음, 좋지."

내 방에는 커피를 끓일 수 있는 기구들이 있었다. 소희는 자주 내 방에 놀러 와서 나에게 커피를 끓여 주곤 했는데, 나는 그것을 몹시 좋아하고 있었다. 소희의 커피 끓이는 솜씨는 아주 훌륭해서 내 입맛에 딱 맞았다. 소희는 내가 커피를 좋아한다는 것을 알고 있었다.

나는 파이프 담배를 즐겨 피웠는데, 소희는 어디서 구해 오는지 외제 고급 담배가루를 끊어지지 않게 매번 나에게 갖다 주고는 한다.

"선생님, 방학 때 뭘 하실 거예요?"

커피 두 잔을 탁자 위에 놓고 나서 소희는 물었다.

"글쎄, 계획이 없는데."

이제 며칠만 있으면 여름 방학이 시작될 판이었다.

"전 여행할 거예요."

소희는 들뜬 목소리로 말했다. 나는 그녀가 몹시 부러웠다. 마음 내키는 대로 여기저기 여행할 수 있다는 것은 얼마나 좋은 일인가?

"방학 때 여행한다는 건 아주 좋은 일이지. 그래, 대체 어디로 갈 셈이야?"

"주로 섬 지방을 돌아보려고 그래요."

"혼자서 말이야?"

"아뇨, 남자 친구하고요."

그렇게 말하고 나서 소희는 나를 빤히 쳐다보았다. 나는 웃으며 고개를 끄덕였다.

"그 남자 친구는 뭐 하는 사람이지?"

"글쎄요. 이제부터 만들어야죠."

"바쁘겠구나."

나는 별 생각 없이 말하고 스푼으로 커피를 여러 번 휘저은 다음 잔을 입으로 가져갔다. 향긋한 커피 냄새가 코끝을 간지럽혔다.

"선생님, 오늘 영화 보러 가요."

"영화? 무슨 볼 만한 영화가 있나?"

영화를 본 지도 꽤 오래 됐다고 생각하면서 나는 물었다.

"네, 있어요. 아주 멋진 영화예요."

"무슨 영환데?"

"사랑할 때와 죽을 때."

"아, 레마르크 작품이군."

"그 작품 읽어 보셨어요?"

"응, 읽어 봤지. 개선문을 비롯해서……."

우리는 가벼운 마음으로 영화를 보러 갔다. 나는 내 낡은 차에 소희를 태우고 시내 쪽으로 들어갔다. 가는 동안 나는 우리 아파트 같은 동에서 일어난 살인 사건에 대해 소희에게 이야기해 주었다.

"어머나, 무섭겠네요?"

"무섭긴."

"도둑이 들어와서 죽인 거예요?"

"그건 잘 모르겠어."

"어떻게 사람이 사람을 죽일 수 있죠?"

"글쎄 말이야."

"거기 아파트값 떨어지겠네요?"

소희의 말에 나는 너무 엉뚱해서 소리 내어 웃었다. 소희도 따라 웃었다.

"혹시 오세란이라는 이름 들어 봤어? 유명한 여류 피아니스트라는데."

"글쎄, 못 들어 봤는데요. 왜요?"

"아, 아무것도 아냐. 그냥 물어 본 거야."

"그 여자가 죽었나요?"

"응."

"알아봐 드릴까요?"

"어떻게?"

"피아노과 친구들한테 물어 보면 알겠죠."

나는 아무 대꾸도 하지 않았다. 그 여자에 대해서 내가 무엇을 알아봐야 할 이유가 없었기 때문이다.

혹시 아내라면 호기심을 충족시키기 위해서라도 알아보고 싶겠지만…….

차를 영화관 근처에 주차시켜 놓고 우리는 극장 안으로 들어갔다. 밝은 곳에서 갑자기 어두운 곳으로 들어갔기 때문에 발을 옮기기가 힘들었다.

나는 소희의 손을 잡고 자리를 찾아 앉았다. 자리에 앉아서도 우리는 손을 놓지 않았다. 영화가 막 시작되고 있었다. 소희의 손은 부드럽고 따뜻했다.

영화는 2차 대전이 무대였다. 어느 독일군 병사와 그 애인의 슬픈 사랑의 이야기였다. 전쟁 중에 그들은 결혼하고 남자는 전선으로 떠난다. 아내의 임신을 알리는 반가운 편지를 읽다 말고 그 독일군 병사는 총에 맞아 죽는다. 영화가 끝났을 때, 소희의 눈에는 눈물이 맺혀 있었다.

밖은 어느 새 어두워져 있었다. 우리는 조용한 레스토랑으로 자리를 옮겼다. 소희는 자리에 앉자마자 영화에 대해 이야기를 늘어놓았다.

"마지막 장면이 정말 감동적이었어요."

소희 정도의 나이라면 감동을 느끼는 것이 당연할 것이라고 생각했다.

마지막 장면에서 총에 맞는 순간 병사의 손에서 편지가 떨어진다. 편지는 냇물에 실려 밑으로 떠내려간다. 병사는 엎드려 손을 뻗어 마지막 안간힘을 다해 그 편지를 잡으려 하나, 그 편지는 밑으로 떠내려간다. 병사의 일그러진 얼굴, 구멍 난 장갑을 뚫고 나온 손가락이 편지를 잡으려고 움직거리던 모습하며, 그 절망적으로 안타까워하는 표정이 내 눈앞에 클로즈업되어 나타났다가 사라졌다.

"선생님은 슬프지 않으세요?"

소희가 나를 빤히 쳐다보고 물었다.

"왜, 슬프고말고."

"하지만 울지는 않으셨죠?"

"그야 남자가 함부로 눈물을 흘리면 쓰나. 그런데 사실은 말이야, 제때 제때 눈물이 나와야 하는데 나는 그렇지가 못해서 항상 걱정이야."

"전쟁이 나면 다 그렇게 될까요?"

소희가 두려운 눈치를 보이며 물었다.

"그보다 더 기막힌 사연이 많지. 소희는 전쟁이 어떤 것인지 경험해 보지 않아서 모르겠지만, 정말 눈물겹고 기막힌 사연이 많지."

"그런 것 생각하면 무서워요."

소희는 어깨를 움츠리며 겁먹은 눈으로 창밖을 내다본다. 그러다가 그녀는 문득 고개를 돌려 나를 빤히 쳐다보면서 내뱉듯이 말했다.

"선생님, 이번 여름 방학 때 저하고 같이 여행가요."

너무 갑작스런 제의였기 때문에 나는 당황했다. 내가 얼른 대답을 못하고 머뭇거리자, 소희는 실망한 표정을 지었다.

"여행가기 싫은 것 억지로 가실 필욘 없어요. 싫으시면 관두세요."

"아니, 그게 아니고……."

나는 무슨 말인가 해야 한다고 생각했지만 얼른 말이 되어

나오지가 않았다.

"사모님 때문에 그러세요? 방학 때는 사모님하고 여행하실 거예요?"

소희는 내가 깜짝 놀랄 정도로 당돌하게 물어왔다. 나는 더욱 당황했다.

"아니야, 그게 아니라니까."

"가실 거예요, 안 가실 거예요?"

소희는 당장 나에게서 확답을 듣지 않으면 안 되겠다는 듯 다시 또 물어왔다.

"가능하면 가도록 하지."

나는 마지못해 그렇게 대답했다.

"에이, 그런 대답이 어디 있어요?"

소희는 나를 향해 눈을 흘겼다.

"가면 간다 안 가면 안 간다 분명히 말씀하셔야, 저도 계획을 세울 것 아니에요?"

"글쎄, 어떡하면 좋지?"

내가 우물쭈물하자 소희는 앞으로 상체를 굽혀 턱에 손을 괴고는 나를 빤히 쳐다보았다. 그리고

"아이, 난 선생님하고 꼭 함께 여행하고 싶었는데."
라고 말하는 것이었다.

그렇게 말하면서 나를 쳐다보는 눈이 마치 천진난만한 어린애처럼 순진무구해 보였다. 나는 그 눈 속에 빨려 들어가 버릴 것만 같았다.

그녀가 너무 아름답기 때문에 나는 어떻게 해야 할지 주저하고 있었다.

"그래, 좋아. 가지, 가고말고."

내 말에 그녀는 손뼉을 치며 좋아라고 했다.

"어머나, 정말이세요? 정말 가시는 거죠?"

"그래, 정말이야."

그렇게 대답해 놓고 나는 내심 금방 후회했다.

대학 교수라는 자가 나이 어린 제자와 함께 여행 가서 만일 불미스러운 일이라도 일어나면 어쩌겠는가! 나는 괜찮겠지만, 소희는 그렇지가 않을 것이다. 나는 유부남이지만 그녀는 처녀였다.

"단둘이 가는 거야?"

나는 멍청히 물었다. 소희의 생각을 알면서도 그렇게 물어본 것이다.

"어머, 그럼 여럿이 가는 줄 아셨어요?"

"글쎄, 잘 모르겠는데."

"여럿이 가는 건 싫어요. 선생님하고 나, 단둘이 여행 가고 싶어요."

소희의 노골적인 말에 나는 적이 당황했다.

"그러다가 우리 둘 사이에 만일 무슨 일이라도 생기면 어떡하지?"

그녀가 다시 나를 빤히 쳐다보았다.

"선생님은 그런 걸 다 걱정하세요?"

"응, 나는 걱정이 돼. 나는 겁이 많거든."

"그런 줄 알았어요."

그렇게 큰 소리로 말한 다음 소희는 뭐가 우스운지 깔깔거리며 웃어댔다.

"선생님은 겁보예요, 겁보."

"할 수 없지 뭐."

나는 기분이 좋았기 때문에 술을 꽤 많이 마셨다. 소희도 내가 따라 주는 대로 넙죽넙죽 받아 마셨다.

밖으로 나왔을 때 우리는 꽤나 취해 있었다. 시간은 10시가 지나 있었다.

나는 거기서 헤어졌으면 했는데 소희가 부득불 나를 집에까지 바래다주겠다고 하는 바람에, 우리는 함께 우리 집 쪽으로 향했다.

내가 살고 있는 아파트 단지가 저만치 보이는 바닷가 모래밭 부근에 이르렀을 때, 나는 차를 세웠다. 그리고 소희를 돌아보며 말했다.

"자, 이제 우리 집에 다 왔어. 소희는 여기서 내려서 집으로 가라구."

그러자 소희는 도리질을 했다.

"싫어요, 바로 집에 가는 건 싫어요."

차에서 총알 같이 뛰어내린 그녀는 어두운 모래밭으로 뛰어 내려갔다.

바닷가 어둠 속으로 그녀의 모습이 잠기는 것이 보이자, 그녀를 내버려두고 나는 그대로 집으로 갈 수가 없었다. 나는 모래밭으로 내려갔다.

바닷가에는 꽤 많은 사람들이 거닐고 있었다. 주로 그들은 데이트를 즐기는 남녀들이었다.

달이 밝았고 바다 위로 달빛이 부서져 내리고 있었다. 바다는 잔잔했고 파도 소리도 약하게 들리고 있었다.

소희는 바다 쪽을 향해 서 있었다. 나는 재빨리 그녀 곁으로 다가서며,

"집에서 걱정하지 않을까?"

하고 물었다.

"걱정하지 않아요."

그녀는 조금 약이 올라 있는 것 같았다.

달빛에 드러난 그녀의 선명한 옆얼굴이 무척이나 아름답게 느껴졌다.

나는 순간적으로 그녀에게서 여성을 느꼈다. 나는 담배를 피워 문 다음 수평선 쪽을 바라보았다.

불을 휘황하게 밝힌 큰 배 하나가 멀리 앞 바다를 지나가고 있었다.

담배를 다 피우고 났을 때 갑자기 하늘이 어두워졌다. 달이 구름 속으로 들어가고 있었다. 검은 구름이 북쪽으로부터 빠른 속도로 밀려오더니 금방 바다 위 하늘을 덮어 버렸다. 그 바람에 주위는 캄캄해졌다.

나는 팔을 들어 소희의 어깨를 감싸 안았다. 소희의 상체가 내 쪽으로 가만히 밀려왔다. 그녀의 머리가 내 코끝에 닿았다. 머리 냄새가 향긋했다.

나는 다시 그녀에게서 여성을 느꼈다. 바다의 짠 냄새와는 다른, 분명한 젊은 여자의 싱그러운 냄새가 그녀의 몸에서 풍겨오고 있었다.

나는 소희의 냄새를 보다 분명히 음미하기 위해 숨을 깊이 들이켰다. 그러자 그 냄새가 갑자기 사라져 버렸다. 나도 모르게 어느새 내 손은 그녀의 머리를 천천히 쓰다듬고 있었다. 그녀의 뒤통수가 내 손 가득히 만져졌다. 이미 그녀는 완전히 내 품안에 들어와 있었다.

어둠의 힘을 빌려 나는 그녀를 끌어안았다. 그녀가 내 품안에서 흡사 미꾸라지처럼 몸부림쳤다. 그럴수록 나는 그녀를 더욱 힘주어 끌어안았다.

몸부림치던 그녀의 격정이 내 힘에 눌려 조금 수그러드는 것 같았다. 나는 그녀의 얼굴을 뒤로 젖혀 그 낯선 얼굴을 들여다보았다.

어둠 속에서 본 그 얼굴은 소희의 얼굴이 아닌, 낯선 성숙된 얼굴이었다. 어둠을 안고 피어오른 한 떨기 백합처럼 그것은 내 시야에 가득히 다가오고 있었다.

나는 나도 모르게 그녀의 얼굴을 만지고 있었다. 마치 어느 물건을, 아니 어느 조각을 만지는 것처럼 그녀의 얼굴 여기저기에 손을 갖다 대고 있었다.

나는 그녀의 눈을, 코를, 입술을, 뺨을, 그리고 귀를 어루만지다가 손을 밑으로 내려 그녀의 희고 갸름한 목을 어루만졌다. 그녀의 입에서 파도 소리가 들려왔다.

그녀는 애타는 눈으로 나를 올려다보고 있었다. 그녀에게서 들리는 파도 소리가 점점 거칠어지는 것 같았다.

나는 끊임없이 그녀의 얼굴을 만지고, 목을 쓰다듬고 머리칼 사이에 손가락을 집어넣고 휘저었다.

달은 두터운 구름 속에 완전히 숨어 버렸는지 오래도록 나타나지 않고 있었다. 대신 이제 그녀 자체가 완전한 어둠으로 내 앞에 존재하고 있었다.

어둠은 나에게 갑자기 용기와 자유스러움을 주었다. 나는 그녀의 가느다란 허리를 바싹 끌어당겨 그녀의 얼굴에 내 얼굴을 가까이 갖다 댔다. 감미로운 달콤한 냄새가 우리들의 입술 사이를 스쳐 갔다.

소희를 택시에 태워 돌려보내고 집으로 왔을 때는 자정이 지난 시간이었다.

아내는 그 때까지 자지 않고 나를 기다리고 있었다. 안으로 들어가는 나를 토끼 눈을 하고 쳐다보고 있다가, 그녀는 갑자기 셰퍼드처럼 코를 킁킁거리며,

"이거 무슨 냄새죠?"
라고 물었다.

"무슨 냄새라니?"

"어머, 이거 화장품 냄새야."

그녀는 나를 붙잡았다. 그리고 내 옷에 가까이 코를 들이대고 냄새를 맡았다.

"어머, 분명히 화장품 냄새예요. 당신, 누구 만나고 오는 거예요? 바른대로 말하세요."

말하지 않으면 가만두지 않겠다는 듯 아내는 나를 향해 눈을 부라렸다.

"만나긴 누굴 만나. 괜히 선입관 가지고 사람 그렇게 보지 말라구. 코가 어떻게 된 모양이지."

나는 그녀를 묵살한 채 소파에 앉아 물을 한 잔 청했다. 아내는 물을 한 컵 떠다 준 다음 다시 내 옷에 코를 들이대고 냄새를 맡았다.

"코가 잘못된 거라구요? 아니, 이게 화장품 냄새가 아니고 뭐예요? 자, 맡아보세요."

나는 하는 수 없이 아내가 시키는 대로 내 옷을 벗어 거기에다 코를 대 보았다.

과연 화장품 냄새가, 아니 소희의 성숙된 냄새가 내 코끝에 어른거리는 것 같았다.

"나는 모르겠는데. 이게 무슨…… 아무 냄새도 안 나는데 뭘 그래."

나는 오리발을 내밀고 딱 잡아뗐다. 이런 건 잡아뗄 수밖에 없지 않은가!

"당신, 이렇게 계속 나한테 거짓말하기예요? 정말 이러실 거예요?"

"내가 뭘 어쨌다는 거야. 왜 집에 들어오기만 하면 이렇게 달달달달 볶는 거지. 제발 나도 아가씨하고 데이트 한번 해 봤으면 좋겠어."

"아이구! 거짓말 말아요."

아내는 내 팔뚝을 쥐어뜯었다. 나는 아파서 상을 찌푸리며 몸을 벌떡 일으켰다. 그러자 아내가 내 어깨를 밀어서 도로 주저앉았다.

"거기 앉으세요. 제 말 들어 보세요."

"얼른 씻고 자야겠어."

"알았어요. 잠깐 여기 앉아 보세요. 아주 재미나는 이야기가 있어요."

재미나는 이야기라는 것은 다름 아닌 그 피아니스트 살인 사건 이야기였다.

"당신, 누가 왔다 간 줄 아세요?"

"누가 왔다 가?"

나는 의아해서 아내를 쳐다보았다.

"형사가 왔다 갔어요."

"형사가? 형사가 왜?"

나는 깜짝 놀라 물었다.

"살인 사건 조사하는 거예요. 이 아파트 각 세대마다 전부 형사들이 조사하고 다녔어요."

"그래?"

"그런데, 우리 집에는 들어와서 당신이 안 계신다고 내가 말하니까 몇 마디 간단한 것만 묻고 돌아갔어요. 다음에 당신 계실 때 다시 오겠대요."

별 일은 없겠지만 형사가 다녀갔다는 것은 그리 유쾌한 일은 못되었다.

"뭘 묻고 갔어?"

"뭐 가족 관계, 당신 직업, 어제는 뭐 했느냐, 뭐 그런 것 묻고 갔죠."

그러면서 탁자 밑에 손을 집어넣어서 명함 한 장을 꺼내 나에게 주었다.

나는 떨떠름한 얼굴로 그 명함을 들여다보았다.

명함을 두고 간 사람은 H경찰서 형사계 형사 강무우(姜武宇)라는 사람이었다.

나는 명함을 휙 집어던졌다가 도로 집어 들고 그것을 만지작거리면서 몇 번이고 들여다보았다. 그러자 아내가 그것을 빼앗아 팽개치면서,

"뭘 그렇게 들여다보세요?"

하고 핀잔을 주었다.

"어떻게 생긴 형사였어?"

"아주 삐쩍 마른 것이 날카롭게 생긴 형사였어요. 인상이 웃지도 않고 아주 차가웠어요."

강무우——— 어디서 들은 적이 있던 이름 같았다. 그러나 언제 어디서 그 이름을 들었는지는 아무리 생각해 보아도 전혀 기

억에 없었다.

"피아노 소리가 나지 않으니까 오늘은 좀 이상했어요. 피아노 소리가 들려올 것만 같아서, 저는 아까 저녁 때 문을 열어놓고 있었어요. 한참이나요. 하지만 피아노 소리가 나지 않아서 눈물이 나와 혼났어요."

"조용해서 잘 됐지 뭐야!"

나는 무심코 그렇게 지껄였다. 그것이 아내에게 충격을 준 모양이었다.

"아니, 뭐라구요? 조용해서 좋다구요? 그럼 당신, 그 피아노 소리가 그렇게 시끄러웠어요?"

"아니, 그게 아니라 괜히 해 본 소리였지."

"조용해져서 좋다면서요."

"사실 피아노 소리가 좀 시끄럽긴 시끄러웠어. 당신은 어땠는지 몰라도, 나한테는 시끄럽게 들렸단 말야."

"어머나, 세상에! 당신이라는 사람도 한심하군요. 그 여자 피아노 소리가 시끄럽다니, 더구나 그 피아노가 좀 잘 치는 피아노예요?"

"글쎄, 그 피아니스트가 피아노를 잘 치는지 못 치는지 나 같은 사람은 잘 모르겠지만 말이야, 하여간 그게 시끄러웠던 것은 사실이야."

공연히 하는 말이 아니었다. 사실 나는 그 피아니스트의 피아노 소리에 괴로움을 느낄 때가 많았다. 그럴 때의 그 소리는 피아니스트가 치는 피아노 소리가 아니라 하나의 소음에 지나지 않았다.

  나는 그 소음을 피해 이 더위에 창문을 모두 닫아걸기도 하고 내 방에 들어가 커튼까지 내리고 처박혀 보기도 했지만, 그 피아노 소리는 마치 나를 조롱하기라도 하듯 내 귓속을 후비며 들어오곤 했었다. 그럴 때의 그것은 흡사 귓속을 파고드는 벌레 같았다.

  "당신은 정말 매력 없는 사람이에요. 피아노 소리가 시끄럽게 들리다니, 정말 매력 없어요."

  아내는 정말 입맛이 떨어진다는 듯 정색을 하고 머리를 흔들어댔다.

  나는 할 말이 없어 아내를 멀거니 쳐다보았다.

  "그래, 범인은 잡았대?"

  "잡긴 뭘 잡아요. 범인이 그렇게 쉽게 잡히나요?"

  "당신도 조사를 받았나?"

  "저한테도 뭐 이것저것 물어 보데요. 미림이 피아노 선생이었기 때문에 우리가 그 여자와 관계가 깊은 줄 아나 봐요. 어떻게 해서 그 여자한테 미림이 피아노 교습을 부탁하게 됐느냐는 둥 뭐 그런저런 이야기를 꼬치꼬치 캐물었어요. 그래서 그리 가까운 사이는 아니고, 단지 미림이한테 피아노를 가르쳐 달라고 부탁했을 뿐이라고 그렇게 말했죠 뭐. 피아노 교습비는 얼마를 줬고, 마지막으로 만난 게 언제였고, 그 여자를 어떻게 생각했으며, 아파트에서의 그 여자의 평판 같은 것도 물었어요."

  "자세하게 조사를 했군."

"당신에 대해서도 무슨 일을 하느냐고 묻던데요. 그래서 S대 철학 교수라고 했어요. 이름을 묻기에 안동구(安東九)라고 했더니 고개를 갸우뚱하던데요. 그러면서 혹시 서울 K대를 나오지 않았느냐고 묻기에 그렇다고 했죠. 어떻게 아느냐고 하니까, 그냥 웃기만 했어요."

"그래?"

아내의 이야기를 듣고 나서야 나는 '강무우'라는 이름이 어렴풋이 생각났다. 그러나 그 이름이 내 기억에 남아 있는 그 이름인지는 아직 확신할 수가 없었다.

형사 강무우

다음 날은 학교 강의가 일찍 끝났다. 오후 2시경이었는데 소희가 내 방으로 찾아와서 그 여류 피아니스트에 대한 이야기를 해 주었다.

"어제 말씀하신 그 오세란이라는 여자 말이에요, 피아노과에 있는 친구한테 물어 봤거든요. 그 친구도 교수님한테 물어 봤나 봐요. 그 오세란이라는 여자는 어렸을 때 상당히 이름을 떨쳤대요. 그러니까 왜, 극성스런 어머니가 만들어낸 급조된 천재 피아니스트 같은 것 있잖아요. 그런 류의 소녀 피아니스트였었나 봐요. 그래서 유학을 갔는데 거기서 더 이상 발전하지 못하고 타락해 버렸대요. 잔뜩 기대를 걸머지고 갔는데 그것을 이루지 못하니까, 미국에서 그대로 좌절한 채 미국 남자들하고 스캔들이

나 뿌리고 다녔나 봐요. 타락한 예술가의 말로는 참 비참한 거예요. 외국에서 피아노 공부를 했다고 했지만, 한국에 돌아오자 아무 데서도 그 여자를 인정해 주지도, 받아 주지도 않았나 봐요. 대강 그런 이야기예요. 외국에서 음악 공부하는 유학생들이 좀 많아요?"

소희의 이야기를 듣고 보니, 나는 아내 생각이 났다. 아내에게 이 말을 그대로 들려주면 아내는 어떤 반응을 보일까가 궁금했다. 아내는 필시 내가 들려준 말을 믿으려 들지 않을 것이다. 그녀의 환상을 깨고 싶지 않았다.

소희는 여름휴가에 대해서 다시 이야기를 꺼냈다. 그동안 내 마음이 변했을까봐 궁금해 하는 눈치였다. 나는 틀림없이 갈 것이라고 말해 주었다.

소희와 함께 시내로 나와 늦은 점심을 먹은 후 나는 집으로 돌아왔다.

집안으로 들어서는데 현관에 낯선 구두가 한 켤레 놓여 있는 게 눈에 띄었다.

"누가 왔나?"

"어제 말한 그분이에요."

아내가 내 귀에다 대고 재빨리 속삭였다.

"누구 말이야?"

"형사 말이에요."

나는 나도 모르게 얼굴이 찌푸려졌다. 이럴 때 하필 형사가 찾아올게 뭐람, 하고 나는 속으로 투덜거렸다. 나는 몹시 피곤했기 때문에 샤워를 가볍게 하고 나서 낮잠이라도 자 두고 싶었던 것이다.

거실로 올라서자, 소파에 앉아 있던 낯선 사내가 일어서서 나에게 목례를 던졌다.

"아니, 이게 누구야?"

나는 놀라서 그 사내를 뚫어지게 쳐다보았다.

"오랜만이야."

상대는 별로 놀라는 빛도 없이 나에게 손을 내밀었다.

우리는 반갑게 악수를 나누었다. 우리는 벌써 오래 전부터 서로 아는 사이였다.

"어떻게 된 일이야?"

"그렇게 됐어."

나는 그가 형사가 되어 나타난 데 대해 꽤 놀라서 물은 것이었고, 그는 거기에 대해 차가운 미소로 대답했다.

"어머나! 두 분이 아는 사이세요?"

이번에는 아내가 놀라서 물었다.

"응, 대학 동기 동창이야."

나는 그 이상은 아내에게 말해 주지 않았다. 아내에게 눈짓으로 차를 끓여 오라고 이른 다음 자리를 잡고 앉아 강무우를 다시 쳐다보았다.

그는 나보다는 훨씬 늙어 보였다. 보아하니 형사로 근무하면서 그동안 산전수전 다 겪은 어두운 그늘이 강무우의 얼굴에 역력히 나타나 있었다.

우리는 동갑나기인 마흔 한 살이었다. 그와 나는 대학의 입학 동기였다. 그러니까 20년도 지난 과거의 일이었다. 그는 별로 두드러지게 드러나는 학생이 아니었다.

나는 그와 친하게 지내지는 않았지만, 그렇다고 그를 등한시하지도 않은 처지였었다. 그러던 차에 어느 날 그는 갑자기 증발되어 버렸다.

대학에 함께 입학했던 동기생들이 중도에서 사라지는 이유는 얼마든지 있었다. 가정 사정으로, 또는 군에 입대하게 되어서 중도에 사라지는 그런 경우가 적지 않았다. 그도 그런 이유 중의 하나로 말없이 사라졌겠지만 정확한 이유를 나는 모르고 있었고, 그는 두 번 다시 내가 대학을 졸업할 때까지 학교에 나타나지 않았다.

그리고 20여년의 세월이 흘러 그는 형사로서 내 집에 나타났던 것이다.

내가 그의 이름을 보고도 그를 기억하지 못하는 것도 무리는 아니었다. 나는 그 이후로 오랫동안 그라는 존재를 내 기억 속에서도 완전히 잊고 있었던 것이다. 정말 의외의 인물을 만난 셈이었다.

아내가 커피를 날라왔다. 내가 오기 전에 그는 먼저 차 대접을 받은 모양이었다. 아내는 한 잔 더 드시라고 하면서 탁자 위에 커피잔을 내려놓았다.

나는 그것만 가지고는 안 되겠다 싶어 아내에게 맥주를 좀 사오라고 일렀다. 강무우가 극구 사양했지만, 나는 듣지 않고 아내에게 빨리 술을 사 오라고 큰 소리로 말했다.

20여년 만에 만났으니, 그것도 묘한 입장에서 만났으니, 우리는 대낮부터 술을 마시지 않을 수 없었다.

그는 원래가 속에 있는 것을 결코 겉으로 드러내지 않는, 속마음을 알 수 없는 음침한 인물이었다. 술이 몇 잔 들어가도 그는 별로 웃지도 않았고, 나를 만나게 된 것을 별로 즐거워하는 것 같은 표정도 아니었으며, 얼굴빛은 더욱 창백해지기만 하는 것 같았다.

나는 그와 20여년 만에 만난 것을 시간이 지날수록 오히려 부담스럽게 느끼기 시작했고, 나중에는 그가 빨리 가 주었으면 하고 바랄 정도까지 되었다. 그러나 그는 쉽게 자리를 뜨려고 하지 않았다.

자연, 이야기는 겉돌기 마련이었고, 우리들의 주된 이야기는 대학 시절로 돌아갔다.

"그 때, 학교를 도중에 그만둔 걸로 알고 있는데, 그 뒤에 어떻게 됐었어?"

나는 별로 듣고 싶지도 않은 말을 건성으로 물었다. 그는 묘하게 입을 뒤틀면서 그 때 학교를 그만두게 된 이유와 그 후일담을 이렇게 말했다.

"사실 그 때 도저히 학교를 다닐 수가 없었지. 시골의 째지게 가난한 농부의 아들로서 돈 많이 드는 사립대학에 들어갔다는 것부터가 문제였지. 그 당시 난 대학에 들어가긴 했지만, 대학생으로서의 낭만 같은 건 생각할 수도 없었지. 당장 어디서 자느냐, 그리고 먹고 입는 게 문제였거든. 그래서 이 집 저 집 가정교사를 하면서 굴러다녔는데, 아무리 발버둥 쳐도 학업을 계속할 수가 없었어. 그래서 휴학계를 내고 군대에 들어갔었지. 군에 들어가서 생활하다 보니까 내 과거가, 내 청춘이 너무 아깝더란 말이야. 그 아깝다는 것이 결국은 분노로 변하더라구. 남들처럼 내 젊음을 만끽하지 못한다는 것이 견딜 수가 없었어. 제대로 학교도 다닐 수 없었다는 사실, 내 포부를 제대로 펼 수 없게 되었다는 사실, 이런 것들 때문에 견딜 수가 없었어. 그래서 결국은 죽음을 각오하고 월남전에 지원하고 말았지. 월남에 가서 나는 어땠는지 아나? 특수 부대에 배치 받았지. 일부러 지원해서 그 부대에 들어간 거야. 거기 가서 한 1년 월남어를 배운 다음에, 월남 사람처럼 변장을 하고 베트콩 지역에 숨어 들어가는 거야. 목숨을 내걸고 들어가는 거지. 거기서 만일 들통이 나서 잡히면 갈가리 찢겨 죽는 거지. 대부대가 같이 움직이는 것도 아니고, 혼자 아니면 둘이 베트콩 지역에 숨어들어서 월남 사람처럼 행동하는 거야. 그런 생활을 한 2년 하다 보니까, 자신도 모르게 생사를 초월하게 되더라구. 촉각은 마치 짐승처럼 변해 버리고, 도덕심이고 뭐고 그런 것은 전혀 생각나지도 않고, 단지 본능적으로 내 목숨을 지킬 수 있는 방법, 적을 죽일 수 있는 방법, 죽음과 삶이라는 건 그야말로 종이 한 장 차이라는 것, 운명이니 뭐니 하는 따위의 그런 말은 존재할 수 없다는 것, 그런 것들을 터득하게 되었지. 그런 생활을 하다가 한국에 돌아와서 제대를 했는데, 그런 걸 겪고 나니까 대학이라는 것도 말야 하찮게 생각되더라구. 모든 게 허무하게 생각되고 하찮게 생각되더군…… 죽음이라는 것을 수없이 겪은 내가 그 나이에 다시 대학에 들어가서 무얼 배우겠다는 거……이런 게 다 우습게 여겨지더라고. 그래서 대학에 다시 복학할 생각은 전혀 않고 한동안 빈둥빈둥 놀다가, 그래도 어쩌겠나. 입에 풀칠은 해야 하겠고, 그 때 마침 경찰에서 순경을 모집을 하더라고. 그래서 잠시 동안만 순경이 되려고 들어갔지. 이제 이 생활이 말이야, 10년이 넘었어. 결혼해서 처자식도 있고, 지금은 아주 평범한 공무원으로 전락했지."

나이에 비해 산전수전 다 겪은 것 같은 그의 표정에 나는 비로소 조금 이해가 가는 것 같았다.

"자네는 그래도 공부를 주욱 계속해 가지고 이제 대학 교수까지 됐으니 그래도 성공한 셈 아닌가!"

그의 냉소 어린 말에 나는 당황했다.

"성공은 무슨 성공. 학교에 사표를 낼까 말까 요새 생각 중이라구."

"그래도 대학 교수라면 사회적으로 알아주고 그러는데, 괜찮지 않나?"

"사회적으로 알아주면 뭘 하나. 학생들 가르치는 게 아주 지긋지긋해. 그렇다고 대학을 그만두면 막상 뭘 해야겠다 하는 생각은 없어. 하지만 당장이라도 그만두고 싶어. 먹고 살 것만 있다면 말이야."

"배부른 소리 하는군."

"글쎄, 배부른 소리인지도 모르지. 그건 그렇고, 자넨 강력 사건 담당인가?"

내 물음에 그는 보기 드물게 미소를 짓다 말았다.

"강력 사건 담당이니까 여기에 왔지."

"강력 사건 맡은 지는 얼마나 되나?"

"거의 10년 가까이 돼. 경찰에 들어온 직후부터 강력 사건을 맡았으니까. 이젠 이골이 날 대로 났지. 하지만 말이야, 사건이 날 때마다 느끼는 건데, 인간의 그 범죄성이라는 것은 정말 알다가도 모르겠어. 사람의 얼굴이 다르듯이 범죄도 다 각양각색이야. 제각기 다 얼굴을 가지고 있고, 제각기 다 특성을 가지고 있어. 그런걸 보면 아주 신기하기도 하고 오묘하기도 하고. 인간의 범죄성이란 인간의 본성이 아닌가. 영원히 없어질 수 없는 인간의 본성."

"그런 생각이 들만도 하겠군."

나는 그의 말에 동의하면서 끄덕였다.

"그래, 보람을 느끼나?"

"보람을 느끼긴. 범죄를 수사하면서 내가 항상 옳다고 생각한 적은 한 번도 없거든. 그렇게 생각하게 되니까, 때로는 내가 범죄자가 된 것 같은 기분을 느낄 때가 있어. 이번 사건만 해도 그래. 그 죽은 여자 방에 들어가서 죽은 여자 시체를 한참 들여다보고 있으려니까, 마치 내가 그 여자를 죽인 것 같은 착각이 들더란 말이야. 그래서 한참 동안 손도 못 대고 멍하니 쳐다보고만 있었지."

그건 일종의 노이로제 증상인데, 라고 나는 생각했다. 하지만 그럴 만도 하겠다고 나는 고쳐 생각했다.

자연 우리들의 이야기는 나흘 전에 일어난 그 여자 피아니스트 피살 사건 쪽으로 돌아갔다.

"참, 그…… 오세란이라는 여자 피살 사건은 어떻게 된 거야? 우리 딸애한테 피아노를 가르친 선생이었는데 말이야. 젊은 여자가 참 안 됐어."

그도 내 말에 동감이라는 듯 고개를 끄덕였다.

"정말 젊은 여자가 안 됐어."

"범인은 잡았나?"

"잡기는…… 안 잡혔으니까 이러고 있지."

"가능성은 있나?"

"그게 좀 막연한 것 같아. 아직 범인에 관한 단서도 못 잡고 있으니까."

나는 내 곁에 바싹 붙어 앉아서 우리 두 사람의 이야기를 듣고 있는 아내를 힐끗 돌아다보았다. 나는 두 사람이 편안하게 아내가 자리를 좀 피해 줬으면 하고 바랐지만, 그녀는 그러기는커녕 내 곁에 찰싹 달라붙어 앉아서 바싹 귀를 기울이고 있었.

아내는 오늘 우리가 나눈 이야기를 하나도 빼 놓지 않고 귀에 담아둔 다음, 내일은 동네 여자들 앞에서 신나게 지껄여댈 것이다. 나는 동네 여자들 앞에서 떠벌리고 있을 아내의 모습을 생각하면 쓴웃음이 나왔다.

"아직 윤곽도 못 잡았다면, 고생이 심하겠군?"

"뭐, 이 정도의 고생이야 아무것도 아니지."

"어떻게 살해됐던가?"

"그 여자 목이 졸려 죽었어. 범인이 스타킹으로 뒤에서 목을 조였는데, 그러니까 목이 조이자 질식해서 죽은 거지. 그런데 말야……."

그는 말하다 말고 좀 말하기가 거북하다는 듯 내 아내 쪽을 바라보았다.

나도 아내를 돌아보았다.

"이런 이야기해도 상관없겠지 뭐."

그가 슬그머니 내 아내의 눈치를 보며 말했다.

"괜찮구말구! 말하라구. 괜찮아."

무우의 입가로 싸늘한 미소가 나타났다가 사라졌다. 그 미소를 보고 나는 좀 기분이 불쾌해지는 것을 느꼈다.

무우가 다시 말했다.

"나체로 죽었어. 그 여자 말이야."

"그러니까 나체로 목이 졸린 채 죽었단 말이지?"

나는 흥미를 느끼며 물었다.

"응, 완전히 벌거벗은 채 목이 졸려 죽었어."

"그럼, 강간 살인인가?"

"처음에는 우리도 그런 줄 알았는데, 나중에 조사해 보니까 그렇지 않았어. 흥미 있는 것은 그 여자의 죽은 자세였어. 그 여자는 피아노 앞에 앉아 얼굴을 건반 위에 묻은 채 나체로 죽어 있었거든."

"그게 무얼 의미하지?"

내가 묻는 질문에 강무우는 차마 사실대로 대답하기가 곤란하다는 듯 다시 내 아내를 힐끗 쳐다본다.

나는 아내에게 제발 자리를 좀 비켜 달라고 말했다. 그럴수록 아내는 내 곁에 바싹 붙어 앉으며, 자기는 상관하지 말고 이야기를 하라고 말하는 것이었다.

아내가 고집을 부리자 강 형사는 그럼 할 수 없다는 듯 다시 입을 열었다.

"그건 무얼 의미하느냐 하면, 그 여자가 살해당한 순간까지 벌거벗은 채 피아노 앞에 앉아서 건반을 두드리고 있었다는 이야기가 되지."

"어머! 그럴 수가······."

아내가 손으로 입을 가리며 기묘한 소리를 냈다.

"그 피아니스트가 벌거벗은 채 피아노를 치다가 교살 당했단 말이지?"

나도 놀라서 다시 물었다.

"응, 조사한 바로는 그런 것 같아. 피아노 건반 위에 머리를 처박고 죽어 있었는데······ 죽인 다음에 일부러 시체를 거기에 앉혔을 리는 없을 것 같아."

"세상에! 벌거벗고 피아노를 칠 수도 있을까?"

나는 웃음을 참으며 아내를 돌아봤다. 아내가 내 팔뚝을 꼬집는다.

"하긴 날씨가 더우니까, 보는 사람은 없겠다, 에라, 모르겠다하고 벗어부치고 피아노를 칠 수도 있겠지. 날씨가 워낙 더우니까 말이야."

내가 웃으며 하는 말에 강 형사도 같은 생각이라는 듯 고개를 끄덕였다.

"건반 위에는 악보가 그대로 놓여 있었어."

"그럼 그 여자가 죽기 전에 무슨 곡을 치고 있었는지 알 수 있겠는데?"

"그건 알 수 있었지."

"무슨 곡을 치고 있었나요?"

이번에는 아내가 눈을 반짝이며 물었다.

"쇼팽의 야상곡이더군요."

"쇼팽의 야상곡이라!"

나는 중얼거렸다.

"범인이 뒤에서 스타킹으로 목을 조였다면 여자가 몸부림쳤을 텐데…… 그대로 피아노 앞에 앉아 있었다는 게 좀 이상하지 않나?"

나는 내 나름대로 생각해 보며 물었다.

"나도 처음 그 점을 이상하게 생각했었지. 그런데 수사해 보니까, 범인은 먼저 그 여자의 뒤통수를 때렸어. 그게 치명적인 것은 아니지만 뒤통수를 맞고 여자가 의식을 잃었던 모양이야. 그 사이에 목을 조른 거지. 목을 조르는데 사용한 스타킹은 오세란의 스타킹이었어. 뒤통수를 보니까 피멍이 들어 있더군."

"잔인한 짓이군. 사람을 그렇게 죽이다니 말이야."

"그런 건 약과야. 칼로 잔인하게 난자한 시체를 보면, 그것을 보고 나서 처음에는 밥도 먹지 못했어. 요즘은 아무렇지도 않지만 말이야."

강무우는 술이 좀 들어가자, 그 때까지의 수사 내용을 나에게 소상히 들려주었다. 나와 아내는 시간 가는 줄 모르고 그의 이야기에 귀를 기울였다.

그의 말에 따르면, 부검 결과 오세란이 사망한 시간은 토요일 밤과 일요일 새벽 사이라고 했다. 좀 더 자세한 시간을 말한다면, 오세란은 토요일 밤 11시에서부터 일요일 새벽 2시 사이에 살해되었다고 했다.

"범인은 베란다로 침입했어. 앞 베란다로 말이야."

"그럼 밧줄을 타고 올라갔나? 아니면 옥상에서 밧줄을 타고 내려왔나?"

내 물음에 무우는 머리를 흔들었다.

"아니야. 비상구를 통해서 들어왔어."

그랬다. 우리 집의 경우 그 비상구는 앞 베란다의 오른쪽 구석에 있었다. 그 비상구를 나서면, 층계가 있었기 때문에 어느 층이나 마음대로 오르내릴 수가 있었다. 그러나 안으로 비상구 문을 잠가 버리면 침투하기가 어렵다.

나는 그 점을 강 형사에게 이야기했다.

"글쎄, 그게 본래 열려 있었는지, 아니면 범인이 잠긴 것을 열고 들어왔는지는 몰라도, 하여튼 비상구를 통해 사람이 들어온 흔적이 있어."

그의 이야기는 갈수록 흥미로워지고 있었다.

"흔적? 흔적이라니? 어떤 흔적 말인가?"

범인이 비상구에 남겼다는 그 흔적에 나는 흥미를 느끼고 내쳐 물었다.

"비상구 문이 잠겨 있지 않았고 베란다에서 거실로 들어오는 창문도 잠겨 있지 않았어. 그런 것보다도 더 중요한 것은, 베란다에서 거실로 들어오는 입구에 흙먼지가 많이 묻어 있었어. 그 흙먼지는 조사해 봤더니 베란다에서 묻어온 것이었어. 베란다에는 흙먼지가 꽤나 쌓여 있었는데, 그것이 그대로 거실로 묻혀 들어온 거야."

"그럼, 발자국이 있겠군?"

"응, 발자국이 있어. 하지만 카펫 위에 난 것이기 때문에 정확하지가 않아. 베란다에서 거실로 침투한 발자국이 카펫 위에 몇 개 나 있는 걸 발견했지. 성인용 남자 발자국이었어. 구두가 아니라 운동화 같았어. 그 발자국은 오세란이 죽어 있는 방 안에까지 나 있었어. 하지만 그 집안은 미국식이라서 그런지는 몰라도, 방안에까지 카펫이 깔려 있어서 발자국이 선명하지가 않았어. 참, 자넨 바로 피살자 집 밑에 살고 있으니까, 그 음악 소리를 들었겠군?"

"음악 소리라니?"

"오세란이 죽기 전까지 쳤던 쇼팽의 야상곡 말이야. 그거 듣지 못했나?"

나는 고개를 갸우뚱했다.

"듣지 못했어."

그리고 나는 아내를 쳐다보며 다시 말했다.

"토요일 밤은 내가 매우 피곤했기 때문에 일찍 좀 잤거든. 나는 한 번 잠들면 세상모르고 자니까 아무것도 못 들어. 당신, 들어 봤어? 쇼팽의 야상곡 말이야."

아내는 머뭇거리다가 고개를 흔들었다.

"저는 못 들었어요. 저도 그 날 밤 일찍 잤거든요. 당신이 잘 알잖아요?"

우리 내외의 말을 듣고 강 형사는 잘 알겠다는 듯 머리를 끄덕였다.

"그 날 밤 이 아파트에서 쇼팽의 야상곡을 들었다는 사람이 나타나면, 그 여자가 죽기 직전에 그 곡을 치고 있었다는 게 확인되는 셈이지."

"하지만 그 곡이 쇼팽의 야상곡인지 어떤지 피아노 소리를 듣고 그것을 아는 사람이 과연 그렇게 많을까? 피아노 소리는 듣긴 들었는데 그게 누구 곡이었는지 모른다면 증명할 수 있는 방법이 없잖은가?"

"그래, 바로 그게 가장 어려운 문제야. 음악에 조예가 깊은 사람이 아니고는 피아노 소리만으로 쇼팽의 야상곡을 알아맞히는 사람이 별로 없거든."

강무우는 천정을 바라보았다.

"하필 피살자의 집이 바로 위층이라 자네는 기분이 별로 안 좋겠군?"

"별로 안 좋아."

"그 여자는 매일 피아노를 쳤나? 밤늦게까지 말이야?"

그의 물음에 나는 아내를 돌아보았다. 거기에 대해서는 아내가 대답해 주었으면 하고 나는 기대했지만, 아내는 웬일인지 입을 다물고 나와 강 형사의 눈치만 보았다. 그래서 하는 수 없이 내가 말했다.

"그런 셈이었지. 그 여자는 아무 때나 피아노를 쳤어. 기분 내키는 대로 말이야. 한밤중에도 피아노 소리가 들려올 때가 있더라구. 더구나 그랜드 피아노 소리가 좀 커. 막 쾅쾅 울려댄다구. 그래서 잠을 깬 때가 한두 번이 아니라구. 놀라서 깨어 보면 피아노 소리가 천정을 두드려대는 거야."

나는 순간 나도 모르게 좀 흥분해서 말했다. 손으로 그에게 제스처를 써가며 그랜드 피아니스트의 행패에 대해서 이야기를 늘어놓았다.

"아하, 그랬었군. 주민들은 가만있었나?"

"왜, 항의도 하고, 아마 그랬던 모양인데, 그 여자에겐 먹혀들어가지 않은 모양이야. 그렇지 않았나?"

나는 아내에게 동의를 구했다.

아내는 내가 오세란에 대해 비난을 하는 듯하자, 기분이 썩 안 좋은 모양이었다.

"그거야 피아노를 전혀 모르는 무식한 사람들의 이야기죠. 그 여자의 피아노 소리를 좋아하는 사람들이 이 동네에 얼마나 많았다구요."

강 형사의 입가로 다시 냉소가 스쳐 갔다. 나는 기분이 언짢아서 담배를 피워 물고 천정을 올려다보았다.

"하여간 피아노 소리가 시끄럽다고 항의하는 사람들이 있었나요?"

"글쎄, 잘은 모르지만 반상회 때 보면 더러 그런 말을 하는 사람이 있었어요."

"오세란도 반상회에 나왔어요?"

"아뇨, 그런 데는 얼굴도 비치지 않았어요."

"콧대 높은 여자가 그런 데 나오겠어?"

나는 아내를 보고 빈정거렸다. 아내는 내 팔뚝을 다시 꼬집으려다가 말았다.

"자넨 피아노 소리 좋아하나?"

강무우가 나에게 물었다.

"좋아할 때도 있고 좋아하지 않을 때도 있지."

나는 천정을 향해 담배연기를 길게 내뿜었다.

"이상한 사건이야! 아무것도 훔쳐간 게 없어. 그 여자의 남편이라는 미국인한테 그 점을 물어 봤더니 도둑맞은 게 하나도 없다는 거야."

"아, 그 바이런이라는 미국인 말이군. 바이런한테는 의심할 점이 없나?"

"응, 없어. 알리바이가 성립됐거든."

"도대체 그자의 직업이 뭐야?"

"알고 봤더니 호텔 요리사였어. 쿠커 말이야."

"그래……?"

"J호텔 요리사야."

"그랬었군."

그 수염을 멋지게 기른 건장한 사내가 호텔의 요리장이라니, 난 믿을 수가 없었다. 그래서 아내의 반응을 살피니, 아내는 웬일인지 슬슬 내 시선을 피하고 있었다. 나는 갑자기 마음이 즐거워졌다.

아내가 일컬어 유명하다는 여류 피아니스트 오세란이, 아무리 외국인이긴 하지만 호텔 요리사와 함께 살고 있었다니, 얼마나 재미난 이야기인가! 나는 너무 웃겨서 탁자라도 치며 웃고 싶은 기분이었다.

나는 담배를 비벼 끄고 맥주잔을 들어 맥주를 벌컥벌컥 들이켰다.

"금시초문이군. 그 미국인이 J호텔 요리사라니, 그건 금시초문인데."

"지금까지 몰랐었나?"

"몰랐었지. 난 유명한 외국인 회사에 나가고 있는 사람인 줄 알았었지."

나는 웃음이 나오는 것을 억지로 참으며 바이런의 모습을 떠올려보았다. 그 외국인은 오만하기 짝이 없는 인물이었다. 미국인 특유의 친절한 미소 뒤에는 차가운 오만과 안하무인의 방자함이 도사리고 있었다.

"오세란과 그 미국인 바이런은 정식으로 결혼한 부부 사이도 아니었어."

라고 강 형사가 말했다.

그는 아무렇지도 않게 한 말이었지만, 그 말 한마디는 아내에게 더욱 큰 놀라움을 안겨준 것 같았다.

아내는 눈을 동그랗게 뜨고 무우를 뚫어지게 쳐다보는 것이었다.

"어머, 정말이에요?"

아내가 물었다. 나는 흥미진진한 눈으로 아내와 강무우를 번갈아 바라보았다.

"네, 정말입니다. 바이런한테서 직접 이야기를 들었고, 피살자에 대한 서류를 모두 검토해 봤는데, 그들은 정식 부부 사이가 아니었습니다."

"음, 그래서 아기가 없었군."

하고 나는 생각나는 대로 말했다.

그러자 강 형사는 고개를 흔들었다.

"그건 그렇지가 않아. 그래서 아이가 없는 게 아니라. 오세란은 아기를 낳을 수 없는 몸이었어."

"어떻게 그걸 알죠?"

아내가 항의하듯 물었다. 거기에 대해 강 형사는 이렇게 설명을 덧붙였다.

"그 여자의 유품을 뒤지니까 병원 진료 카드가 나왔습니다. 산부인과 병원이었는데, 그래서 그걸 가지고 가서 그 여자에 대한 병원 기록을 조사해 보고 담당 의사도 만나 봤죠. 그런데 기록에도 그렇게 나타났지만, 담당 의사 말이 그 여자는 임신할 수 없는 몸이었다는 거예요. 그 이유는 그 여자가 자궁암에 걸려 있었기 때문입니다."

"뭐, 자궁암이라구?"

나는 펄쩍 뛰며 물었다.

"어머나!"

아내의 놀라움은 아주 큰 것이었다.

"응, 자궁암이었어. 분명히 의사가 자궁암이라고 말했어. 병원 기록카드에도 자궁암이라고 적혀 있었는데, 더욱 놀라운 것은 치료가 불가능하다는 의사의 말이었어. 그러니까 그 여자는 시한부 생명을 살고 있었던 셈이지. 그 여자가 마지막으로 진료를 받은 것은 죽기 두 달 전이었는데, 그 때를 기준으로 해서 6개월밖에 살지 못한다는 진단이 나와 있었어. 그러니까 그 여자는 어차피 죽을 몸이었지. 결국 4개월 먼저 죽었다는 계산밖에 안 나오지."

그야말로 놀랍고 충격적인 말이었다. 6개월 시한부 생명을 살고 있던 여자가 살해된 것이었다. 이 얼마나 아이러니컬한 일인가? 그대로 두어도 4개월 후면 죽었을 여자가 아닌가! 범인은 그것을 알고 있었을까?

그래서 나는 강 형사에게 물었다.

"범인은 그 사실을 알고 있었을까?"

"그야 모르고 있었겠지. 범인은 그걸 몰랐으니까 그 여자를 죽인 거겠지."

아내는 창백한 얼굴로 멀거니 앉아 있었다. 그녀에게는 그것이 너무나 충격이 큰 이야기였음에 틀림없었다. 나도 몹시 놀랄 정도였으니까.

"본인은 자궁암에 걸려 6개월밖에 살지 못한다는 것을 알고 있었나?"

"응, 알고 있었어. 의사가 그 사실을 알려 줬다는 거야. 그리고 신변 정리를 하도록 말했다더군. 오세란은 처음 그 이야기를 들었을 때 믿지 않더란 거야. 그리고 거의 발광하더래. 그럴 리가 없다고 말이야. 하지만 그 병원 말고 다른 몇 군데 병원을 돌아보고 나서는 결국은 의사의 말에 승복하더래. 그러고 나서는 태도가 점점 조용해지더라는 거야."

나는 오세란에 대한 그 좋지 않던 감정이 조금은 부끄럽게 느껴지기 시작했다. 사람을 겉으로만 보고 평가한다는 것이 얼마나 잘못된 것인가를 새삼 깨달았다. 죽음을 앞둔 여인의 기분을 내가 어찌 만분의 1이라도 짐작할 수 있겠는가.

그래서 그 여자는 밤낮을 가리지 않고 피아노를 쳐댔던 것일까? 죽음을 앞둔 그녀는 단 1초도 허비하고 싶지 않았을 것이다. 낮에 일어나 활동하고 밤에는 잠자야 한다는 그 일상적인 개념 따위는 아무 의미도 없었을 것이다.

그녀는 겉으로 보기에는 화려한 생활을 즐기려는 여자 같았지만, 사실은 이 세상에서 가장 외로운 여인이 아니었을까? 서른 두 살의 나이에 시한부 인생을 선고받고 죽음을 기다려야만 했던 실패한 여류 피아니스트의 종말이 너무도 측은하게 생각되었다.

아내는 얼어붙은 표정으로 입을 꼭 다물고 있었다. 더 이상 무엇인가 물어 본다는 것이, 안다는 것이 두렵다는 그런 표정으로…….

"바이런은 그 사실을 알고 있었나?"

강무우는 고개를 저었다.

"바이런은 모르고 있었어. 오세란이 이야기를 하지 않은 거지. 내가 그 이야기를 하니까 깜짝 놀라더라구. 그러면서 엉엉 우는 거야. 몹시 그 여자를 사랑했었나 봐. 자기가 정식으로 결혼식을 올리자고 몇 번이나 간청했지만, 오세란이 듣지 않았던 모양이야."

우울하고 슬픈 이야기였다. 이보다 더 슬픈 이야기가 있을 수 있을까? 그녀가 6개월 후에 암으로 쓰러졌다면 또 달라졌을 것이다.

그런데 그 여자는 6개월 시한부 인생을 앞두고 누군가에 의해 불행하게도 살해된 것이다. 한밤중에 벌거벗은 몸으로 피아노 앞에 엎드려 목이 졸린 채 죽은 것이다. 쇼팽의 야상곡을 치다가 말이다.

"그 여자는 왜 외국인하고 살았을까?"

나는 그 여자에 대해서 궁금한 점이 한두 가지가 아니었다. 다행히 강 형사는 우리가 대학 입학 동기였다는 이유였는지는 몰라도, 내가 물을 때마다 자기가 아는 한 자세히 말해 주는 것이었다.

"오세란은 오랫동안 외국에서 살았기 때문에 외국 감각이 몸에 배어 있었던 모양이야. 그러니까 한국인으로서의 혼이 모두 없어져 버린 거지. 그런 여자에게는 한국 남자보다는 외국 남자가 더 마음에 들 수밖에 없는 노릇이지. 자기를 한국인이 아닌 외국 여자라고 착각하고 있었을 테니까. 속에 든 것이 있고 자기 뿌리를 지키려는 그런 의지가 있는 여자였다면 그럴 수야 없었겠지. 하지만 오세란은 그런 점에서 좀 부족한 여자가 아니었나 생각돼. 그 여자는 더구나 피아니스트로서 성공하지 못하고 실패한 여자 아닌가. 일단 선망의 대상이 되어 대중의 사랑을 받았던 여자가 성공하지 못했을 때 그 생활이 문란해지는 것은 일반적인 예이거든."

나는 소희한테서 들은 바도 있어 강 형사의 말에 충분히 납득이 갔다. 그와 함께 강 형사의 안목과 그의 수사의 깊이에 내심 놀라지 않을 수 없었다. 그는 정확히 문제를 포착하고 있는 것 같았다.

"집집마다 다 조사할 셈인가?"

"조사해야지. 이 아파트 동의 주민 소행인지 밖에서 침투한 범인의 소행인지는 밝혀지지 않았지만, 하여간 1차적으로 이 동에 사는 주민들이 대상이 될 수밖에 없어. 여긴 모두 48세대이더군. 그렇게 많은 세대가 아니니까, 한 집 한 집 훑어가 보면 무언가 결론이 나오겠지."

"거기에는 물론 우리 집도 포함되겠군."

내 말에 그는 잠자코 고개를 끄덕였다. 내 말이 마치 당연하다는 듯이…….

강 형사는 경찰의 수사가 두 파트로 나뉘어 진행되고 있다고 말했다. 제1파트는 살인 사건이 발생한 306동 주민들만을 상대로 한 수사 전담반이고, 제2파트는 306동 주민들 이외의 사람들, 즉 외부인들을 대상으로 수사를 전개하고 있다고 말했다.

"자넨 범행 동기가 뭐라고 생각하나?"

나는 강 형사의 생각이 궁금해서 물었다.

"글쎄, 아직은 뭐라고 말할 수 없어. 잃은 물건이 없는 걸로 봐서는 강도 살인이 아닌 것 같고, 그렇다고 치정에 얽힌 살인이라는 증거도 아직 드러나지 않았어. 원한 관계도 아직 찾을 수 없고 말이야. 그래서 더 두고 봐야겠어."

그 날 강 형사는 두 시간 남짓 그렇게 나와 이야기를 하다가 돌아갔다. 우리 집에서 저녁을 먹고 가라고 했지만, 그는 볼일이 있다고 하면서 나갔다.

비상계단

아내는 풀이 죽어 있었다.
그렇게 활달하고 명랑하던 모습은 자취를 감추고 하루 종일 맥 풀린 모습으로 입을 다물고 있을 때가 많았다. 그것은 강무우가 처음 우리 집에 다녀가고 나서 생긴 변화였다.
그의 말이 그녀에게 큰 충격을 준 것이 틀림없었다. 한 인간에 대한 환상이 갑자기 물거품처럼 깨져 버림으로써 생긴 허망함이 아내를 갑자기 그렇게 말 없는 사람으로 만들어 버린 것 같았다.
아내가 갑자기 그렇게 변해 버리자, 초조해진 것은 오히려 내 쪽이었다. 나는 아내에게 이것저것 시시콜콜 말을 걸곤 했지만, 아내는 시큰둥하는 태도로 내 말에 별로 반응을 보이려 들지 않았다.

수사본부는 아파트 단지 입구에 자리 잡고 있는 파출소 안에 설치되어 있는 것 같았다.

내가 차를 몰고 그 앞을 지나칠 때 보면, 강 형사가 다른 사복 입은 사나이들과 함께 그 안에서 서성거리거나 전화를 걸고 있는 모습이 보이곤 했다.

그런데 수사가 본격화되면서 주민들의 불평 또한 비등해지는 것 같았다. 집집마다 수사 경찰이 뻔찔나게 드나들고, 또 사람들을 수사본부로 오라 가라 하니 주민들이 불평하는 것도 무리는 아니었다.

그런데 우리 집에만은 수사관들이 찾아오지 않았다. 처음 강무우가 우리 집을 방문한 뒤에는 그 역시 우리 집에는 얼씬거리지도 않고 있었다.

아내의 말로는, 강 형사가 다른 집에 들락거리는 것을 몇 번 봤다고 했다. 하지만 그는 우리 집에는 좀처럼 다시 나타나지 않았다. 거의 1주일이 지나도록 말이다.

왜 강무우를 비롯한 수사관들이 우리 집에만은 찾아오지 않을까, 하고 나는 궁금하게 여겼다. 하지만 그 궁금증은 얼른 풀렸다.

내가 생각하기에 그들이 우리 집을 찾아오지 않는 것은, 강무우가 가로막고 있기 때문인 것 같았다. 무우는 나에 대해서 이야기를 했을 것이고, 그 집에는 찾아갈 필요가 없을 것이라고 말했을 터였다.

그리고 그 자신 수사관으로서 우리 집에 찾아오는 것을 쑥스럽게 여겼을 것이다. 그러니까 우리 집은 강 형사를 비롯한 수사관들에게는 치외법권 지대였던 셈이다.

나는 내심 강 형사에게 감사했다. 사실 형사들이 찾아와 이것저것 꼬치꼬치 캐묻는다는 것은, 그리고 거기에 일일이 답변해야 한다는 것은 귀찮고 고역스러운 일이었다.

이미 학교는 방학에 들어가 있었다.

소희와의 여행은 8월 초쯤으로 잡고 있었다. 소희와 여행을 떠나려면 결국 아내를 속일 수밖에 없다. 그런데 아내에게 꾸며댈 그럴 듯한 거짓말이 좀처럼 생각나지가 않았다.

나는 그 문제로 며칠을 고민하고 있었다. 머리가 영리한 아내를 속여 먹일 수 있는 그럴 듯한 거짓말이 좀처럼 생각나지가 않았기 때문이다.

아내는 여름 방학 때면 으레 가족이 함께 여행을 떠나는 걸로 알고 있었다. 사실 지금까지는 쭉 그래 왔었다.

그 날은 아침부터 비가 내렸다. 그 때쯤 아내는 쇼크에서 벗어나 전처럼 다시 활기를 되찾고 있었다. 그녀는 경찰 수사에 대해 몹시 관심을 가지고 있는 듯했다. 이 집 저 집에서 수사관들과 주민들과의 대화 내용을 엿듣고 와서는 나에게 곧잘 그것을 이야기해 주곤 했다.

그 날도 아내는 아침 식사를 끝내고 나자 어제 있었던 일을 장황하게 이야기하기 시작했다. 나도 어느 정도 그런 것에는 흥미를 느끼고 있었기 때문에 아내가 들려주는 말을 잠자코 귀담아 들어 주었다. 아니, 어느 새 나는 아내가 주워오는 수사에 대한 소식을 은연중 기다리는 몸이 되었다.

"어제는 글쎄, 옆집 영구네 집에 형사들이 찾아와서는 거의 세 시간 동안이나 앉아 있다 갔대요. 형사 두 명이 찾아왔는데 인상을 들어 보니까, 그 중 한 사람은 저번에 왔던 당신 대학 때 그 친구 같아요. 강 형산가 뭔가 하는 사람 말이에요."

영구네 집이라면 바로 우리 집 옆집이었다. 문을 열면 그 집 출입문과 마주 보게 된다. 그 집은 703호였다.

"영구 엄마가 글쎄, 그 날 밤 쇼팽의 야상곡을 들었다지 뭐예요. 그 집도 음악에 대해서는 좀 알잖아요. 그래서 밤 늦게까지 야상곡을 들으면서 속으로 시끄럽긴 하지만 정말 잘 친다고 생각하고 있었대요. 남편도 물론 그 소리를 들었대요. 그 시간에 영구네는 무얼 하고 있었겠어요. 뻔하잖아요."

"뻔하다니? 그게 무슨 말이지?"

나는 미처 아내의 말뜻을 알아차리지 못하고 멍청하게 아내에게 물었다.

"아이, 당신도 참! 부부가 밤늦게 안 자면 무얼 하겠어요. 그거 하는 거죠."

그렇게 말하고 나서 아내는 킬킬거리고 웃었다. 나는 어이가 없어서 허공에다 시선을 던졌다.

"그런데 형사들이 글쎄 그 시간에 뭘 했느냐고 꼬치꼬치 캐묻더래요. 그렇다고 그걸 하고 있었다고 어떻게 말하겠어요. 알아서 짐작을 하라고 하니까, 그래도 말을 해야 한다고 하면서 기어코 묻더래요. 그 시간에 무얼 하고 있었느냐? 잠은 몇 시에 잤느냐? 그러면서 비상구로 통하는 그 베란다에 나가서 이것저것 들여다보기도 하고 문을 열어 보기도 하면서 별의별 것 다 조사하고 묻고…… 하여간 학을 뗐대요. 영구 엄마는 그래도 이 동에서 그 피아니스트하고 제일 가까웠잖아요."

"그랬었나?"

나는 처음 들어 보는 이야기였다.

"그럼요. 제일 친했어요. 영구 피아노 교습을 부탁하고부터는 거의 매일이다시피 찾아갔는데요. 갈 때는 어디 빈손으로 가나요. 꼭 뭘 들고 갔죠. 형사들이 그걸 알았나 봐요. 영구 엄마가 피아니스트하고 제일 가까웠다는 것을. 그래서 그렇게 꼬치꼬치 캐물었나 봐요."

"그거야 당연한 일이지. 가까웠다면 형사들이 조사하는 건 당연하지. 그래도 그 정도로 그쳤다면 다행인데."

"그 정도로 그친 게 아니고 다시 또 오겠다며 갔대요."

"죄만 없다면 몇 번 찾아와도 상관없는 일이지."

"하지만 어디 사람 마음이 그래요? 형사가 찾아와서 기분 좋아하는 사람이 어디 있어요. 글쎄, 이것저것 물으면서 샅샅이 뒤지더래요. 장롱도 열어 보고 서랍도 열어 보고, 뭘 찾긴 찾는가 본데 뭘 찾고 있는지 모르겠더래요."

"괜히 그래 보는 거겠지 뭐. 형사들은 으레 그러거든."

나는 알지도 못하면서 내키는 대로 말했다.

"영구 아버지는 지금 잔뜩 겁을 집어먹고 있대요. 혹시 잘못해서 죄를 뒤집어쓰지나 않을까 해서 말이에요."

그 말에 나는 웃음이 나왔다. 내가 웃는 것을 보고 아내는 눈을 흘겼다.

"비웃지 말아요. 사람 일이란 알 수 없어요. 자기는 죄 없다고 장담하다가 큰 코 다친다구요. 요즘 그런 경우가 많잖아요. 죄도 없는데 자기도 모르게 죄를 뒤집어써 가지고 꼼짝없이 고생하는 사람들 말이에요."

"많다기보다는 그런 경우가 더러 있겠지. 사실 흑백을 가린다는 게 그리 쉬운 일이 아니거든. 인간이 하는 일이, 흑을 백으로 보는 수도 있고 백을 흑으로 볼 수도 있지."

"그러니까 하는 말이 아니에요? 영구 아버지는 자기가 그렇게 될까 봐 잔뜩 겁을 집어먹고 있대요."

내 눈치를 보더니 아내는 입을 가리고 웃었다.

영구 아버지라는 사람은 나와 비슷한 또래의 사나이로 세관에 나가는 공무원이라 했다. 나와는 특별히 따로 만나 이야기를 나눈 적은 없었지만, 이웃에 살고 있고 또 아내들끼리 내왕이 잦았기 때문에 그와 마주치면 눈인사 정도 나누는 처지였다. 공무원이라 겁을 집어먹을 만도 하겠다는 생각이 들었다.

"그런데 영구 엄마 말이, 영구 아빠가 걱정할만한 그런 이유가 있대요."

"그럴 만한 이유라니?"

"글쎄, 바이런 있잖아요, 그 사람이 전에 미국에서 배편으로

짐을 많이 가져왔다나 봐요. 세관 통과가 쉽지 않으니까 그것을 영구 아빠한테 부탁했었나 봐요. 영구 아빠는 가급적이면 잘 봐주려고 했었나 봐요. 그렇다고 뭐 돈을 먹었다거나 그러지는 않구요, 법이 허용하는 한도 내에서 가능한 한 잘 봐줬나 봐요. 그런데 그것이 마음에 걸려서 안절부절못하고 있대요."

"뇌물을 받지 않았으면 걱정할 것 없잖아?"

"아이, 그렇지만 하다못해 양주병이라도 한 병 받을 수 있잖아요. 아무리 안 받았다고 하지만 전혀 안 받을 순 없잖아요. 하다 못해 뭐 담배 한 갑이라도 받았을 텐데. 그러니까 그게 마음에 걸려서 겁을 집어먹고 있나 봐요."

"그거 참, 걱정도 여러 가지군."

"당신은 걱정 없으세요?"

"글쎄, 나는 별로 없는데."

"거짓말 말아요. 세상에 걱정 없는 사람이 어딨어요?"

"만약 나에게 걱정이 있다면, 나는 누구를 사랑하게 될까 봐 걱정이야."

"아이구, 사랑해 보시구랴."

아내가 갑자기 달려들어 내 허벅지를 꼬집는 바람에 나는 펄쩍 뛰었다.

집안에서 아내와 노닥거린다는 것이 답답했기 때문에 나는 우산을 들고 밖으로 나왔다. 어디로 갈까 망설이다가 나는 엘리베이터를 타고 옥상으로 올라갔다. 옥상에서 내려다보는 바다

경치가 그만이었기 때문이다.

옥상에는 아무도 없었다. 나는 난간 쪽으로 걸어가 저 아래 바다를 내려다보았다.

바다는 거무칙칙한 색깔이었고 파도가 세게 일고 있었다. 그 위로 갈매기들이 바쁘게 날아다니고 있었다.

조그만 어선 한 척이 거센 파도에 침몰할 듯 말 듯 가랑잎처럼 아슬아슬하게 떠가고 있는 것도 보였다. 나는 그 배를 한참 눈으로 쫓다가 이번에는 수평선 쪽을 바라보았다. 수평선은 검은 구름에 덮여 보이지 않았다.

바람이 우산을 날려 버릴 듯 거세게 몰아쳐 왔다. 그대로 있다가는 옷이 다 젖을 것 같아 도로 내려가려고 몸을 돌리는데, 저만치서 누군가가 걸어오는 것이 보였다. 그 사람이 우산을 뒤로 젖혔다.

"아니, 여기는 웬 일로?"

그 사나이가 내 쪽으로 다가오면서 말을 걸어왔다. 놀랍게도 그 사람은 다름 아닌 강 형사였다. 우리는 반갑게 악수를 나누었다. 그리고 심한 비바람을 피해 엘리베이터 실 뒤쪽으로 걸어갔다.

"어떻게 여길 왔나?"
하고 무우가 물었다.

"응, 바람을 쐬려고 왔어. 가끔 여기 올라와서 바다를 내려다보곤 하지. 밑에서 보는 바다하고 위에서 내려다보는 바다하곤 영 다르거든."

"어디가 더 좋은가?"

"위에서 내려다보는 바다가 한결 멋있지."

"이렇게 비가 오는데 옥상에 올라와서 바다를 구경하다니, 정말 자네답군."

"아니야, 이런 날씨에 바다를 바라보면 다른 때하곤 영 다르거든. 바다 색깔이 시커매. 먹물을 풀어 놓은 것처럼 시커멓거든. 맑은 날씨 때 보는 바다 색깔하고는 영 딴판이지. 더구나 이렇게 바람이 셀 때는 파도가 높이 치기 때문에 정말 볼 만하다구. 자, 보라구."

나는 바다를 향해 팔을 뻗어 보였다.

강 형사와 나는 한동안 말없이 몸부림치는 바다를 바라보고 있었다.

"정말 대단하군. 아까 뉴스를 들으니까 곧 태풍이 온다고 하던데."

"금년엔 태풍이 일찍 오는군."

바닷가에 살다 보니까, 나는 어느 새 태풍에 대한 감각이 발달되어 있었다. 늦은 여름과 가을에 걸쳐 태풍은 한 해에도 수차례씩 오곤 했다.

"여긴 어쩐 일인가?

담배 한 개비를 뽑아 주며 내가 물었다.

"응, 좀 둘러보려고 왔지."

하긴 수사를 하려면 옥상도 둘러봐야 할 거라고 생각했다. 직업치고는 참 고달픈 직업이라는 생각이 들었다.

자연, 우리들의 이야기는 사건 쪽으로 흘러갔다.

그는 옥상 바닥 한쪽에 놓여 있는 커다란 철판 뚜껑을 가리켜 보였다.

"저게 바로 비상계단으로 통하는 데지. 보라구."

그러면서 그는 그 앞으로 다가가 손잡이를 잡고 들어올렸다. 뚜껑이 열리고 구멍이 나타났다. 내가 서 있는 곳에서도 계단이 내려다보였다.

"이게 잠겨 있지 않더란 말이야. 그러니까 누구라도 옥상에 올라와 가지고 이 뚜껑을 열고 계단을 타고 내려갈 수 있지. 비상계단을 타고 아래층까지 내려갈 수 있는 거야. 마음대로 오르내릴 수 있거든."

"침투하기가 아주 쉽게 되어 있군."

나는 강 형사 곁으로 다가섰다.

"그렇지. 이런 뚜껑이 저쪽에도 하나 있어. 그러니까 이 동에는 비상계단이 두 개가 있지. 이쪽하고 저쪽 말이야. 비상계단으로 내려가면 각 층마다 양쪽 집으로 들어갈 수 있는 비상문이 있지. 그것만 열 수 있으면 마음대로 어느 집이든 들어갈 수가 있는 거야."

그건 나도 알고 있는 사실이었다.

"그럼, 범인이 이 철판 뚜껑을 열고 이리 침투했나? 아니면 저쪽으로?"

내 질문에 강 형사는 머리를 흔들었다.

"아직 단정을 내릴 수는 없어. 범인이 어디로 침투했는지는 아직 밝혀지지 않았어. 단지 가능성만을 조사하고 있는 거지. 이번 사건은 아주 치밀하게 계획된 살인이었어. 범인이 지문 하나 남기지 않은 것을 보면, 사전에 철저히 준비를 했던 게 틀림없어. 범행 동기 같은 것도 완전히 베일에 가려져 있어. 범행 동기를 알 수 없게 만들어 버린 게 분명해."

그는 가느스름한 눈으로 나를 쳐다보았다. 그의 눈은 가늘게 찢어져 있어서 웃을 때는 그것이 부드러워 보였지만, 정색을 하고 곁눈질로 쳐다볼 때는 날카로운 느낌을 주곤 했다.

그가 뚜껑을 닫았고, 우리는 비바람을 피해 아까의 자리로 돌아와 나란히 섰다.

"지난 1주일 동안 별로 얻은 게 없었나 보군."

그는 팔을 벌려 보였다.

"없었어. 귀중한 시간만 허비했어."

"주민들은 모두 만나 보았나?"

"모두 만나 봤지. 만나 봤지만 소득이 없었어. 아무래도 장기전으로 돌입할 것 같아. 귀찮게 됐어."

그는 눈을 가늘게 뜨고 하늘을 올려다보았다.

"주민들의 불평이 대단한 것 같던데."

내 말에 그는 인정한다는 듯 끄덕였다.

"그래, 그런 줄은 알고 있어. 주민들은 생각보다는 비협조적이야. 하지만 그렇다고 수사를 안 할 수도 없고, 또 어떤 용의자가 있는 것도 아니고 말이야. 그러니까 막연히 한 사람도 빠짐없이 조사할 수밖에 없지. 보통 힘들지가 않아. 그리고 하필 범행

시간이 한밤중이었어. 알리바이를 추궁하기가 더욱 힘들게 됐지. 주민들에게 그 시간에 뭘 하고 있었느냐고 물으면, 거의가 하나같이 잠을 자고 있었다는 거야. 그건 당연한 이야기이거든. 그 때는 모두가 한참 잠들어 있을 시간이니까 말이야. 아주 까다로운 문제야."

"솔로몬의 지혜가 필요하겠군."

"응, 그런 지혜라도 있었으면 좋겠어. 거의 한결같은 대답이거든. 자고 있었다, 아니면 뭐 부부 사이에 부부 관계를 하고 있었다, 혹은 텔레비젼을 보고 있었다, 비디오를 보고 있었다, 뭐 이런 식이야. 그러니 어디 해 먹을 수가 있어야지."

"델리킷한 문제군."

"그래, 이건 아주 델리킷한 사건이야. 이런 살인 사건은 나도 처음이야."

그는 한숨을 내쉬고 다시 담배 한 대를 피워 물었다. 그의 얼굴에는 고심하는 표정이 역력히 드러나 있었다.

"아파트의 모든 주민을 조사했다면서 왜 우리 집에는 조사하러 오질 않나?"

나는 벼르고 있던 말을 꺼냈다.

"집사람도 그러더라고. 다른 집에는 다 가는 것 같은데, 우리 집에는 웬일인지 오지 않는다고 말이야. 오히려 그 점을 이상하게 생각하는 것 같더라고."

내 말에 강무우는 보일 듯 말 듯 희미하게 웃었다. 그것은 음침하게 느껴지는 미소였다. 나는 그 미소를 보고 기분이 약간 언짧았다.

"자네 집이야 조사할 게 없잖나. 내가 자네를 잘 아는데 조사할 게 뭐가 있겠나. 그러잖아도 다른 형사들이 자네 집에 가려는 것을 내가 막았지. 그 집에는 갈 필요가 없다고 말이야. 조사할 게 있으면 내가 조사하겠다고 그랬지."

내가 예상했던 대로였다.

"고맙군. 하지만 말이야, 이런 일에 친구고 뭐고 따져서야 되겠나. 물어 볼 게 있거나 조사할 게 있으면 우리 집 사람한테라도 물어 보라구. 오히려 친구라고 해서 안 찾아오면 내가 부담을 느낀다구."

그는 알겠다는 듯 끄덕였다.

"물론, 꼭 조사해야 할 일이 있으면 조사하게 되겠지. 하지만 아직은 없어. 앞으로도 없겠지만 말이야."

그는 희미한 미소를 지우지 않은 채 나를 곁눈질로 쳐다보면서 말했다. 그러고 나서 그는 철판 뚜껑이 있는 쪽으로 걸어가더니 다시 그것을 들어올렸다.

"나하고 함께 여기 내려가 보지 않겠나?"

갑작스런 제의에 나는 어리둥절했다. 그에게는 그것이 필요한 짓이겠지만, 나로서는 마치 아이들 장난으로밖에 여겨지지 않았다.

나는 싫다고 대답하기도 뭣해서 그를 따라 비상계단을 내려갔다. 비상계단으로 내려가는 구멍은 한 사람이 겨우 들어갈 수 있을 정도의 크기였다. 벽에 단단히 고정되어 있는 철제 사다리는 거의 90도 각도로 서 있었다. 사다리 아래는 비상계단이 시작되고 있었다.

"여기가 12층 비상구지."

강 형사가 12층 계단에 우뚝 서서 양쪽 집 비상구를 가리켜 보였다.

"이쪽이 1203호고 이쪽은 1205호야."

강 형사가 먼저 계단을 내려갔고 나는 그 뒤를 천천히 따라 내려갔다.

"아파트 구조는 단절되어 있는 것 같으면서도 유기적으로 연결되어 있거든. 그래서 도둑이 마음만 먹으면 이 집 저 집으로 들락거릴 수 있게 되어 있단 말이야."

듣고 보니 그런 것 같았다. 우리는 이윽고 살인 사건이 일어난 8층 계단에 다다랐다. 강 형사는 손바닥으로 805호의 비상 철문을 쓰다듬으며,

"여기가 바로 피아니스트의 집이지."

라고 말했다.

"범인이 이리 침투했단 말인가?"

나는 철문을 바라보며 그에게 물었다. 강 형사는 고개를 끄덕였다.

"이 문을 열고 침투했지. 그런데 여길 보면 알겠지만, 강제로 문을 연 흔적은 없어. 열쇠로 문을 열었던가, 아니면 문이 잠겨 있지 않았든가, 둘 중의 하나겠지. 피살체가 발견되고 우리가 달려와서 이 집에 들어가 봤을 때, 이 비상계단 문은 안에서 잠겨

있지 않았어."

그렇게 말하면서 강 형사는 문손잡이를 잡아당겨 보았다. 문은 잠겨 있었다.

"이 문은 안쪽에서 이중으로 잠기도록 되어 있어. 특별히 자물쇠 장치를 하나 더 해놨기 때문에 열쇠 없이는 열기가 힘들어. 나는 그 열쇠를 봤지. 바이런이 보여 주더군. 그걸 열쇠공한테 가지고 가서 물어 봤더니 정교하게 만들어진 외제이기 때문에 열쇠 없이는 도저히 열 수가 없다는 거야. 바이런은 비상구를 연 적이 한 번도 없었다는 거야. 모르지. 죽은 오세란이 열어 놓았는지는 몰라도. 아무튼 우리가 상식적으로 생각해 볼 때 집주인이 비상구를 열어 놓을 리는 없을 거란 말이야. 더구나 외제 자물쇠까지 하나 더 만들어 달았을 정도라면 도둑을 상당히 경계했던 게 틀림없어. 바이런의 말이, 열쇠를 분실한 적은 없었대. 열쇠는 두 개가 있는데, 내가 확인해 봤더니 그대로 있었어. 비상구 열쇠야 항상 서랍 같은데 넣어 두지 않나. 거기에 그대로 들어 있더라구. 그렇다면 범인은 어떻게 이 비상구를 열고 들어갔을까?"

강 형사는 내 대답을 구하는 듯 나를 한참 동안 응시했다. 그러나 내가 거기에 어떻게 대답할 수 있겠는가.

"그것 참, 묘한 일이군?"

나는 그렇게 얼버무릴 수밖에 없었다.

"묘한 일이지. 사건이 해결되기 전까지는 묘하게 생각할 수밖에 없지. 열쇠 없이는 절대 열 수 없는 문. 주인은 분명히 안에서 그 문을 잠갔다, 범인은 자물쇠에 손상 하나 입히지 않고 문을 열고 들어갔다. 어떻게 안에서 잠긴 문을 열고 들어갔을까? 묘한 일이지. 확실히 묘한 일이야. 하지만 사건이 해결되고 나면 묘한 일은 하나도 없어. 모든 것이 처음부터 사리에 맞게 이루어진 거야. 분명히 여기도 과학적으로 입증할 수 있는 논리가 개재되어 있어. 자네의 생각을 말해 보게. 철학이야말로 가장 논리적인 학문이 아닌가. 그러니 자네야말로 가장 논리적인 사고의 소유자지."

나는 눈을 끔벅거렸다.

"글쎄……."

"누가 안에서 문을 열어 주었다는 결론이 나와."

나는 깜짝 놀라 그를 쳐다보았다.

"누가 안에서 문을 열어 줬다는 건가? 바이런이 말인가? 바이런은 집에 없었다고 하지 않았나? 집에는 오세란이 혼자서 벌거벗은 채 피아노를 치고 있었다고 했고, 그런데 누가 안에서 비상구의 문을 열어 줬지? 그 시간에는 분명히 오세란이 혼자서 피아노를 치고 있었어. 그 시간에 문을 열어 준 사람은 없었을 거야."

"문은 그 전에 열어 놓았다는 이야기가 돼. 다시 말해 낮에 누군가가 이 집안에 들어와서 비상구 문을 미리 따 놓았다는 결론이 되지."

"누가, 누가 그런 짓을 했을까?"

나는 여전히 놀란 표정으로 물었다.

지금 강 형사의 말을 듣고 보니 금방이라도 범인이 잡힐 것만 같았다.

강무우는 차갑게 웃었다.

"그야 누가 문을 따 놓았는지는 알 수 없지. 하지만 내 생각에는 그랬을 거라 이거야. 누군가가 낮에 또는 저녁 때 이 집에 침투해서 비상구 문을 따 놓고 돌아갔어. 그리고 한밤중에, 그 비상구로 들어온 거야. 주인이야 비상구 문이 으레 잠겨 있겠거니 하고 생각하기 마련이지. 누가 베란다로 나가서 매일 비상구 문을 점검하겠나? 안 그래? 특별한 일이 없을 때에는 나가 보지도 않을 거란 말이야."

"그야 그렇겠지. 그럼 혹시 그 가정부가 비상구 문을 열어 놓았을까?"

내 머리에 가장 먼저 떠오른 사람은 가정부였다. 가정부는 항상 그 집을 드나들 수 있고 그 집안을 마음대로 휘젓고 다닐 수가 있기 때문이었다.

"나도 제일 먼저 가정부를 생각했었지. 그래서 가정부를 집중적으로 조사해 봤는데, 혐의점을 발견할 수가 없었어. 가정부가 오세란을 살해할 동기를 발견할 수가 없었어. 그 여자는 오세란의 집에서 시간제로 일하면서 경제적으로 큰 도움을 받고 있었어. 그런 터에 왜 오세란을 죽이겠나? 그리고 여자의 솜씨는 아니야. 스타킹으로 목을 맨 그 힘이 여자의 힘일 수가 없어. 강한 남자의 힘이 아니고는 그렇게 스타킹으로 목을 매서 죽이기가 힘들어. 아무리 뒷머리를 쳐서 실신시켜 놓고 죽였다고 하지만 말이야."

"그렇다면 범인을 남자라고 치고, 그럼 그 남자가 낮에 또는 저녁 때 그 집에 들어와서 비상구 문을 따 놓고 밤중에 침투했다는 건가?"

강 형사는 팔짱을 끼고 잠시 생각에 잠기는 듯한 표정을 짓다가 말을 계속했다.

"비상구 자물쇠는 그녀가 죽기 여러 시간 전에 또는 하루나 이틀 전에, 아니면 사흘 전에도 열어 놓을 수가 있어. 하지만 주인이 주의 깊게 가서 보지 않는 한 열려 있는지 잠겨 있는지 알 수가 없지. 그래서 나는 최대한 기간을 잡아 가지고 조사를 했어. 죽기 1주일 전부터 그 집에 드나들었던 사람들의 리스트를 모두 작성해 보았어. 언제, 누가, 몇 시에 그 집을 방문했었다는 것을 정확히 알아야 된다는 것은 불가능한 일이었지. 먼저 가정부한테서 이야기를 들었어. 가정부는 언제나 12시에 와서 5시에 돌아가거든. 그래서 그 시간에 그 집을 방문했던 사람들을 모두 체크해 보았지. 사실 오전 12시까지는 오세란이 항상 잠들어 있기 때문에 그 집을 방문하는 사람은 없을 거란 말이야. 12시가 지나서 방문객이 있으면 있지, 그 전에는 방문객이 없을 거란 말이야."

"방문객은 피아노를 배우는 아이들일 수도 있잖나?"

"그렇지. 아이들도 그 대상이 되지. 오세란은 다섯 아이한테 피아노를 가르쳤어. 초등학생이 넷, 고등학생이 한 명이었어. 피아노를 배우는 학생들 외에 이 집을 방문했던 사람들에 대해서는 빠짐없이 정확한 리스트를 작성할 수가 없었어. 왜냐하면 오후 5시 이후에 이 집을 방문했던 사람들은 가정부가 없을 때 온 사람들이지. 다시 말해 오세란이나 바이런이 맞이했던 사람들이란 말이야. 그런데 오세란은 죽었기 때문에 말을 할 수 없고, 바이런한테 알아봐야 하는데 바이런은 오세란이 죽기 전 며칠 동안 집에 들어오지 않았어."

"그게 확실한가?"

"확실해. 그쪽에 대해서 알아봤는데 모두 알리바이가 성립돼. 그러니까, 바이런은 자기 집에 누가 방문했는지를 하나도 모르고 있지. 결국 내가 확보할 수 있었던 것은, 가정부를 통해서 이 집을 방문했던 사람들의 명단이야. 12시에서 5시 사이에 말이야."

"그래서 그 리스트에 나와 있는 사람들을 모두 조사해 봤나? 그 사람들이 모두 몇 명이나 되지?"

"약 10명쯤 돼."

"학생들까지 포함해서 말인가?"

"아니지. 학생들은 빼 놓고 말이야. 그 사람들에 대해서는 은밀하게 조사를 진행하고 있어."

그 사람들이 누구냐고 물으려다가 나는 그만두었다. 그런 것까지 내가 알 필요가 없었기 때문이다.

다만 나는 이렇게 물었을 뿐이다.

"그 사람들 중에는 우리 집 사람도 당연히 포함되어 있겠군. 내가 알기에는 우리 집 사람도 그 집에 뻔질나게 놀러 다녔으니까 말이야."

거기에 대해 강 형사는 그렇다고 대답했다. 그리고 그 이상은 말하려고 들지를 않았다.

"그렇다면 우리 집 사람에 대해서도 당연히 조사를 해야 하지 않겠나?"

내 말에 그는 딱하다는 듯 나를 쳐다보았다. 그리고 중얼거리듯이,

"글쎄…… 하게 되면 하겠지."

라고 말했다.

강무우와 살인 사건 수사에 관한 이야기를 나누는 시간이 길어질수록 나는 마치 나 자신이 수사관이나 된 것 같은 기분이 들게 되었고, 그래서 이 사건에 대해서 이모저모로 생각하게 되었다. 그리고 차츰 생각이 깊어질수록 나는 묘한 스릴까지 느끼게 되었다.

"벌거벗고 피아노를 치는 모습은 아름다웠을 거야."

강 형사가 느닷없이 뚱딴지같은 말을 했다.

"그 여자는 몸매도 아주 좋았어. 대단히 육감적이고 균형 잡힌 몸매를 가지고 있었어. 피부는 우윳빛처럼 하얗고 탄력이 있었어. 그리고 말이야……."

강 형사는 말하다 말고 눈웃음을 치더니 말할 듯 말 듯 내 눈치를 보는 것이었다.

나는 그의 말이 듣고 싶었다.

"우리끼리 있으니까 말인데 말이야, 그 여자의 음모가 정말

기가 막혔어."

"음모라니?"

나는 얼른 그의 말뜻을 알아듣지 못하고 되물었다.

"이 사람, 음모도 모르나. 거기에 난 털 말이야."

나는 어리벙벙한 표정으로 그를 바라보다가 하늘을 향해 얼굴을 쳐들고 웃음을 터트렸다. 그 말이 우습다기보다 그런 말을 하면서 짓는 그의 표정이 너무도 우스웠던 것이다.

사실 우리 사이에 음담을 나눈다는 것은 체통 없는 짓이었기 때문에 서로가 삼가고 있었다. 여간 친한 사이가 아니고는 함부로 그런 말을 나누지 않는 법이다.

더구나 나는 대학에서 철학을 강의하는 교수가 아닌가! 그런 내 앞에서 그가 음모 운운했으니, 나로서는 신선한 충격을 느꼈던 것이고, 그래서 몸 둘 바를 모르고 웃어제꼈던 것이다. 너무 웃었기 때문에 나는 눈물까지 다 나왔다. 눈물을 손등으로 닦고 나서도 나는 여전히 웃으며 그를 쳐다보았다.

그러나 그는 별로 웃고 있는 표정이 아니었다. 조금은 민망한 듯 무표정하게 나를 쳐다보다가 시선을 허공으로 던지는 것이었다.

그런데 음모라는 말이 그 때 나에게는 음담으로 생각되지가 않았다. 그것은 신선한 충격이었고, 우리 사이의 벽을 일순간에 허물어 버린 한마디였다.

그 한마디로 강 형사와 나 사이에 놓여 있던 벽이 와르르 무너져 버린 것 같았고, 그 때부터 나는 무슨 말이라도 할 수 있을 것 같았다. 나는 대학 교수가 아닌 한낱 장난꾸러기 같은 소년처럼 생각되었다.

옛날 여자의 몸에 대해, 그리고 섹스에 대해 거리낌 없이 이야기를 나누던 대학생 시절이 생각났다. 오히려 그 때가 더 그리웠고, 지금은 위선으로 가득 찬 생애를 살고 있는 것 같은 생각이 들었다.

"도대체 음모가 얼마나 근사하게 났기에 그런가?"

나는 웃으며 물었다.

그러나 그는 웃지도 않았고, 사뭇 진지한 표정으로 이렇게 말했다.

"여자를 더러 거쳐 봤지만 그 부분에 털이 그렇게 멋지게 난 여자는 처음 봤어. 가지런하게 빗으로 빗어놓은 것처럼 보드랍고 윤기 있는 털이 무성하게 자라 있었어. 한번 쓰다듬고 싶은 충동을 느꼈다고."

그가 자신의 말대로 오세란의 거기를 쓰다듬었을지도 모른다고 나는 생각했다. 그와 함께 나는 그의 진지한 표정에서 탐미적인 분위기 같은 것을 느꼈다. 그 때까지 그를 막돼먹은 형사쯤으로 알고 있었던 나는, 비로소 새로운 시선으로 그를 바라보게 되었다.

"아기를 낳지 않은 여자라서 그런지는 몰라도, 가슴도 아주 탄력이 있었어. 나는 그 여자의 주검을 보고 그리고 벌거벗은 채 피아노를 치던 그 여자의 모습을 상상하고, 거기에서 좀 다른 분위기를 느꼈어. 그녀는 탕녀도 아니었고, 그렇다고 그렇게 퇴폐

적이었다고도 볼 수 없을 것 같아. 그보다는 오히려 데카당한 분위기의 여자였다고 보는 게 옳을 것 같아. 방안 곳곳에서 그런 분위기가 느껴지더라고. 그 여자의 일기 내용은 온통 그런 투성이였어."

"그 여자가 일기를 썼나?"

나는 놀라서 물었다.

"응, 일기를 썼어. 그 여자는 하루도 빠짐없이 일기를 썼더군. 대학 노트로 자그마치 스무 권이 넘어요. 그리고 모두 한글로 썼어."

"일기 내용이 온통 데카당스 했단 말인가?"

"그런 냄새가 짙게 풍겼어. 그리고 정치적으로 말한다면, 그 여자는 무정부주의자였어."

"그 여자가 아나키스트였다고?"

나는 사뭇 놀라지 않을 수 없었다.

"그래, 철저한 개인적 자유주의에 심취해 있었어."

"그 여자에게 그런 의식이 분명히 있었단 말이지?"

"그래, 그건 분명해. 하긴 그녀가 데카당이었다면, 그 여자가 아나키스트였다고 말하는 것도 일리는 있지. 서로 상통하니까 말이야."

그 여자에게 그런 면이 있었다는 것은 금시초문이었고 정말 놀라운 일이었다.

"그래서 그 여자는 바이런과 정식으로 결혼식을 올리지 않았던 것 같아. 결혼이란 것을 개인의 자유를 속박하는 우스운 사회관습으로 생각했던 거지. 물론 자궁암 때문에 아이를 가질 수 없었지만, 설령 아기를 가질 수 있었다 해도 그 여자는 아기를 가지지 않았을 거야. 바이런은 그녀의 섹스 상대였어. 그녀에게 있어서의 이성은 오직 섹스 상대였을 뿐이야. 가정을 이루고 자식을 낳고 하는 그러한 모든 것을 그 여자는 우습게 여겼어. 특히 한 달 전 일기를 보니까, 그녀는 바이런을 지겹게 생각하고 있었어. 이제 헤어져야겠다고 마음을 먹고 있었어. 새로운 상대를 찾아야겠다는 구절도 보였고, 다시 한국을 떠나야겠다는 내용도 있었어. 그 여자는 자신을 한국인이라고 생각하지 않고 세계인이라 생각했지. 지구촌의 한 인간으로서 자기를 생각했었어. 그러니 자기를 속박하려 느는 사회적 관습이나 권력이나 그런 모든 것이 우습게 보이고 그런 것들을 모두 경멸할 수밖에 없었지. 그리고 그 여자에게는 시간 관념 같은 것도 없었어. 시간 관념이 없으니까 남과 같이 생활할 수 없고 밤을 낮처럼 살았던 것 같아."

그 여자가 그런 여자인 줄 알았더라면 죽기 전에 한 번 만나 이야기라도 나눌 걸 그랬다고 그에게 말할까 하고 나는 생각했다. 강 형사의 말대로 그녀가 정말 그런 여자였다면, 나와 이야기가 통할 수 있었을 것이라고 말하고 싶었다.

나는 그녀의 죽음을 애석하게 생각했다.

"그리고 그 여자는 매우 외로운 처지였어. 가족이 모두 미국으로 이민 갔었는데, 부모는 돌아가시고 오빠 내외가 거기 남아 있는 모양이야. 오빠 내외하고 사이가 좋지 않아서 미국에 있을 때도 혼자 떠돌아다녔던 모양이야. 미국만이 아니고 세계 각지를 돌아다녔어. 이집트 사람하고도 살고, 프랑스 사람, 터키 사람하고도 살았다는 기록이 있어. 흑인하고도 6개월쯤 동거했고. 그런데 한국 사람하고 살았다는 기록은 보이지 않았어. 그런데 참, 그 여자는 여기서 주로 무슨 곡을 쳤나?"

갑자기 화제가 바뀌는 바람에 나는 약간 당황했다. 얼떨결에 나는,

"낮에는 잘 모르겠지만 밤에는 쇼팽 것을 많이 쳤던 것 같아. 특히 야상곡을 말이야."
라고 말했다.

"야상곡은 서정적인 터치 아닌가?"

"그렇지. 쇼팽은 두 개의 얼굴을 가진 사람이었지. 남성적인 면하고 여성적인 면 말이야. 그 중에서도 야상곡은 여성적인 냄새가 많이 나는 작품이지."

"그 곡을 좋아하나?"

그가 곁눈질로 나를 쳐다보며 물었다.

나는 끄덕였다.

"응, 나도 야상곡을 조금 좋아하는 편이지. 하지만 그것도 매일 들으니까 지겹더라고. 처음 그 곡이 들려왔을 때는 잠을 이룰 수 없을 정도로 감미로웠지. 야상곡은 형식이야 단순하지 않은가. 기교도 그렇게 어려운 곡이 아니지. 단지 서정성이 풍부하고 로맨틱한 몽상 속으로 듣는 사람을 몰아넣기 때문에 처음 들을 때는 상당히 감미롭지. 쇼팽은 야상곡을 모두 20곡인가 21곡인

가 썼는데, 현재 주로 쓰이고 있는 것은 19곡 정도로 알고 있어. 그 중에서도 특히 2번곡이 상당히 일반에게 많이 알려져 있지 않나?"

"난 음악에 대해 별로 몰라. 야상곡에 대해서도 별로 아는 것이 없었는데, 이 사건을 맡으면서부터 야상곡의 테이프를 사다 놓고 들어 봤지. 정말 감미로운 곡이야."

우리는 음악에 대해서 한참 동안 이야기를 나누었는데, 강무우는 내가 생각했던 것 이상으로 음악에 대해서 여러 가지로 아는 것이 많았다.

그 방면에서 일하는 사람치고는 정말 음악에 대해서 아는 것이 많아 오히려 내가 무식함을 느낄 정도였다.

왼손잡이

우리는 한 층 더 아래로 내려갔다. 거기는 바로 우리 집 비상문이 있었다.

"여기가 자네 집이지?"

그가 우리 집 비상 철문을 손으로 두드리며 물었다.

"그래, 여기가 우리 집이야."

나는 철문을 발끝으로 차 보였다.

"오세란한테서 피아노를 배웠던 아이들 말인데, 그 아이들한테 혹시 그 집 비상문을 딴 적이 있느냐고 물어 보았었지. 그 애들이 누구의 부탁을 받고 비상문을 따 놓을 수도 있으니까 말이야. 그런데 자기가 비상문을 땄다고 대답하는 아이는 아무도 없었어."

나는 순간 미림이 생각이 났다. 우리 딸 미림이도 오세란한테 피아노를 배우지 않았는가! 나는 강 형사를 똑바로 쳐다보고 물었다.

"우리 집 아이는 어떻게 됐나?"

"아아, 미림이 말이군. 미림이한테는 물어 보지 않았어. 그 애한테는 물어 보나마나 하지 않나."

"그래서는 안 되지. 미림이라고 수사 대상에서 제외시키면 되나. 물어 볼 일이 있으면 얼마든지 물어 보라구. 내가 물어 봐 줄까?"

"아니야, 자네가 애한테 그럴 필요 없어. 필요하면 내가 물어 보지."

"우리 집 식구들만 수사에서 제외시키면 내가 부담이 된다구. 그렇지 않아도 부담을 느끼고 있던 참인데, 방금 그 말을 듣고 보니까 더 부담이 느껴져."

"부담 느낄 필요 없어."

"여기 이러고 있을 게 아니라 우리 집으로 들어가서 커피나 한 잔 하세."

"그럴까."

비상계단을 올라가서 옥상을 통과하여 집으로 다시 내려간다는 것이 귀찮았기 때문에, 나는 비상 철문을 주먹으로 꽝꽝 두드렸다.

내 행동에 강 형사는 약간 놀라는 듯했다. 그러나 내 행동을 막지는 않았다.

내가 한참 문을 두드리자, 문 저쪽에서 아내의 목소리가 들려왔다.

"누구세요?"

아내는 약간 겁먹은 소리로 물었다.

"나야. 문 열어."

"아니, 거긴 웬일이세요?"

이윽고 몇 번 덜컹거리는 소리가 나더니 철문이 열렸다. 아내는 나와 강 형사를 보더니 사뭇 놀라는 표정이었다. 아내는 강 형사에게 인사를 하는 둥 마는 둥 하면서 도무지 모르겠다는 표정으로 우리를 쳐다보았다.

"웬일이세요?"

안으로 들어서는 나를 보고 아내가 물었다.

"응, 이 친구를 옥상에서 만났지. 그래서 여기까지 비상계단을 타고 한번 내려와 봤어. 맛있는 차나 좀 달라구. 미림이는 집에 있나?"

"텔레비젼 보고 있어요."

베란다를 지나 거실로 들어가니, 과연 미림이가 소파에 푹 파묻힌 채 앉아 열심히 텔레비젼 화면을 응시하고 있었다. 텔레비젼 화면에 너무 정신을 빼앗기고 있었기 때문에 우리가 들어서도 본체만체했다.

나는 기분이 언짢았다. 미림이가 강 형사에게 인사를 하지 않아서가 아니었다. 텔레비젼 앞에서 시간을 너무 많이 보내는 딸애가 못마땅했던 것이다. 결국 딸애가 눈까지 버려 안경을 끼게 된 것도 텔레비젼을 너무 많이 보았기 때문이라고 나는 생각하고 있었다.

나는 텔레비젼을 몹시 싫어하고 있었다. 내가 텔레비젼을 못 보게 하면 미림이는 앙탈을 부릴 것이다. 하는 수 없이 나는 이러지도 저러지도 못한 채 그 옆자리에 앉았다. 강 형사는 내 곁에 앉았다.

이윽고 아내가 커피를 끓여내 가지고 오면서 미림이에게 텔레비젼을 그만 보라고 말했지만, 그 애는 엄마 말을 들은 체도 하지 않았다.

나는 과연 강 형사의 눈치가 보아졌다. 그는 묵묵히 앉아 커피만 음미하고 있었다.

강 형사가 좀처럼 입을 열 기미를 보이지 않았기 때문에, 마침내 답답한 나머지 내가 입을 열었다. 나는 먼저 아내에게 이렇게 말했다.

"강 형사는 체면상 우리 집에 못 오는 모양이야. 친구인 내 체면도 있고 해서 말이야. 그러니까 우리가 자진해서 협조해 줘야겠어."

내 말에 강 형사는 펄쩍 뛰었다. 그럴 필요 없다고 손을 흔들었지만, 우리 부부는 그의 말을 듣지 않았다. 아내는 내 말에 맞장구를 쳤다.

"당연히 그래야죠. 우리 집이라고 조사에서 빠질 수야 있나요. 제가 듣기에는 집집마다 모두 다 조사하신다고 들었는데요. 체면 같은 것 생각지 마시고 알아보실 것 있으면 얼마든지 물어 보세요."

강 형사는 당혹한 표정으로 한동안 가만히 앉아 있었다. 그는 무엇인가 골똘히 생각하는 것 같았다. 그의 침묵이 우리를 초조하게 만들었다.

마침 텔레비전 화면에는 만화가 끝나고 광고 방송이 나왔다. 나는 그 틈을 이용해 텔레비전을 껐다.

미림이는 만화가 끝났기 때문에 그러는 나에게 투정을 부리지는 않았다. 그 대신 멍한 표정으로 강 형사를 빤히 쳐다보는 것이었다.

"아저씨한테 인사드려야지."

내 말에 미림이는 고개를 까딱하면서,

"안녕하세요?"

하고 인사했다.

안경 너머로 강 형사를 바라보는 눈초리가 어린아이의 시선치고는 차갑게 느껴졌다.

강 형사는 입가에 미소를 지으면서 아주 예쁘게 생겼다고 말했다. 그 말은 빈 말이었다. 미림이는 내 딸이긴 하지만 내가 보기에도 아주 못생긴 아이였다.

강 형사의 얼굴에서 미림이에게 무엇인가 물어 보고 싶어 하는 눈치가 보이는 것 같았기 때문에, 나는 그에게 다른 방으로 미림이를 데리고 가서 물어 볼 게 있으면 얼마든지 물어 보라고 말했다.

"아…… 아니야. 그럴 필요 없어."

그는 완강히 고개를 내저었다. 그렇다면 강 형사가 보는 앞에서 내가 물어 봐야겠다고 나는 생각했다. 그래서 미림이에게 마침내 질문을 던졌다.

"미림아, 너 지금부터 아빠가 묻는 말에 숨김없이 대답해야 한다."

영문을 모르는 미림이는 눈을 동그랗게 뜨고 나를 빤히 쳐다보았다.

"너 말이야, 피아노 선생님이 돌아가시기 전에 그 집에 들어가서 놀다가 혹시 비상문을 열어 둔 적이 있니? 저쪽 베란다에 있는 철문 말이야."

나는 베란다 저쪽의 비상문 쪽을 가리켰다.

미림이는 얼른 대답을 하지 않고 나를 뚫어지게 쳐다보기만 했다.

"내 말 무슨 말인지 모르겠어?"

나는 반복해서 물었다. 다시 두 번을 묻고 났을 때 미림이는 반응을 보였다. 딸애는 완강하게 머리를 흔들고는 강 형사 쪽을 쳐다보았다.

"분명히 그런 적이 없었단 말이지? 한 번도 비상문을 연 적이 없었어?"

미림이는 대답 대신 머리만 흔들어댔다.

"정말이지?"

나는 미림이에게 되풀이해서 확인했다. 미림이는 고개를 끄덕였다.

"혹시 누구인가, 네 친구들 중에서 선생님 집 비상문을 열어 둔 애가 없니? 거기에서 피아노 배우는 다른 언니나 오빠들 중에서 말이야?"

미림이는 여전히 고개를 흔들었다. 어른들의 표정이 심각했기 때문인지, 미림이의 표정도 어느 새 잔뜩 얼어붙어 있는 것처럼 보였다.

마침내 미림이 표정이 빨개지는 것 같더니 눈가에 이슬이 맺혔다.

"자, 됐어. 그만하세."

강 형사가 당황해서 말했을 때에는 이미 미림이가 훌쩍거리기 시작했다.

나는 아내를 쳐다보았고, 아내는 나에게 눈을 흘기면서 미림이를 끌어안았다. 엄마가 안아 주자 미림이는 마침내 소리 내어 울기 시작했다.

아내는 나에게 역정을 냈다.

"아이한테 해도 너무하잖아요."

"내가 너무하긴 무얼 너무해. 그런 걸 가지고 울면 어떡하나? 안 했으면 안 했다, 했으면 했다, 묻는 말에 분명히 대답만 하면 될 거 아니야."

"하지도 않은 애한테 자꾸만 물으니까 그렇죠."

아내는 발딱 일어서더니 우는 미림이를 데리고 안방으로 들어갔다.

"제기랄."

나는 입맛을 쩍 다시며 강 형사를 슬쩍 쳐다보았다. 강 형사는 사뭇 당혹감을 감추지 못하고 있었다.

이미 말이 나온 김에 아내한테도 그것을 물어 봐야겠다고 나는 생각했다.

강 형사가 지금 우리를 어떻게 생각하고 있든 그건 내가 알 바 아니었다.

나는 이 자리에서 모든 것을 분명히 해 두고 싶었다. 그래서 나는 아내의 뒤를 따라서 안방으로 들어갔다. 아내는 울고 있는 미림이를 달래고 있었다. 내가 안으로 들어가자 아내는 눈을 흘기면서,

"당신이란 사람 참 이상해요."
라고 말했다.

나는 그 말에 상관하지 않고 그녀의 소매 끝을 잡아 밖으로 끌었다.

"이리 나와 봐."

"왜요?"

"글쎄, 나와 보라니까."

아내는 나를 따라 거실로 다시 나왔다. 나는 강 형사의 얼굴을 한 번 쳐다보고 나서 아내가 납득할 수 있게 자초지종을 이야기했다.

"그러니까 당신도 그 날 그 집을 방문했던 열 사람 중에 한 명이란 말이야. 하여간 당신이 관계가 있든 없든 그 열 사람 중에 한 명이라는 것을 당신은 알고 있어야 해. 그래서 당신한테 묻는

말인데…….”

 강 형사는 나를 만류했다. 제발 그러지 말아 달라고 말했지만, 나는 듣지 않았다.

 "자네는 좀 가만히 있어. 내가 자네 수사를 도와준다 생각하고 가만있으란 말이야. 이번에는 내가 수사관이 되어야겠어. 적어도 우리 집안에서만이라도 말이야. 우리 집 식구들에 대해서는 내가 수사를 해 봐야겠어."

 나는 웃으며 아내에게 다시 질문을 던졌다.

 "당신, 그 날 오세란의 집에 가서 그 베란다의 비상문을 열어 두지 않았나?"

 "어머머머, 이이가……? 도대체 당신은 사람을 뭘로 아는 거예요?"

 "사람을 뭘로 알든 말든 묻는 말에 분명히 대답해. 열어놨어 안 열어놨어?"

 아내가 내 말에 너무 기가 막힌다는 표정으로 나를 한참 쳐다보다가,

 "안 열어놨어요."
하고 쏘아붙였다.

 "베란다 쪽으로는 나가 보지도 않았어요."

 아내는 몹시 화가 나 있었다. 내가 자기를 의심한 데 대해 화가 난 모양이었다. 그러나 나로서도 이것은 어쩔 수 없는 일이었다. 우리는 강 형사 앞에서 모든 것을 분명히 해둘 필요가 있었던 것이다.

"안 했으면 됐어. 이런 일일수록 분명히 해두는 게 좋은 거야. 그래서 그런 거니까, 당신 화낼 필요 없어."

아내는 나를 흘겨보다가,

"당신은 열지 않았어요?"

라고 물었다.

나는 갑자기 얼굴을 후려 맞은 기분이었다.

"내가? 나는 그야말로 그 집에 들어가 본 적도 없어."

그렇게 말하고 나는 웃으며 강 형사를 돌아보았다. 강 형사도 멋쩍은 듯 웃으며 머리를 흔들었다.

"자, 그만들 하지. 다 부질없는 짓이야."

"이게 모두 부질없는 짓이라고? 아냐, 자넨 그렇게 생각하면 안 되지."

나는 강 형사의 말에 약간은 불쾌한 기분이 들었다. 나로서는 그에게 성의를 보인 것이었는데, 내 행동이 부질없는 짓이라니 말도 안 되는 소리였다. 그러나 나는 불쾌한 감정을 밖으로 드러내지는 않았다.

그 때 문득 한 가지 생각이 떠올랐다. 그래서 나는 강무우에게 다시 말을 걸었다.

"오세란의 집을 방문했다는 그 열 명 말인데, 그 중에는 남자도 있나?"

"없어. 모두가 여자였어."

"그 사람들이 모두 여자였다면 모두 이 아파트에 사는 주민들이었나?"

"주민들도 있었고, 그렇지 않은 여자도 있었어."

"하여간 모두가 여자였단 말이지?"

"그래, 모두 다 여자였어."

"그런데, 일전에 자네는 범인이 남자 같다고 내게 말하지 않았나?"

"여러 가지 정황으로 미루어 봐서 말이야."

강 형사는 머리를 끄덕였다.

"그래, 그렇다면 오세란의 집을 방문했던 열 명의 여자들은 관계가 없지 않은가? 남자가 범인이라면 그 여자들은 상관이 없지 않은가?"

강 형사는 머리를 흔들었다.

"그렇지 않아. 남자가 범행을 저지르긴 했지만, 혼자가 아니라 공범이 있을 수도 있지."

"그건 또 무슨 말이지?"

나는 그의 말이 얼른 이해되지 않는다는 표정으로 그를 바라보았다.

"그러니까 거기에 공범이 있을 수 있다 이 말이야. 단독 범행이 아니고 남자와 여자가 함께 오세란을 살해했다고 볼 수도 있지. 여자는 미리 가서 비상문을 따 주고 그 다음에 남자가 밤이 되어 오세란의 집으로 침투하여 살해한다. 이런 가정이 성립될 수도 있지."

"듣고 보니 그렇군. 정말 그런데."

나는 감탄한 표정으로 고개를 끄덕였다.

"역시 자네 생각은 따르지 못하겠군. 수사관은 생각하는 게 역시 달라. 우리는 범인이 혼자라고만 생각했지, 어디 공범이 있으리라고 생각했나?"

내 말에 강 형사는 흐릿하게 웃었다.

"수사관이라고 해서 특별히 생각이 다른 것도 아냐. 다 똑같은 생각을 가지고 있기 마련이지. 단지 다른 게 있다면, 우리 경찰은 그게 직업이니까 좀 더 열심히 생각한다는 것뿐이지. 지금 나는 공범이 있을 것이라고 생각해 본 것뿐이지 딱히 그렇다는 것도 아냐."

그가 그만 가 보려고 자리에서 일어섰기 때문에 나도 따라 일어섰다. 그는 나에게 무엇인가 하고 싶은 말이 많은 것 같은 눈치였지만, 참고 그대로 돌아간다는 그런 표정으로 나를 쳐다보는 것 같았다.

나 역시 그를 그대로 보내고 싶지 않았다. 집에서는 아무래도 아내가 있기 때문에 남자들끼리 툭 털어놓고 이야기할 수 없을 것 같았다. 그래서 나는,

"어때, 시간 있으면 저기 바닷가에 좋은 집이 있는데 거기 가서 한잔 하지."

라고 말을 건네 보았다.

그러자 강 형사는 손목시계를 들여다보고 나서 선뜻 응하는 것이었다.

"좋아, 가서 한잔 하세."

눈을 흘기는 아내를 뒤로 하고 나는 강 형사와 함께 밖으로

나왔다.

밖에는 여전히 비바람이 몹시 치고 있었다. 강 형사를 내 차에 태우고 나는 바닷가 쪽으로 차를 몰았다.

바다가 훤히 내다보이는 2층에 자리 잡은 경양식집으로 나는 그를 안내했다.

그 집은 내가 종종 들르는 단골집이었다. 그 집 이름은 '하얀 집'이었다. 주인은 30대 과부로 꽤나 미인이었다. 이곳에서 장사를 시작한 지 1년쯤 됐는데 생각보다는 훨씬 장사가 잘 되는 것 같았다.

집 이름이 하얀 집답게 그 집은 외부에서부터 안에까지 온통 흰색 일색이었다. 여느 집과는 달리 탁자도 원목으로 조금은 투박스럽게 짜 맞추었고, 의자 역시 탁자와 어울리게 원목으로 만들어 여기저기 자유스럽게 놓아 두었기 때문에, 내부로 들어서면 짜임새 있는 느낌이라고는 전혀 느껴지지 않았다. 그런데 그 산만한 분위기가 오히려 더 좋았다.

비바람이 몹시 치고 있어서 그런지 실내에는 사람이 별로 없었다.

우리는 창가에 앉아 맥주를 시켰다. 수 미터 높이로 솟구치는 바다를 바라보면서 우리는 맥주를 들이켰다. 별로 말을 나누지 않고 파도를 바라보는 것만으로도 마음의 공허함이 꽉 채워지는 것 같았다.

실내에는 나나 무스꾸리의 애조 띤 음색이 가냘프게 흐르고 있었다. 내가 음악을 듣고 있다가 굵은 검은 테 안경을 낀 그 여가수를 몹시 좋아한다고 하자, 강 형사가 자기도 그녀를 좋아한다고 대꾸했다.

"역시 그래도 대학 시절이 참 좋았어. 좀 고생스러웠지만 말이야."

"그래, 그 때가 좋았어."

우리는 한동안 대학 시절을 생각하며 그 때 일들을 이야기했다. 그러나 그런 이야기들이야 억지로 끌어내 놓은, 겉돌고 있는 말들에 불과한 것들이었다. 나는 강 형사가 일부러 하고 싶은 말을 피하고 있다는 것을 깨달았다.

나는 마침내 용기를 내어 그에게 물었다.

"수사 생활을 오래 했으니까 잘 알겠지만, 도대체 완전 범죄란 가능한가?"

내 물음이 의외라는 듯 약간 놀란 표정으로 나를 바라보다가, 그는 바다 쪽으로 시선을 돌렸다. 그리고 한참 동안 침묵을 지키다가 무겁게 입을 열었다.

"완전 범죄란 있을 수 없어."

"하지만 해결되지 않는 사건이 많지 않은가? 10년, 20년이 흐르고도 말이야."

"그렇지, 그런 사건들이 많지. 미해결된 사건들이 수두룩하지. 하지만 그건 범인이 완전 범죄를 만들었기 때문이 아니라, 수사력이 모자랐기 때문에 해결되지 못한 거야. 완전 범죄란 있을 수 없어."

"그럴까?"

나는 고개를 갸우뚱했다.

"범인이 영원히 경찰에 잡히지 않으면 그건 완전 범죄가 아닌가?"

"그건 완전 범죄의 개념이 아니지. 완전 범죄란 범인이 증거를 완전히 인멸하고, 경찰이 도저히 수사 불능을 느끼고 포기했을 때 그걸 완전 범죄라고 하지. 그러나 그런 것은 있을 수가 없어. 어떤 범죄건 범인은 현장에 증거를 남기기 마련이야. 범인이 날아다니는 것도 아니고, 발로 걸어온 이상, 그리고 손을 이용해서 또는 발을 이용해서 범행을 저지른 이상, 현장에는 반드시 범인의 흔적이 남아 있기 마련이야. 아무리 지문을 지우고 발자국을 지우고 증거를 없애려고 해도, 눈에 보이지 않는 먼지 하나라도 있기 마련이지. 그러니까 엄밀한 의미에서 완전 범죄란 있을 수가 없지. 단지 범인이 체포되지 않는 것은, 사건이 해결되지 않는 것은, 수사력이 미진해서 그 증거를 포착하지 못하기 때문이지. 그리고 경찰은 때로는 범인이 누구인지 알고 있으면서도 증거가 없어서 체포하지 못하는 경우도 있어. 증거를 잡지 못해서……."

"피아니스트에 대해서는 증거를 많이 수집했나?"

강 형사는 씁쓸하게 웃으면서 머리를 가로저었다.

"뭐 별로 증거를 수집하지 못했어. 하지만 아직 절망적인 것은 아니야."

"어떤 증거들을 수집했나?"

나는 그것이 알고 싶었다. 그러나 강 형사는 웃기만 하고 거기에 대해서는 대답하려 들지 않았다.

"그건 수사 비밀이야. 아무리 자네가 내 친구이지만 함부로 이야기할 수야 없지."

"나한테 이야기한다고 해서 그게 공개될 리는 없잖은가? 나는 다만 궁금해서 그래. 그리고 범인이 누굴까 하고 생각하는 게 스릴이 느껴지고 재미가 있더라고."

"재미가 있다고?"

강 형사는 어이없다는 듯 나를 빤히 쳐다보았다. 나는 내가 말을 하는데 실수했음을 깨달았다. 그래서 금방 당황해 하면서 말했다.

"아아, 내가 말을 잘못 했군. 그런 게 아니라 강한 호기심이 느껴지더라구. 그래서 알고 싶은 거야."

"우리는 직업이 이거라서 그런지 몰라도 생각하는 그 자체가 지겨워. 생각하면 그것을 확인하기 위해서 움직여야 하거든. 끊임없이 생각하고 움직이고. 그렇다고 사건이 빨리 해결되는 것도 아니고 말이야. 범인이 내가 범인이요 하고 나타나 주면 얼마나 좋겠나."

그는 끝내 그 증거들에 대해서는 이야기하는 것을 회피했다. 나도 굳이 알아야 할 필요도 없었기 때문에 더 이상 거기에 대해서는 묻지 않았다.

"범인이 잡힐 것 같나?"

그는 멈칫하고 나를 바라보더니 담배에 불을 붙였다. 그리고

그는 담배연기를 후우 하고 내뿜으며,

"잡혀."

하고 단호하게 말했다.

"범인의 윤곽이 떠올랐나?"

"어렴풋이 보이기 시작하고 있어. 범인은 먼 데 있지 않아. 가까운 데서 어른거리고 있는 것 같아."

그는 비꼬듯이 말하면서 다시 담배연기를 내 쪽으로 후우 하고 내뿜었다.

나도 담배에 불을 붙여 물었다.

"자네는 범인이 잡힌다는데 확신을 가지고 있군. 그런 확신은 어디서 나오는 거지?"

내 말에 그는 예의 그 희미한 미소를 입가에 흘렸다.

"우리 경찰은 맡은 일을 확신을 가지고 덤비지 않으면 도저히 감당해 낼 수가 없어. 범인은 확실히 잡히고 만다는 확신, 그건 우리 같은 직업을 가진 사람들에게는 일종의 생활 철학 같은 것이지."

"그럼, 아까 자네는 이번 사건의 범인이 분명히 잡힐 것이라고 했는데, 그렇다면 그 말도 그런 뜻에서 한 말인가? 다시 말하면 사건에 임하는 자네의 결의를 나타내 주는 뜻에서 그렇게 한 말인가?"

내 말에 무우는 고개를 저었다.

"꼭 그렇지만도 않아. 이번 사건의 범인이 분명히 잡힐 거라는 것은 일종의 특별한 믿음이 있기 때문이야."

나는 갈수록 궁금해서 견딜 수가 없었다. 나는 마치 소년처럼 호기심에 안달이 났다.

"그렇다면 조만간에 범인은 체포되겠군?"

"글쎄, 조만간이라고 못을 박을 수는 없지. 하지만 언젠가는 잡혀. 내 손에 잡힐 거야. 나는 그 범인을 잡아낼 수가 있어. 내 손으로 말이야."

그는 나직이 중얼거리듯 말했지만, 그의 말 속에는 단호한 결의가 번득이고 있었다.

"제발 범인이 빨리 체포되면 좋겠군. 그래야 자네도 고생을 덜하지 않겠나?"

나는 갑자기 그가 가엾은 생각이 들었다. 1년 열두 달 범인을 찾아 전국 방방곡곡을 뒤지며 돌아다녀야 하는 수사관의 고달픔을 나는 강무우를 통해서 비로소 조금은 이해할 수 있을 것 같았다.

그의 메마른 얼굴에는 언제나 피로감이 배어 있는 것 같았고, 그리고 마침내는 그의 날카로운 눈매마저 피로감으로 잠식되어 가고 있는 것 같았다. 그의 몸 전체는 짙은 안개 같은 피로감 속에 파묻혀 있는 것 같았다.

그러나 그는 확신을 가지고 있지 않은가! 범인을 체포할 수 있다는 확신을 말이다.

"범인은 남자인가 여자인가? 아니면, 아까 자네가 말했듯이 남녀 두 사람인가?"

"범인은 남자일 수도 있고 여자일 수도 있어. 또 공범이 있을 수도 있어."

그는 교묘하게 대답했다. 그런 대답이야 나도 할 수 있는 것이었다. 나는 자존심이 상하는 것 같아 입을 다물어 버렸다. 그러나 갈수록 더해지는 궁금증이 다시 나의 입을 열게 했다. 나는 물었다.

"그럼 범인은 아파트 주민인가?"

"그럴 가능성이 짙어지고 있어."

범인은 아파트에 살고 있는 주민일 가능성이 크다고 한다. 새삼스러운 사실이 아닌데도 불구하고 강 형사의 그 말은 나에게 하나의 큰 충격으로 받아들여졌다. 마치 거대한 총소리가 내 가슴에서 울려 퍼지는 그런 느낌이었다.

"범인이 아파트 주민이라면 피살자가 살던 306동 주민이란 말인가?"

"그 가능성이 제일 크지. 이번 수사는 밖으로까지 뻗어나갈 필요가 없을 것 같아. 306동 주민만 샅샅이 조사하면 범인이 나올 것 같아."

그가 잔을 비웠다. 나는 그의 빈 잔에 맥주를 가득 따른 다음 나의 잔에도 술을 채웠다. 우리 사이에는 한동안 무거운 침묵이 흘렀다.

나는 바다 쪽으로 시선을 돌려 바다 위를 어지럽게 날아다니는 갈매기들을 바라보았다. 거친 바람에 파도는 갈수록 높이 치솟고 있었다.

갈매기 한 마리가 저만치 외따로 떨어져서 홀로 날아다니고 있는 것이 나의 시선을 끌었다. 그 갈매기는 내가 항상 보아온 그 갈매기인 것 같았다. 가슴이 유난히 하얗고 다른 갈매기 보다 힘차게 날고 있는 그 갈매기를 볼 때마다, 나는 항상 자식을 만난 듯 반가움을 느끼곤 했다. 나는 어느 새 그 갈매기에게 정이 들어 있었다.

"범인의 윤곽이 드러났다면 말이지, 그렇담 왜 범인이 오세란을 죽였는지 그 이유도 드러났겠군?"

나는 갑자기 고개를 돌려 다시 물었다. 강 형사는 잔에 남은 맥주를 들이키고 나서 고개를 저었다.

"그 이유를 아직도 모르겠어. 왜 그 여자를 죽였는지 그 이유를 아직 찾아내지 못했어."

"이유 없는 살인도 있을 수 있지 않은가?"

"천만에, 이유 없는 살인이란 있을 수 없어. 이유가 있기 때문에 그 여자를 죽인 거야. 더구나 우발적인 것도 아니고 계획적인 살인이거든. 분명히 무슨 이유인가가 있었어. 어쩌면 철학적인 이유였는지도 모르지."

강 형사의 철학적이란 말에 나는 깜짝 놀랐다. 내가 놀란 눈으로 그를 쳐다보는데 반해, 그는 미소 띤 눈으로 나를 바라보고 있었다.

"그럼, 철학적인 살인이란 말인가?"

"아니, 그럴 수도 있다 이 말이지. 철학적인 이유로 사람을 죽일 수도 있다 이 말이지."

나는 강 형사에게 모욕당한 것 같은 기분이었다. 내 얼굴이 붉게 달아오르는 것 같았다. 나는 맥주잔을 집어 술을 벌컥벌컥 들이켰다.

"철학이란 말에 자네 기분이 상한 모양이군. 난 아무 의미 없이 한 말인데 말이야."

그의 여유 있는 말솜씨에 나는 더욱 당황해졌다.

"아니야, 기분 나쁘긴. 철학적이란 말에 내가 기분 나빠야 할 일이 뭐가 있나?"

"자넨 철학 전공이 아닌가?"

"누구나 철학적이 될 수 있어. 철학적인 이유로 사람을 죽일 수도 있다고 하지 않았나?"

"그래, 철학적이란 건 자네만이 사용할 수 있는 말이 아니지. 우리 같은 형사 나부랑이도 그런 말을 사용할 수 있어. 하지만 철학적이란 말은 그래도 아무에게나 적용될 수 없는, 조금은 차원이 높은 말 아닌가? 나는 그렇게 생각하는데, 안 교수는 그 점을 어떻게 생각하나?"

그가 나를 안 교수라고 부른 것은 그 때가 처음이었다. 나는 그 말이 퍽 낯설게 느껴졌고, 갑자기 그와 나 사이가 멀어져 버린 느낌이 들었다.

우리 사이는 갑자기 그 시간부터 단절되어 버린 것 같았다. 그는 살인 사건을 수사하는 형사였고, 그에게 있어서 과거는 없는 것 같았다. 우리는 마치 처음 만난 사이 같이 갑자기 서먹서먹해졌다.

"그래, 그렇다고 볼 수 있겠지."

나는 그의 말에 동의했다.

철학적 살인. 강 형사의 말을 빌린다면, 이번 사건은 철학적 살인이랄 수도 있는 것이다. 철학적 살인이라……. 묘한 말이라고 나는 생각했다.

"철학적인 이유로도 사람을 죽일 수가 있나?"

"그야 얼마든지 있을 수 있지. 살인에는 말이야, 다양한 인간 심리와 철학이 개재되어 있거든. 나는 말이야, 많은 살인범들을 만나 봤는데, 그들은 다 그들 나름대로 그럴 만한 이유가 있어서 사람을 죽였어. 물론 그 중에는 물욕에 눈이 어두워서, 또는 원한 관계로, 치정 관계로 사람을 죽인 자들도 있었지만, 그렇지 않은 이유, 내면적인 이유로 사람을 죽인 살인자들도 상당히 있었어. 살인 사건을 하도 접하다 보니까 요즘에는 이런 생각이 들어. 살인이 마치 중요한 인간의 조건처럼 말이야. 누구에게 살해된다는 것은 죽음의 한 유형이라고 생각되는 거야. 사람은 자연사할 수도 있고, 병사할 수도 있고, 사고사할 수도 있는데, 그 중에 누구에게 살해된다는 피살이 인간의 한 조건으로 엄연히 자리 잡고 있는 것 같은 생각이 들어."

나는 손을 들어 강 형사를 막았다.

"인간 사회에서 살인이란 없어질 수 있을까? 이 사회에 인간이 존재하는 한 살인도 존재한다고 나는 생각하는데, 자네의 생각은 어떤가?"

"나 역시 같은 생각이야. 우리라고 살인자가 되지 말라는 법은 없지. 우리 모두는 도둑놈이고 강도고 살인자야. 왜냐하면 우리들 사이에서 우리와 똑같은 인간 조건을 지닌 사람들 속에서 살인자가 생겨나고 도둑이 생겨나고 강도가 생겨나기 때문이지. 그들이라고 해서 특별한 사람일 수는 없어. 우리와 똑같은 사람들이지. 살인자들을 하나하나 만나보면 다들 선량해. 특별히 성질이 포악한 자도 있지만, 오히려 그보다는 선한 품성을 지닌 자들이 더 많아요. 도저히 사람을 죽일 것 같지 않은 그러한 얼굴을 가진 자들이 사람을 죽이더란 말이야. 실제로 그들은 생전에 닭 한 마리 죽이지 못하는 자들이었어. 닭 한 마리 자기 손으로 죽이지 못하는 자가 사람을 죽일 수 있다는 이 역설적인 논리를 자네는 어떻게 생각하나? 이것이 인간 심리의 미묘한 면이 아닐까?"

"그래, 충분히 그럴 수 있겠지. 인간에게는 미묘한 일면이 있으니까 말이야."

닭 한 마리 죽일 수 없는 사람이 무자비하게 사람을 죽일 수도 있다는 그의 말이, 이상하게도 내 가슴에 선명하게 들어와 박혔다.

나는 다시 바다 쪽을 바라보았다. 가슴이 하얀 그 갈매기는 어디로 날아가 버렸는지 아무 데도 보이지 않았다. 목선 한 척이 부서진 채 바닷가로 밀려와 파도에 부딪혀 이리저리 흔들리고 있었다.

"그런데 범인은 왼손잡이야."

그의 갑작스런 말에 나는 소스라치게 깜짝 놀라서 그를 쳐다보았다.

"뭐라고? 방금 뭐라고 그랬지?"

"범인은 왼손잡이 같다고 그랬어."

"왼손잡이라고?"

나는 왼손에 거머쥐고 있던 술잔을 나도 모르게 슬그머니 내려놓으며 놀란 눈으로 그의 표정을 살폈다. 그의 부드러우면서도 날카로운 시선이 나의 왼손에 잠시 머물렀다가 지나가는 것을 나는 놓치지 않고 보았다. 그러자 내 가슴은 갑자기 쿵쿵 뛰기 시작했다.

"아니, 어떻게 해서 범인이 왼손잡이라고 생각하지? 그럴 만한 뚜렷한 증거라도 있나?"

그는 끄덕이며 자신에 찬 표정으로 말했다.

"그럴 만한 증거가 있어. 처음부터 나는 이번 사건의 범인이 왼손잡이라고 생각했었지. 오세란의 목을 조른 그 스타킹 말이야, 나는 그 목을 조른 스타킹을 사건 직후 가져와서 자세히 검사해 보았지."

"응, 그래서?"

나는 상체를 앞으로 기울이며 귀를 바싹 내밀었다.

"여자 스타킹은 오세란의 목에 두 번 감겨 있었어. 그리고 단단히 묶여 있었는데, 나는 그 묶여 있는 매듭을 검사해 보았었지. 그건 오른손을 주로 사용하는 사람이 묶은 매듭이 아니었어. 왼손잡이가 묶은 매듭이었단 말이야. 오른손잡이는 그렇게 매듭을 만들 수가 없지."

"오른손잡이가 왼손잡이처럼 흉내를 내어 묶을 수도 있지 않은가?"

"아니지. 사람은 긴박할 때일수록 습관대로 하게 마련이지. 그러니까 범인은 먼저 머리를 내려치고나서 당황한 상태에서 오세란의 목을 스타킹으로 묶었을 테고, 그 때는 가장 손에 익숙한 방향으로, 그러니까 왼손잡이니까 왼손잡이의 특징을 나타내는 쪽으로 그녀의 목을 묶었을 거란 말이야. 만일 오른손잡이가 왼손잡이 솜씨를 흉내를 내려면 목을 단단히 묶을 수가 없어요. 결국 느슨하게 묶이기 때문에 상대방을 질식해서 죽일 수가 없지."

"그렇다면 범인을 찾아내는 건 간단하겠군. 왼손잡이를 찾아내면 될 거 아닌가?"

나는 탁자 밑으로 내려뜨린 두 손을 마주 잡으며 몰래 그의 눈치를 살폈다. 강 형사는 씁쓸하게 웃으며 담배에 불을 붙여 물었다.

"그게 쉽지가 않아."

"아니, 왜?"

"지금까지 경찰이 조사한 바로는, 306동에서만도 왼손잡이 사람들이 5명이나 나타났어. 오세란의 남편 바이런도 왼손잡이였고, 앞으로 정밀 조사를 계속하면 왼손잡이가 더 나타날지도 모르지."

"저런……."

나는 나도 모르게 혀끝을 찰 뻔했다.

"하지만 수사 범위가 좁혀지지 않았나? 왼손잡이를 상대로 조사하면 되지 않나?"

"하긴 그래. 하지만 그게 함정일 수도 있지."

그가 나에게 증거라고 말해 준 것은 한 가지뿐이었다. 그는 수사상황에 대해서 더 이상 나에게 이야기하는 것을 꺼리는 것 같았다. 나도 더 이상 거기에 대해서 묻지 않았다. 그러나 범인이 왼손잡이라는 그의 말이 내 가슴에 깊이 못이 되어 들어와 박혀 있었다.

강 형사와 헤어져 집에 와서도 나는 그 생각으로 아무 일도 할 수가 없었다.

팜플릿

다음다음 날엔가 소희로부터 전화가 걸려왔다. 그녀의 목소리는 푸른 바다처럼 싱그럽게 내 귀를 때렸다. 오후 1시에 우리는 해운대에 있는 K호텔 커피숍에서 만나 점심을 함께 하기로 했다.

내가 외출복으로 갈아입자, 아내가 어디 가느냐고 물었다. 나는 잠깐 볼일이 있어서 나갔다 오겠다고 말한 다음 급히 밖으로 나왔다.

엘리베이터를 내려 막 아파트 건물 밖으로 나서는데, 저만치서 강 형사가 급히 이 쪽으로 다가오고 있는 것이 보였다. 나를 쳐다보는 그의 시선은 날카로우면서도 싸늘한 빛이었다. 나는 가슴에 찬바람이 스치고 지나가는 것을 느꼈다.

"어디 가나?"

그가 물었다.

"응, 볼일이 있어서 좀 나가는 길이야."

나는 묻지 않아도 그가 나를 만나러 왔다는 것을 알았다. 그러나 그는, 내가

"나를 만나러 오는 길인가?"

하고 묻자, 그렇지 않다고 고개를 흔들었다.

"아니야. 자, 가 보게."

그러면서 그는 아파트 안으로 사라졌다.

나는 기분이 좀 언짢았다. 그가 나에게 무슨 말인가 하고 싶어 한다는 것을 알았지만, 그것이 무슨 말인지는 짐작조차 할 수 없었다.

아무튼 그가 나에게 무슨 말인가 하고 싶어 한다는 그 자체가 내 기분을 언짢게 만들었다.

나는 납덩이 같이 무거운 기분을 안고 차에 시동을 걸었다. 그는 이제 더 이상 나의 과거의 동기생이 아니었다. 그는 점점 수사관으로서의 그 냉엄한 태도를 내 앞에 드러내기 시작하고 있는 것 같았다.

날씨가 몹시 더웠기 때문에 해운대에는 발 디딜 틈도 없이 사람들로 인산인해를 이루고 있었다. 소희와 만나기로 한 K호텔 커피숍도 마찬가지였다. 커피숍은 빈자리 하나 없이 사람들로 가득 들어차 있었고, 실내의 열기를 식히기 위해 찬바람을 토

해 내는 에어컨 소리가 꽤나 요란스러웠다.

구석 쪽에서 소희가 손을 번쩍 쳐드는 것이 보였다. 내가 그녀에게 가까이 다가가자, 그녀는 함빡 웃음을 지으며 나를 바라보았다.

"선생님, 그 동안 안녕하셨어요?"

"응, 소희도 잘 있었어?"

"네, 저도 잘 지냈어요."

우리는 냉커피를 한 잔씩 시켰다.

"선생님, 그런데 안색이 안 좋으신 것 같아요."

그 때까지도 내 머리 속에는 강 형사의 모습이 남아 있었던 것일까.

"내 안색이 안 좋다고?"

나는 손바닥으로 내 얼굴을 쓸며 물었다.

"네, 안색이 창백한 것 같아요. 어디 아프세요?"

"아니, 아픈 데는 아무 데도 없어."

"선생님 얼굴이 너무 하얘요. 햇볕에 좀 태우세요. 오늘 제가 좀 태워드릴게요."

"어떻게 태우는 거야?"

"한 시간만 수영하면 새까맣게 될 거예요."

나는 손을 흔들었다.

"수영은 싫어."

"왜요?"

그녀는 눈을 동그랗게 뜨며 물었다.

"사람이 너무 많아. 이건 해수욕장이 아니고 콩나물시루야. 이런 데서 어떻게 수영을 하나?"

"저는 오히려 이렇게 사람이 와글와글하는 데가 더 좋은데요. 육체미도 감상할 수 있고 말이에요."

"남자 육체미 말이야?"

나는 목소리를 낮추어 물었다.

그녀는 짓궂은 표정으로 웃었다.

"네, 그래요. 남자들 육체미를 감상하는 것도 얼마나 재미있다구요."

"내 육체미는 형편없는데 어떡하지?"

"전 선생님 육체미는 쳐다보지 않을 거예요. 하나도 걱정하지 마세요."

나는 사실 옷을 벗으면 창피할 정도로 몸에 살이 없었다. 가슴은 갈비뼈가 앙상히 드러나 있었다, 두 다리는 아우슈비츠 포로수용소에 갇혀 있다가 갓 나온 사람같이 말라깽이처럼 비틀어져 있었다.

그런 빈약한 몸에 수영복을 걸치고 수많은 사람들 사이를 누빈다는 것은 정말 나로서는 여간한 뱃심이 없고는 할 수 없는 것이었다. 나는 우선 누구보다도 소희에게 창피를 당할 것 같은 생각이 들었다.

우리는 자리를 옮겨 중국식당으로 갔다. 소희는 점심을 먹으면서도 나에게 함께 수영을 하자고 졸랐다. 그녀가 조르는 데는 하는 수 없었다.

중국식당을 나온 우리는 탈의실로 가서 수영복으로 갈아입기로 했다.

그녀는 미리 수영복을 준비해 왔지만, 나는 그것이 없었기 때문에 탈의장에서 돈을 주고 빌려 입었는데, 내 몸에 맞지 않는 헐렁한 것이었다.

나는 처음부터 소희의 수영복으로 가려진 몸에 눈이 부셨다. 그녀는 마치 살아 있는 생선 같았다. 금방이라도 물을 차며 공중으로 솟구치는 생선 같았다. 수영복 차림의 그녀는 평상복 차림 때보다도 한결 아름다워보였다. 그녀는 검정색의 비키니를 입고 있었다.

나는 아름다운 그녀 앞에서 왠지 소년처럼 부끄러움을 느꼈다. 왜 이럴까? 나는 내 자신을 타이르면서 아무 감정 없이 그녀를 바라보아야 한다고 거듭 생각했다. 그러나 나는 그럴 수가 없었다.

나는 아는 사람이라도 만나면 어쩌나 싶어 선글라스를 끼고 어슬렁어슬렁 사람들 사이로 걸어갔다.

파라솔을 하나 빌려 내가 그늘 속에 자리를 잡고 앉자, 그녀는 엉덩이를 붙이기가 무섭게 냉큼 일어나더니 바다 쪽으로 달려갔다. 나는 눈을 가늘게 뜨고 그녀의 수영하는 모습을 바라보았다.

그녀는 의외로 수영에 익숙했다. 바다 멀리까지 헤엄쳐 나가더니 나를 향해 손을 번쩍 들고 흔들었다. 그리고 다시 맹렬히 파도를 헤치며 내 쪽으로 다가왔다. 이윽고 다시 모래밭으로 나온 그녀는 내가 앉아 있는 쪽으로 달려왔다. 하얀 치아를 드러내고 마음껏 웃으며 뛰어오는 그녀의 모습은 그럴 수 없이 천진스러워 보였다.

"선생님, 목말라요. 아이스크림 하나 사 주세요."

나도 아이스크림이 먹고 싶은 참이었다. 마침 아이스크림 장수가 지나가고 있었기 때문에, 나는 그를 불러 아이스크림 두 개를 달라고 했다.

"선생님, 수영 못하세요?"

"별로. 소희는 언제 그렇게 수영을 배웠지?"

"전 초등학교 때부터 지금까지 쭉 수영을 해 왔어요. 고등학교 때는 수영선수였는데요."

"그러니까 그렇게 수영을 잘하는군."

소희는 아이스크림 한 개를 게 눈 감추듯 순식간에 먹어치우고 나서는, 내가 먹다 말고 들고 있는 아이스크림을 냉큼 빼앗아 갔다.

그녀가 내 곁에 비스듬히 드러누웠기 때문에, 나는 그녀의 펑퍼짐하게 퍼진, 아늑한 느낌을 주는 아랫배를 잘 내려다볼 수가 있었다.

그런데 아랫배 위에 찍힌 배꼽이 그렇게 귀여워 보일 수가 없었다.

나는 담배에 불을 붙여 물었다.

그녀는 얼굴이 앳된 데 비해 몸은 놀라울 정도로 풍만했다.

가는 허리에서 엉덩이로 흘러내리는 선이 더없이 육감적으로 보였다.

그녀가 내 곁에 붙어 앉아 몸을 비스듬히 기울이고 있었기 때문에, 나는 그녀의 수영복 사이로 젖가슴을 위에서 내려다볼 수 있었다.

나는 그 풍만한 가슴을 만지고 싶은 충동에 갑자기 손이 간지러웠다.

그러나 이래서는 안 되는 것이었다. 나는 한숨을 지으며 그녀의 조그만 손을 잡았다.

그녀도 내 손을 잡아주었다. 정말 내 손 안에서 그녀의 조그마한 손이 꼼지락거리는 것이 재미있어서, 나는 한참 동안 그녀의 손을 붙잡고 있었다.

"선생님은 왜 이렇게 갈비예요?"

그녀가 내 무르팍의 딱딱하게 튀어나온 뼈를 손으로 만지며 짓궂게 물었다.

"꼭 포로수용소에서 갓 나온 사람 같아요."

"글쎄 말이야. 웬일인지 나는 아무리 먹어도 먹어도 살이 찌지 않는걸."

나는 평소 살이 찌는 게 소원이었다. 그러나 아무리 살펴보아도 살이 찔 기미는 보이지 않고 있었다.

"선생님, 더운데 여기 이렇게 앉아 있지 말고 우리 함께 수영해요."

그녀가 일어서면서 내 손을 잡아 끌었다. 나는 물속에 들어

가는 것이 싫었지만, 하는 수 없이 그녀에게 이끌려 바다 속으로 몸을 던졌다.

나는 어느 정도 수영을 할 줄 알고 있었다. 그러나 소희에게 비할 바는 못 되었다.

우리는 함께 헤엄쳐 가다가 그녀는 그대로 앞으로 나아가고 나는 힘이 들어 돌아섰다.

내가 물가에서 어정거리고 있는데 저만치서 소희의 다급한 목소리가 들려왔다. 바다 한 가운데로 너무 멀리 나갔기 때문에 소희는 큰 파도를 헤치며 돌아오느라고 몹시 애를 먹고 있는 것 같았다.

"선생님, 저 좀 도와주세요."

소희는 손을 허우적거리며 소리를 질러대고 있었다. 나는 당황했다. 주위를 둘러보았지만 그녀를 도와줄 수 있을 것 같은 남자는 보이지 않았다.

하는 수 없이 나는 소희 쪽으로 급히 헤엄쳐 나갔다. 10미터쯤 헤엄쳐 나가자 겨우 소희와 만날 수 있었다. 내가 그녀를 돕기 위해 손을 벌리자 소희는 내 목을 와락 끌어안으며,

"아휴! 이젠 살았다!"

하고 말했다.

소희가 목을 끌어당기는 바람에 나는 물속으로 그녀와 함께 들어갔다.

나는 비로소 그녀가 장난을 치고 있다는 것을 알았다. 나에게 구해 달라고 허우적대며 소리친 것도 그녀가 장난치려고 그

런 것이었다.

우리는 숨이 찰 때까지 바다 밑으로 내려갔다가 더 이상 참을 수 없게 되어서야 물 위로 솟구쳐 올라왔다. 숨을 몇 번 몰아쉰 다음 그녀가 다시 내 목을 끌어안았다.

우리는 다시 잠수했다.

마침내 우리는 물 속에서 입술과 입술을 부딪쳤다. 먼저 입술을 부딪친 것은 그녀 쪽이었다. 그녀가 내 목을 끌어안고 갑자기 달려들었기 때문에, 나도 덩달아 그녀의 입술을 내 입 속으로 끌어들였다.

숨이 가빠지자 우리는 입과 입을 마주 댄 채 수면 위로 올라왔다. 수면 위에서는 남들이 볼까봐 입술을 떼었지만, 수면 아래에서는 그녀의 다리와 내 다리가 서로 얽혀 있었다.

나는 그녀의 허리를 끌어안았다가 손을 내려 그녀의 엉덩이를 쓰다듬었다. 흥분한 나는 그것만으로는 성이 차지 않아 수영복 속으로 손을 집어넣으려고 하자, 그 때서야 그녀가 내 손을 뿌리쳤다.

이번에는 내가 그녀를 끌어안고 물속으로 내려갔다.

나는 물속에서 만지고 싶었던 그녀의 젖가슴을 손으로 어루만지고 거기에 입을 맞추었다.

그녀는 물속에서 몸을 뒤틀면서 몸부림치다가 나를 밀어젖히고 물 위로 올라왔다. 내가 뒤따라 올라가자 그녀는 나를 흘기면서,

"선생님, 미워요."

하고 말한 다음 물가로 헤엄쳐 나갔다.

내가 파라솔로 다가갔을 때, 그녀는 화가 난 표정으로 토라져서 앉아 있었다. 나는 그녀의 화난 표정이 걱정스러웠다. 그러나 그녀는 이내 화를 풀었다. 그녀의 천성이 그런 감정을 오래 간직하고 있는 것을 허락치 않는 것 같았다. 그녀는 천성적으로 명랑하고 쾌활한 아가씨였다.

"선생님, 여행 가서 그러시면 안 돼요."

"그럼, 안 그러고 말고. 절대로 안 그래. 그건 물속이니까 그랬던 거야."

"피이……."

그녀는 웃으면서 내 어깨를 꼬집었다.

"우리 8월 5일에 여행 떠나요."

"8월 5일? 그 날이 무슨 요일이지?"

"토요일이에요."

갑작스런 것은 아니었지만, 그녀가 구체적으로 여행을 떠날 날짜까지 박아서 말하는 바람에 나는 속으로 꽤 당황했다. 나는 그 때까지도 그녀와 함께 여행을 떠날 아무런 준비가 되어 있지 않았던 것이다.

"어디로 가지?"

"사람이 없는 바닷가로 가요. 해수욕장이지만 개발도 되지 않고 사람도 거의 오지 않는 한적한 곳 말이에요. 그런 곳에 가서 며칠 지내다 와요."

"그런 곳이 어디 있나?"

"있어요."

"거기가 어디지?"

"충무에서 배를 타고 두 시간쯤 가면 '물도'라는 섬이 있대요. 그 섬에는 다섯 가구밖에 사람이 살고 있지 않는데, 거기 해수욕장이 기가 막히게 좋대요. 작년에 갔다 온 애가 그러는데요, 수영하러 오는 사람이 열 사람도 못 되더래요. 싱싱한 해산물도 많구요, 인심도 좋고, 모래가 그렇게 깨끗할 수가 없대요. 물도 맑구요."

그녀는 물도 해수욕장에 대해서 한참 칭찬을 늘어놓았다. 그러나 나는 그녀의 말을 듣는 둥 마는 둥 걱정이 앞섰다.

"선생님, 가시는 거예요?"

그녀가 다짐하듯 물어왔다.

"가, 가야지."

나는 어정쩡하게 대답했다.

"약속하셨으니까요, 안 가시기만 하면 다시는 선생님을 안 볼 거예요. 남자가 한 번 약속하면 끝까지 지켜야 하는 것 아니에요?"

"내가 언제 약속을 안 지켰나?"

"그런데, 여행가는 사람이 왜 그렇게 기뻐하시는 기색이 전혀 없어요?"

"그럼, 기쁘다고 내가 껑충껑충 뛰어야 하나."

"좋아요. 8월 5일 오후 1시에 만나서 떠나기로 해요. 부두 터미널에서 충무 가는 배를 타면 돼요. 거기서 1시 정각에 만나기로 해요."

"가만 있자. 8월 5일이면……."

날짜를 꼽아 보니, 4일밖에 남지 않았다.

"그래, 좋아. 그런데 준비는 뭘 해야지?"

"준비는 뭐, 수영복만 들고 오시면 되는 거죠."

"식사 같은 건 어떡하지? 그리고 잠자리는?"

"민가에서 방을 하나 얻어서 자죠 뭐. 그리고 식사는 그 집에 부쳐 먹고."

나는 고개를 흔들었다.

"그건 좀 곤란하지. 그 섬에는 다섯 가구밖에 없다는데 우리가 거기서 잘 수 있나는 보장도 없고, 또 사람들이 작년보다 많이 몰릴 수도 있고, 여러 가지 면에서 그건 마음이 놓이지 않는 일이야."

"그럼, 어떡해요?"

"난 출발하기 전에 모든 걸 준비해 갔으면 하는데. 텐트, 식량, 이런 것 말이야."

"하긴 그런 섬에서는 밥을 해 먹고 텐트에서 자면 그보다도 좋은 건 없죠."

"그렇게 해야 여행다운 맛이 나는 거야."

"선생님, 장비 있어요?"

"없어. 새로 구입해야지. 그리고 먹는 것은 말이야 소희가 모두 장만해. 난 우리 집 사람이 으르렁거리기 때문에 부탁하기가 좀 곤란하단 말이야. 내가 장비를 모두 준비할 테니까, 소희는 먹을 것을 준비하란 말이야."

"쌀, 반찬, 뭐 그런 것 말이에요?"

"그렇지."

"알았어요. 그건 제가 준비할 수 있어요."

"그런데 며칠 동안 여행하는 거지?"

"저는 많이 잡았으면 좋겠어요."

"그렇게는 안 돼. 난 바빠서 말이야."

"그럼, 얼마나 하실 거예요?"

"한 2박3일 정도."

"에이, 싫어요. 그건 너무 짧아요."

"그럼 얼마나?"

"최소한 3박4일 이상은 되어야 해요."

"그럼, 3박4일로 하지."

우리는 8월 5일 출발해서 3박4일을 그 곳에서 지내고 8일에 돌아오기로 계획을 세웠다.

"아아, 생각만 해도 가슴이 뛰어요. 선생님하고 지낼 걸 생각하면 가슴이 마구 뛰어요."

"나도 마찬가지야."

"에이, 거짓말 말아요."

그녀는 손바닥으로 나를 때리려다 말았다. 그리고 행복한 듯 웃었다.

나는 아내를 어떻게 설득시킬까 하는 것이 문제였다. 만약 아내가 딸아이라도 데려가라고 하면 그야말로 난처해질 수밖에 없는 일이다.

　무슨 적당한 구실이 없을까? 아내가 따라 나서겠다고 우기면 무슨 수로 막는단 말인가?

　저녁나절이 되어 집으로 돌아온 나를 보고 아내는 마치, 내 마음을 헤아리기나 한 듯 이렇게 물었다.
　"남들은 다 바캉스다 뭐다 가는데 우린 안 가는 거예요? 해마다 가면서 올해에는 왜 아무 말씀이 없으세요?"
　"글쎄, 가긴 가야겠는데 말이야."
　나는 아내의 눈치를 보며 얼버무렸다.
　"우리 금년에는 설악산으로 가요."
　"설악산?"
　"우리 옆집도 가고, 아파트 여기저기서 바캉스를 떠나고 있어요. 미림이를 봐서라도 조만간 우리 가족도 떠나지 않으면 안 되겠어요."
　"남이 떠나니까 떠나야 한다는 게 어디 있어."
　"어머머, 이이 좀 봐. 그러면 금년엔 어디 아무 데도 안 갈 거예요?"
　"꼭 가야 한다는 법도 없지 않아. 우리는 우리 방식대로 살면 되잖아. 남들하고 우르르 휩쓸려서 산다는 건 정말이지 싫어. 도대체 우리나라 사람들, 우리 같은 여건에 바캉스다 뭐다 설쳐대는 것 보면 역겨워 죽겠어. 언제부터 이렇게 됐는지 정말 알다가도 모를 일이야. 가 보면 정말 한심하기 짝이 없지. 화장실 하나

관리를 못해서 똥이 넘쳐흐르지 않나, 파리 떼가 들끓지 않나. 가는 곳마다 쓰레기 천지고, 웬 사람들은 또 그렇게도 많나. 사람은 존귀한 존재이지만 너무 많다 보면 그런 의식도 사라지고, 사람이 마치 구더기 같고 쓰레기처럼 보인단 말이야. 나는 구더기 취급도 받기 싫고 쓰레기처럼 보이고 싶지도 않아. 그리고 우리가 과연 바캉스를 즐길 처지인가도 한번쯤 생각해 보는 게 좋을 거야."

나는 설교 조로 장황하게 이야기했다. 듣고 있던 아내의 표정이 샐쭉해지면서 눈꼬리가 치켜 올라갔다.

"그러니까 안 가겠다는 거예요?"

"안 가겠다는 게 아니야."

"그럼 뭐예요?"

"글쎄, 가려면은 8월 중순이 지나야겠는데."

"왜요?"

"8월 초에는 충무에서 무슨 모임이 있어."

그녀의 눈빛에 긴장이 감돌았다.

"모임이라뇨? 무슨 모임이에요?"

"충무에서 철학회 심포지엄이 있단 말이야."

"언제부터요?"

"8월 5일부터야."

"어디서요?"

"일정은 아직 정확히 잡혀 있지 않아. 8월 5일부터 한다는데, 장소하고 시간은 확인해 봐야겠어."

"당신이 꼭 참석해야 해요?"

"내가 주제 발표를 하기로 돼 있거든."

"무슨 주제인데요?"

"싸르트르에 관한 거야."

나는 짜증스럽다는 듯 대답했다.

"하필 왜 바캉스 철에 심포지엄을 열죠?"

아내는 볼멘소리로 투덜거렸다.

"글쎄, 난들 뭐 알 수가 있어야지. 사람들이 하자는 대로 따를 뿐이니까."

"5일부터 언제까지예요?"

"이틀인가 사흘 동안 한다던데."

"무슨 심포지엄이 그렇게 길어요?"

"전국에서 철학하는 사람이 다 모이거든. 그리고 외국에서도 이름난 교수들도 좀 오고 말이야. 상당히 큰 행사야. 그리고 날씨도 더운데 계속 토론만 벌일 수 있겠어. 그러고 나서 좀 놀기도 하겠지."

"당신은 좋겠구려."

아내가 빈정거리듯 말했다.

"좋기는 뭐, 그저 그렇지."

나는 별로 내키지 않는다는 듯 대꾸했다.

"그럼, 거기 다녀와서 놀러 가기로 해요."

아내는 내 거짓말에 한 발 양보하고 나서 새로운 제의를 해왔다. 나는 싫다고 할 수 없었다. 그것까지 안 된다고 할 수는 없었다.

"그래, 다녀와서 우리 함께 놀러 가자구."
라고 나는 말했다.

아내는 조금 누그러지는 기색이었다. 그러다가 문득 이렇게 말했다.

"참, 당신 나가고 난 뒤 강 형사가 왔었어요."

"그 친구가 우리 집에 다녀갔단 말이야? 왜 그렇게 자주 오는 거지?"

나는 노골적으로 불쾌한 표정을 드러내며 말했다. 그가 우리 집에 왔다 간 것은 이틀 전이었다. 그런데 오늘도 왔었다는 거였다. 아침에 아파트 앞에서 나와 마주쳤을 때 그는 우리 집에 오는 길이었음이 틀림없었다. 나도 없는 집에서 아내와 무슨 이야기를 나누었을까?

"왜, 다녀가면 안 되나요?"

아내는 오히려 나의 불쾌해 하는 표정이 이상스럽다는 듯 나를 쳐다보며 물었다.

"이상할 거야 없지만 자꾸 찾아오니까 그렇지."

"친구니까 그러잖아요."

"나도 없는데 왔잖아. 그리고 그는 친구로서 나를 찾아온 게 아니야. 그는 형사야."

확실히 이제 강무우는 나에게 있어서 더 이상의 대학 입학 동기가 아니고, 살인 사건을 수사하는 강력계 형사로 내 가슴 속에 자리를 굳히고 있었다.

나로서는 형사가 자주 집으로 찾아온다는 것은 결코 유쾌한 일이 아니었다.

"왜 찾아온 거야? 와서 얼마나 있다 갔어?"

"한참 있다 갔어요."

"한참이면 얼마나?"

나는 강 형사가 우리 집에서 머물다가 간 시간이 얼마나 되는지 그것이 궁금했다.

"한 세 시간쯤 머물다 갔어요."

"세 시간이나!"

나는 속으로 놀라움을 금할 수 없었다. 세 시간 동안 우리 집 안에서 무슨 짓을 했을까? 왜 그 바쁜 몸이 우리 집에서 세 시간이나 보냈을까?

"무슨 이야기를 나눴지?"

"당신에 대해서 자꾸 물었어요. 당신이 어떻게 시간을 보내고 있는지, 그리고 취미가 무엇인지, 누구를 자주 만나는지, 밤에는 몇 시에 자고 몇 시에 일어나는지, 무슨 음식을 좋아하는지. 뭐 별의별 희한한 것들을 다 물었어요. 당신에 대해서 관심이 많은 가 봐요."

"그래서 뭐라고 말했지?"

"사실대로 이야기했죠 뭐."

나는 아내가 얄미웠다. 얄미운 나머지 따귀라도 한 대 갈기고 싶은 것을 억지로 참았다.

"그리고 또 무슨 말을 했지?"

"오세란에 대해서 저한테 이것저것 물었어요. 저는 뭐 그 피아니스트에 대해서 아는 것은 없지만, 제가 아는 대로 말씀해 줬죠 뭐."

"당신이 말할 때마다 모두 수첩에다 적던가?"

"아뇨, 녹음기를 가지고 있었어요. 거기에 모두 녹음되어 있을 거예요."

"그리고 또?"

"집안을 좀 둘러봐도 괜찮겠느냐고 그러데요. 그래서 마음대로 둘러보시라고 그랬죠. 그러니까 강 형사는 집안 여기저기를 아주 자세히 둘러보던데요. 베란다 쪽에도 나가 보고, 비상구 쪽에 가서 철문도 열어 보고, 그리고 당신 서재에 들어가서도 한참 있었어요."

"강 형사가 내 서재에까지 들어가서 한참 동안이나 있었단 말이야?"

나는 펄쩍 뛰며 물었다.

아직까지 내 서재를 누구에게 보인 적은 없었다. 내 서재에 특별한 것이 있는 것은 아니었다. 그러나 내 서재는 내가 유일하게 지키고 있는 성이었다.

나는 나의 성을 누구에게도 보이고 싶지 않았다. 서재를 보인다는 것은 내 속에 있는 모든 것을 드러내 보이는 것 같았기 때문이다.

나는 그 속에서 많은 상상을 했고, 많은 공부를 했고, 많은 글을 썼고, 그리고 내 삶을 즐기고 있었던 것이다. 그런데 거기서 그 누구도 아닌 형사가 주인도 없는 방에서 한참 동안 보냈다니 그럴 수가 있는가 말이다.

나는 벌컥 화를 냈다.

"누가 그 사람을 그 방에 들여보내라고 했어? 도대체 당신, 집에서 뭘 하고 있는 거야. 내 서재에 다른 사람이 들어가는 것을 내가 그렇게 싫어한다는 것을 당신은 알고 있으면서도, 강 형사가 한참 동안이나 그 안에 있게 만들었단 말이지, 응?"

내가 큰 소리로 나무라자 그녀는 눈을 흘기면서 나를 아래위로 살피는 것이었다.

"어머, 제가 뭐 일부러 그랬나요. 형사가 보겠다는데 그럼 어떡해요."

"이것 봐, 형사 아니라 형사 할아버지라도 집 주인이 싫다고 하면 볼 수 없는 거야. 가택 수색영장 같은 거라도 있으면 또 몰라도."

"하여간 형사가 보겠다는데 제가 그걸 어떻게 막아요. 더구나 다른 형사도 아니고 당신 친군데요."

"그래서 같이 서재 안에 있었다는 거야? 그건 아니지? 당신은 밖에 있고 그 사람 혼자서 안에 있었겠지? 문을 닫아걸고 말이야. 그랬어, 안 그랬어?"

"그랬어요."

아내의 목소리가 갑자기 작아졌다.

"내 방에서 얼마나 있었지? 솔직히 말해 봐. 거짓말하지 말고 말이야."

아내는 나의 호통 소리에 주눅이 들어 나를 힐끗 쳐다보고 나서 입을 열었다.

"한 시간쯤 있었어요."

"한 시간이나 말이야?"

나는 아내의 말에 나도 모르게 입을 딱 벌렸다. 내 서재에서 그는 한 시간 동안이나 무엇을 했을까? 그는 무엇 하려고 내 서재에서 혼자 한 시간 동안이나 앉아 있었을까?

"도대체 형사가 내 서재에 들어가서 한 시간 동안이나 틀어박혀 있었는데도 궁금하지도 않았어? 무슨 짓을 하고 있는지 말이야?"

"궁금하지만 어쩔 수가 있나요. 나올 때까지 기다릴 수밖에 없었죠."

"아니, 차 같은 거라도 가져가면서 뭘 하는지 슬쩍 들여다볼 수 있는 거 아냐? 이 여편네가 도대체 집을 지키는 거야 안 지키는 거야?"

나는 아내를 때릴 듯 오른손을 쳐들었다가 도로 내렸다. 아내는 놀라서 뒷걸음질 쳤다. 내가 아내에게 그렇게 화를 내 보기는 정말 오랜만이었다.

아내는 내가 화를 내면 매우 무섭다는 것을 알고 있었다. 그래서 내 눈치를 보기에 바빴다. 내가 조금 수그러들면 아내 쪽에서 공격적으로 나오리라는 것을 나는 잘 알고 있었다. 나는 아내에게 그런 틈을 주고 싶지 않았다.

나는 미간을 찌푸린 채 생각에 잠겼다. 왜 강무우는 나에 대해서 조사하고 있는 것일까? 그가 나를 주목하고 있다는 것은 이제 분명해진 사실이었다. 그렇지 않고서야 그가 그런 짓을 할 리가 없지 않은가.

나는 불쾌했다. 그를 불쾌한 자식이라고 생각했다. 이제 그는 나에게 조금도 반갑지 않은 인물이 되었다. 왜 나에 대해서 조사하고 있는 것일까?

나를 범인으로 지목하고 있단 말인가? 내가 오세란을 죽였다고 생각하는 것일까? 생각은 자유다. 그가 어떻게 생각하든 내가 알 바는 아니다. 그는 형사니까.

나는 아내를 바라보았다. 아내는 모로 고개를 돌린 채 토라져서 앉아 있었다. 저것이 몇 시간, 아니 내일까지 계속될지도 모른다. 아내는 한 번 토라지면 쉽게 돌아오지 않는다. 나는 숨이 막힐 것 같았다.

아내는 또 절대 사과하는 법이 없다. 아무리 자기가 잘못했어도 자존심을 세우며 끝까지 입을 다물고 있다. 나는 그러한 아내가 몹시 미울 수밖에 없다.

"이상하다고 생각하지 않아?"

나는 벌떡 일어서며 아내에게 쏘아붙였다. 아내가 무슨 뜻인지 모르겠다는 듯 나를 올려다보았다.

"이상하다고 생각지 않느냐 말이야?"

"뭐가 말이에요?"

"그치가 나에 대해서 조사하고 있다는 것 말이야. 왜 그치가 나에 대해서 이렇게 조사하고 있지?"

"그게 당신에 대해서 조사하는 건가요? 그저 서재를 구경하고 싶어서 그랬다고 하던데요."

"이런 바보 같은 것, 서재를 구경하려면 한 번 슬쩍 훑어보면 되는 것이지, 혼자 방에 들어가서 한 시간 동안이나 틀어박혀 있다가 나왔는데 그게 그래 서재를 구경하고 나온 거야?! 그 사람이 한 시간 동안이나 서재를 구경하고 있을 처지냐 말이야?! 지금 얼마나 바쁜 사람인데 말이야! 그 친구가 나를 의심하고 있는 게 분명해! 나를 오세란을 살해한 범인으로 생각하고 있단 말이야!"

"어머나, 그럴 리가!"

아내는 놀라면서 내 쪽으로 돌아앉았다. 나는 급히 서재로 들어갔다. 아내도 따라 들어왔다.

"친구가 나를 의심하고 있는 게 분명해."

나는 억울한 듯 다시 말했다.

"아니에요, 그런 것 같지는 않던데요."

"그런 바보 같은 소리 하지 마. 그런 눈치를 하나도 못 채고. 도대체 당신은 말이야, 너무나 늦어. 머리 돌아가는 게 너무나 늦단 말이야."

나는 책상 앞에 털썩 주저앉았다. 그리고 방안을 찬찬히 둘러보기 시작했다. 내가 놓아둔 것들이 무엇인가 달라진 게 없는가, 혹은 없어진 게 있지 않을까 해서 찬찬히 하나하나 뜯어보기 시작했다.

"가져간 건 없을 거예요. 빈손으로 나왔으니까요."

내 서재에서 무슨 짓을 했을까? 가만히 앉아 있지는 않았을 것이다.

나는 서랍을 열어 보았다. 서랍을 모두 열어 보고 변한 것이 없는가 하고 살펴보았지만 별로 달라진 것이 없는 것 같았다. 별로 달라진 것이 없어 보이는 그 상태가 오히려 나를 불안하게 만들었다.

승리에 취해 있는 강 형사의 얼굴이 떠올랐다. 무엇인가 증거가 될 만한 것을 가져가서 희희낙락하고 있을지도 모를 그를 생각하니 화가 치밀어 견딜 수가 없었다.

나는 문득 무엇인가 생각나는 게 있어 자료를 넣어 두는 박스 쪽으로 가서 박스를 열었다. 박스 서랍은 모두 다섯 개였다. 그 중 맨 아래쪽 박스 속에는 각종 팜플릿이 들어 있었다. 나는 나에게 배달되어 오는 팜플릿은 하나도 없애지 않고 그 박스 속에 넣어 두고 있었다.

나는 팜플릿을 모두 꺼내어 놓고 내가 기억하고 있는 것을 찾아보았다. 그러나 있어야 할 그것은 없었다. 아무리 살펴보아도 그것은 보이지 않았다.

"당신, 여기서 팜플릿 하나 가져간 것 있어?"

"아뇨."

이 서랍은 내가 항상 잠가 두기 때문에 미립이가 가져갈 리도 없다.

"강 형사가 이걸 열었었나?"

"열쇠를 달라고 하기에 줬죠."

나는 아내를 노려보다가 한숨을 내쉬고 돌아섰다. 열쇠를 달라고 해서 강 형사에게 선뜻 내주는 아내의 행동이 너무도 어리석기만 했다.

"뭐 없어진 게 있어요?"

나는 대답하지 않고 다시 책상 앞에 다가앉아 어깨를 웅크리고 책상 위를 내려다보았다. 나는 아내를 쳐다보지 않은 채 아내에게 나가 달라고 말했다.

"나가! 썩 꺼지란 말야."

아내는 뒷걸음질로 서재에서 나갔다.

문이 쾅 하고 닫히는 소리가 집안을 울렸다. 나는 아내를 때리지 못한 게 후회되었다. 따귀라도 한 대 갈겨 줬어야 하는 건데 기회를 놓친 것 같았다.

없어진 것은 오세란의 피아노 리사이틀 안내 팜플릿이었다. 내 기억에 그것은 박스의 맨 밑바닥에 놓여 있어야 옳았다. 나는 분명히 그것을 맨 밑바닥에 숨겨 두었었다. 그런데 그것이 보이지 않는 것이다.

나는 다시 한 번 점검해 보았다. 그러나 역시 그것은 보이지 않았다. 나는 미림이를 불렀다. 그리고 박스에서 팜플릿을 하나 집어 들고 흔들며,

"너 여기서 이런 것 하나 가지고 간 적 있니?"

라고 물었다.

내 표정이 하도 딱딱했던지 미림이는 겁먹은 얼굴로 머리를 흔들었다.

"가져갔어, 안 가져갔어?"

"안 가져갔어요."

딸의 두 눈에 금방 눈물이 맺힐 것 같았다. 내가 나가라고 하자, 미림이는 훌쩍이며 방에서 뛰어나갔다.

"아니, 애는 왜 울리고 야단이지."

밖에서 아내의 투덜거리는 소리가 들려왔다.

"빌어먹을."

나는 울안에 갇힌 사자처럼 방안을 왔다 갔다하면서 알 수 없는 욕설을 퍼부어 댔다. 결국 그 욕설은 강 형사를 향한 것이었다. 그의 행동이 더없이 괘씸하게 생각되었고, 나는 불쾌해서 견딜 수가 없었다. 내가 없을 때 집에 와서 내 서재를 뒤지고 팜플릿까지 훔쳐갔다. 그럴 수가 있는가 말이다.

그 팜플릿은 오세란이 나에게 몰래 준 것이었다. 그녀의 피아노 리사이틀은 지난 6월 중순경에 있었다. 나는 물론 꽃다발을 사들고 그 리사이틀이 열리는 곳을 찾아갔었다.

"건방진 자식. 괘씸한 놈 같으니. 임자 없는 방에 와서 맘대로 뒤지다니, 아무리 지가 형사라고 하지만 저하고 나 사이에 그럴 수가 있을까? 나쁜 놈 같으니. 그 팜플릿을 가져가서 어떡하겠다는 건가?"

내 생각에 그가 그것만 가져갔을 것 같지는 않았다. 무엇인가 또 가져간 것이 있을 거라고 생각하면서, 나는 자세히 내 방안을 살펴보았다. 그러나 없어진 것이 얼른 눈에 띄지 않았다. 무엇인가 가져가긴 가져갔을 것이다. 그 팜플릿 외에 무엇인가 틀림없이 가져갔을 것이다. 그런데 그것을 알 수가 없다. 나는 답답하고 안타까웠다.

왜 내가 그의 조사의 대상이 되어야 하는가? 그는 과연 나를 이 살인 사건의 유력한 용의자로 생각하고 있는 것일까? 가만 생각해 보니, 그는 내 주위에서 물증을 찾으려고 혈안이 되어 있는 것 같았다.

나는 비로소 소름이 돋았다. 그를 주의해서 상대해야겠다고 마음먹었다. 함부로 상대하다가는 그가 쳐 놓은 그물에 잡히고 만다. 그럴 때는 친구고 뭐고 인정사정없이 몰아붙일 것이다. 그는 형사가 아닌가?

그 날 저녁은 무더웠다. 속에 울화기가 남아 있었기 때문에 나는 더욱 무더운 기분을 느끼고 있었다.

저녁을 먹고 나서 미림이를 데리고 집을 나서는데 아내가 뒤따라왔다. 우리는 해수욕장 쪽으로 걸어갔다.

바닷가는 불야성을 이루고 있었다. 가로등도 모두 켜져 있었고, 모래밭 위에는 낮에는 보이지 않던, 파라솔에 가려 있는 테이블 위에도 불들이 하나씩 놓여 있었다.

멀리서 볼 때 그것은 참 아름다운 점등처럼 보였다. 그것이 끝없이 바닷가를 돌며 이어져 있는 것이었다. 벌써 파라솔 밑에 앉아 술잔을 기울이고 있는 사람들이 꽤 보였다.

나는 아내가 따라온 것이 못마땅했다. 그래서 모른 체하고 그냥 앞장서서 걸어갔다.

딸아이와 산책할 때는 으레 동화를 들려주는 것이 우리 사이에 묵계처럼 되어 있었다. 미림이는 이제 3학년이었기 때문에 웬만한 동화는 시시하게 여겨 잘 들으려고 하지 않았다. 내가 이야기를 꺼내면 이미 알고 있는 이야기라고 하면서 다른 것을 해 달라고 조르는 것이었다.

그래서 나는 내 밑천이 모두 바닥이 나 버렸기 때문에 그 애 몰래 동화책을 읽지 않을 수가 없었다.

"프랑스에는 알랙산더 뒤마라고 하는 유명한 소설가가 있었지. 지금부터 100여 년 전에 세상을 떠났는데, 그 사람 작품 중 몽테크리스트 백작이라는 작품이 있어. 그런데 그 사람 아들도 소설가야. 역시 이름도 알랙산더 뒤마지. 아버지하고 아들이 이름이 같기 때문에, 사람들은 아버지를 대뒤마라고 부르고 아들을 소뒤마라고 부르지. 프랑스 말로는 아버지를 빼르라고 부르고, 아들은 피스라고 부르거든. 그러니까 아버지를 이렇게도 부르지. 알랙산더 뒤마빼르. 그리고 아들한테는 알랙산더 뒤마피스. 대뒤마가 쓴 소설로는 몽테 크리스트 백작 외에 저 유명한 그 삼총사라는 소설이 있지. 삼총사 봤어?"

"텔레비젼에서 영화로 봤어요."

딸애는 못생긴 것에 비해서는 머리가 총명했다. 아마 제 엄마를 닮은 모양이었다. 나를 닮았으면 그렇게 총명할 수가 없을 것이다.

나는 머리가 꽤 느리게 돌아가는 편이었다. 그리고 주위의 사물에 별로 관심을 두지 않는 편이고, 또 행동이 느리고 상당히 게으른 편이었다.

"아들이 쓴 소설에는 뭐가 있어요?"

"알랙산더 뒤마피스가 쓴 소설로는 춘희라는 게 있지."

"그게 무슨 소설이에요?"

"응, 그것은 어떤 불행한 여자의 이야기야. 젊어서 죽은 어떤 불행한 여자의 이야기지."

"그 이야길 해 주세요. 그걸 듣고 싶어요."

"그건 네가 듣기에는 별로 적당한 이야기가 아니야. 네가 나중에 크면 스스로 읽어 보란 말이야. 여학교에 가서 말이야. 고등학교 때나 대학교에 가서 읽기에 적당한 소설이야. 지금 너는 그런 이야기를 알기에는 너무 어려."

"싫어요. 나 그 이야기 듣고 싶어요. 들려줘요. 난 그런 불쌍한 이야기가 좋아요."

"그러지 말고 몽테크리스트 백작에 대해서 들어 봐. 그것도 아주 불쌍한 이야기니까."

춘희를 듣고 싶다고 몇 번 더 앙탈을 부리다가, 미림이는 이윽고 내 말에 귀를 기울이기 시작했다.

"프랑스 남쪽 끝에 보면 말이야, 마르세이유라는 항구가 있어. 그 날은 아주 어두운 밤이었는데, 그 마르세이유 항구 쪽으로 조그만 배 한 척이 가고 있었어. 배 안에는 에드몽 단테스라는 열아홉 살 먹은 청년이 잡혀 있었지. 헌병과 경찰 세 사람이 그 청년을 붙잡고 있었어. 에드몽 단테스는 선원이지. 배를 타는 뱃사람이란 말이야. 그런데 단테스는 무슨 일로 조사를 받고 나서 지금 배를 타고 가는 거였어. 그래서 그는 그런 생각을 했지. 이제 풀려나서 집으로 돌아가는가 보다 하고 생각했는데 그게 아니었어. 단테스에게는 결혼하기로 되어 있는 약혼녀인 메르세데스라는 애인이 있었지. 그 애인하고는 며칠 후에 곧 결혼식을 올리기로 되어 있었어. 단테스는 어서 빨리 집으로 돌아가서 그 애인을 만나보고 싶었지. 그런데 배는 마르세이유 항구에 닿지 않고 망망한 바다 쪽으로 계속 가는 거였어. 단테스는 불안했지. 도대체 어디로 가는 거냐고 물었지만 그 사람들은 대답하지 않았어. 한참을 그렇게 가니까 저만치 시커먼 성이 나타났어. 그것은 섬이 온통 바위로 되어 있는 바위섬 위에 세워진 성이기 때문에 바위성이라고 부르는 곳이지. 3백여 년 전부터 세상 사람들에게 알려져 온 그 섬은 무시무시한 감옥이었어. 사람들이 일단 그 감옥에 갇히면 죽어서나 나올 수 있지 살아서는 도저히 나올 수 없는 그런 아주 무시무시한 감옥이었단다. 그 감옥으로 단테스는 억지로 끌려간 거야. 그리고 이유도 모르게 거기에 갇히게 된 거지."

나는 슬쩍 미림이를 내려다보았다. 미림이는 바짝 긴장해서 내 이야기에 귀를 기울이고 있었다.

"단테스는 이유도 모른 채 어둡고 축축한 감옥에 갇히게 되었지. 철문을 두드리며 울부짖고 몸부림치고 했지만 아무도 그를 거들떠보는 사람이 없었어. 그는 거기서 겨우 죽지 않을 정도로 들여보내 주는 음식을 먹으며 벌레처럼 살아갔지. 단테스의 가슴은 찢어지는 것만 같았어. 가족 생각도 나고 결혼을 앞둔 애인 생각도 나서 금방이라도 미쳐 버릴 것 같았지."

나는 갑자기 입을 다물었다. 저만치 앞에 강 형사가 보였기 때문이다. 강 형사임을 확인한 내 마음에는 전율 같은 것이 흐르고 지나갔다.

나는 나도 모르게 몸을 떨었고 뒤따라오는 아내를 힐끗 돌아보았다. 이미 우리는 강 형사의 시야에 들어와 있었다. 그도 우리 쪽을 보고 있었다.

그는 파라솔 밑에 앉아 맥주잔을 기울이고 있었다. 어두운 저쪽 바다 쪽을 바라보며 술을 마시고 있었다. 우리가 이쪽으로 온다는 것을 알고 있었을까? 그렇지는 않았을 것이다. 이것은 우연일 것이다.

그러나 그는 형사이다. 형사이기 때문에 그는 어떤 교묘한 술책이라도 마다하지 않고 쓸 사람이다. 나는 처음으로 그가 두려웠다. 그가 손을 쳐들어 아는 체했다.

"아아, 산책 나왔군."

내가 대답을 못하고 머뭇거리고 있을 때, 아내가 그쪽으로 다가가며,

"안녕하세요. 자주 뵙겠네요."
하고 반가운 목소리로 인사했다.

나는 억지로 미소를 지으며 그쪽으로 다가갔다.

"아니. 혼자서 웬일이야?"

"응, 덥고 목도 칼칼하고 해서 한잔 하려고 왔지."

그가 우리 아파트 쪽으로 오는 길인지 아니면 집으로 돌아가는 길인지 알 수 없었다. 맥주병 하나가 테이블 위에 그대로 놓여 있는 것으로 보아, 그가 자리 잡고 앉은 지는 얼마 되지 않는 것 같았다.

"자, 앉지 그래."

나는 하는 수 없이 의자에 엉덩이를 올려놓았다. 아내와 미림이도 자리를 잡고 앉았다.

탈의실 쪽에서 젊은이가 다가와 빈 맥주잔을 내 앞에 놓고 돌아갔다.

"자, 한잔 하지."

강 형사가 내 잔에 맥주를 따라 부었다.

"이 근방에 사는 사람은 좋겠어. 저녁이면 이렇게 나와서 산책도 하고 말이야."

그가 능청을 떨었다. 나는 아무 대꾸 없이 술잔을 입으로 가져갔다. 그런데 미림이가 아까의 이야기를 계속해 달라고 조르기 시작했다.

나는 갑자기 강 형사와 이야기를 하고 싶어졌다. 그러기 위해서는 아내와 딸애를 떼어놓을 필요가 있었다. 나는 아내에게 딸애를 데리고 가라고 일렀다.

"우리는 이야기를 하고 있을 테니까, 저쪽으로 좀 거닐다 오라구."

딸애는 내가 아까의 이야기를 계속해 주지 않은데 대해서 몹시 불만인 듯 나를 한참 동안 흘겨보다가 체념한 듯 제 엄마 손을 잡고 따라갔다.

나는 화장실에 가는 체하고 일어섰다. 그리고 뒤쪽으로 돌아서 아까의 그 파라솔 주인을 찾았다. 그는 탈의실 안에 있었다. 나는 강 형사 몰래 탈의실 안으로 들어가서 그 청년에게 물어 보았다.

"저기 앉아 있는 사람, 언제 여기 왔어요?"

"방금 왔는데요. 오시기 방금 전에 왔어요."

나는 탈의실을 나와 공중변소에 들러 소변을 보고 나서 다시 자리로 돌아왔다.

내가 자리에 돌아갔을 때, 강 형사는 아주 편안한 자세로 태연스럽게 술잔을 기울이고 있었다.

나는 그의 그러한 모습이 그렇게 불쾌해 보일 수가 없었다. 그를 노려보면서 욕이라도 한바탕 퍼붓고 싶은 심정이었다. 나는 자리에 앉자마자 내 잔에 가득 따라 있는 맥주를 단숨에 벌컥벌컥 들이켰다.

우리는 한동안 말없이 잔만 주고받았다. 우리는 바다 쪽을 향해 나란히 앉아 있었다.

바다로부터 바람이 불어왔다. 습기를 머금은 눅눅한 바람이었다. 하늘에는 별 하나 보이지 않았다. 구름이 잔뜩 끼여 있는 것이 곧 비라도 내릴 것 같았다.

우리 사이에 드리워져 있는 무거운 침묵이 점점 내 가슴을 압박해 오기 시작했다.

나는 그가 앉아 있는 쪽을 힐끗 쳐다보았다. 그는 여전히 의자에 등을 기대고 느긋한 자세로 앉아 있었다. 그는 좀처럼 입을 열 것 같지 않았다. 그는 내가 입을 먼저 열어오기를 기다리고 있는 것 같았다.

'기분 나쁜 자식이야.'

나는 속으로 중얼거렸다.

우리는 주거니 받거니 하며 계속 술을 마셔댔다. 빈 맥주병이 자꾸만 불어났다.

아내와 딸애가 우리가 앉아 있는 주위를 서성거렸다. 나는 아내에게 먼저 가라고 일렀다.

"난 좀 늦을 테니까 집에 먼저 가라구."

"저도 한 잔 하면 안 돼요?"

아내의 말에 강 형사가 반가운 기색으로 어서 자리에 앉으라고 말했다.

"한 잔 하십시오. 미림이도 이리 오고."

"아, 안 돼. 빨리 가란 말이야."

아내와 딸애가 자리에 앉으려는 것을 나는 쫓았다. 내가 워낙 완강하게 나갔기 때문에 자리에 앉으려던 아내와 딸애는 머쓱해져서 뒤로 물러섰다.

내가 다시 한 번 가라고 하자, 아내는 딸의 손을 잡고 집 쪽으로 걸어갔다.

"아니, 왜 그래? 좀 놀다 가면 어때서 그래?"

강 형사가 이해할 수 없다는 듯 나를 쳐다보았다. 나는 얼굴에 감정을 나타내지 않으려고 애를 썼지만 그렇게 할 수가 없었다. 나는 정색을 하고 강 형사를 바라보았다.

"어제 우리 집에서 한 서너 시간 있었다며?"

"응, 그렇지 않아도 자네에게 그 이야길 하려고 했었지. 자네도 없는데 집을 방문해서 안 됐지만, 그래도 자네는 나를 이해할 것 같아서 자네 집에서 시간을 좀 보냈지. 그래서 오늘 화가 났나?"

"화는 무슨……."

나는 머리를 흔들었다.

"내가 자네 집에서 서너 시간 보낸 데 대해, 자네는 좀 이상하게 생각하고 있는 것 같군. 자네도 없는데 그렇게 오래 있었다는 게 실례긴 실례지."

"아니야, 난 그걸 실례라고 생각진 않아. 자네는 내 친구 이전에 형사니까 말이야. 형사로서 내 집에 그렇게 장시간 있으면서 여기저기 뒤진 게 아닌가?"

"뒤졌다고? 뭘 뒤졌다는 거야?"

"그렇게 숨기지 말고 솔직히 이야기해. 자네, 지금 날 의심하고 있지?"

"자네를 의심하다니, 대체 그게 무슨 말이야? 나 참, 자네 왜 이러지?"

"그러지 말고 솔직히 말해 주게. 뭘 그렇게 꾸물거리고 있어. 뜸들이지 말고, 날 의심하면 의심하고 있다고 이야기해 주게. 그래야 나도 대책을 세울 게 아닌가. 자네가 내 서재로 가서 한 시간 동안 여기저기 뒤지고 한 게 나한테는 얼마나 큰 충격으로 받아들여졌는지 아나? 자네, 분명히 나를 의심하고 있어. 그래서 내 방의 박스 속에서 팜플릿 하나 가져갔지? 오세란의 피아노 리사이틀 팜플릿 말이야?"

강 형사의 얼굴에서 마침내 미소가 사라졌다. 그의 옆얼굴이 차갑게 변하고 있었다.

그는 맥주잔을 만지작거리며 수평선 쪽을 바라보고 있었다. 그러다가 천천히 내 쪽으로 얼굴을 돌려 나를 지그시 바라보았다. 그는 한숨을 내쉬고 나서 말했다.

"난 말하지 않으려고 했는데, 자네가 그걸 알았으니까 말할 수밖에 없군."

"무엇이든지 숨기지 말고 말하라구. 난 우리 사이에 친구라는 이유로 해서 어떤 벽이 가로놓이는 건 싫단 말이야. 자네로선 언제까지고 기회만 노릴 수도 없는 일 아닌가. 자넨 형사니까 말이야."

"제발 그 형사 형사 하는 말 좀 집어치워. 나는 듣기 싫단 말이야."

그가 신경질적으로 말했다. 나는 무안했다. 그래서 그가 입을 열기를 잠자코 기다렸다.

"자네는 그 팜플릿이 왜 자네 방의 그 박스 속에 숨겨져 있는지 그 이유를 설명할 수 있겠지?"

그의 물음이 위엄 있게 들려왔다. 나는 이제부터 요령 있게 대답하지 않으면 안 된다는 것을 알았다. 그의 물음은 피할 수 없는 것이었다.

"나는 그 팜플릿을 거기에 숨겨둔 게 아니야. 거기에 그냥 넣어 둔 거란 말이야."

"아무튼 숨겨 두었건 넣어 두었건, 자넨 그것이 그 박스 속에 있게 된 경위를 나에게 설명해 주지 않으면 안 돼. 나는 지금까지 자네와 오세란과의 사이에 아무 일도 없었던 걸로 알고 있었어. 즉 오세란도 자네를 모르고 자네도 오세란을 모르고 있었는 줄 알았지. 그리고 덧붙여 하는 말인데, 오세란의 수첩에는 자네 이름과 자네 집 전화번호, 그리고 자네 학교 전화번호가 적혀 있었어. 왜 그녀는 수첩에다 그런 것들을 적어놨을까? 그리고 그 팜플릿은 또 뭐지?"

사태가 점점 나에게 불리하게 돌아가고 있다는 것을 나는 비로소 깨달았다.

"특별한 이유라고 설명할 것도 없어. 집안에 굴러다니기에 나는 박스 속에 넣어 둔 것뿐이야. 나는 괜찮게 만들어진 팜플릿은 모두 모아두는 취미가 있거든. 자네도 그 박스 속을 보아서 알았겠지만, 그 안에는 각종 팜플릿이 가득 들어 있어. 나는 오세란이라는 여자를 개인적으로 만난 적이 없어. 자네는 지금 그 팜플릿 때문에 여러 가지로 상상을 하고 있는 것 같은데 말이야. 그건 오해야."

"나도 그것이 오해이길 바래. 오해이면 얼마나 좋겠나. 그런데 그 팜플릿이 자네 집안에서 굴러다니기에 자네가 주워 놓았다고 그러는데, 거기에 대해서는 나도 할 말이 있어. 나는 자네 부인과 미림이한테 그것을 물어 봤지. 그 팜플릿을 내보이며 말이야. 이런 팜플릿을 얻은 적이 있느냐, 그리고 그 피아노 리사이틀에 참석한 적이 있느냐고 물었지. 그러니까 미림이도 자네 부인도 그런 팜플릿을 본 적이 없다고 말했어. 리사이틀에도 물론 간 적이 없고 말이야. 자네가 정 팜플릿에 대해서 그런 식으로 이야기를 한다면, 나는 자네 부인과 딸을 자네와 대면시켜놓고 그 팜플릿의 출처에 대해서 물어 볼 생각이야. 만일 그렇게 한다면 거기서 어떤 대답이 나올 것 같은가? 과연 내가 그렇게 해도 될까? 나는 그런 식으로 자네 가족에게 물어 보고 싶진 않아. 자네 아내와 미림이까지 끌어들이고 싶지는 않단 말이야. 그러나 정 자네가 그 팜플릿이 집안에 굴러다니는 것을 박스 속에 넣어 두었다고 계속 주장하면, 나로서도 하는 수 없이 자네 부인과 미림이를 데려다가 대면시키고 분명한 대답을 가려낼 수밖에 없어."

그는 나에게 엄숙하게 경고했다. 그것은 협박이나 다름없는 말이었다.

나는 당황하지 않을 수 없었다. 만일 그의 말대로 우리 세 식구가 그를 상대로 한 자리에 앉아 조사를 받는다면, 과연 어떤 답변이 나오겠는가?

그건 물어 보나마나 뻔 한 것이었다. 아내도 미림이도 그 팜플릿을 본 적은 없을 것이다. 그리고 그들은 리사이틀이 있었다는 것도, 그리고 리사이틀에 가지도 않았다. 왜냐하면 오세란이 그들에게 팜플릿도 주지 않았고 그들을 리사이틀에 초대하지도 않았으니까 말이다.

오세란은 나에게만 그 팜플릿을 주었고 나를 자신의 피아노 리사이틀에 초대했었던 것이다. 그것은 오세란과 나 사이의 비밀이었다.

확실히 그녀와 나 사이에는 남들이 알아서는 안 될 비밀이 있었다. 그것을 강 형사가 눈치 채고 있었다. 확실히 그는 날카로운 형사의 눈을 가지고 있었다. 이미 그는 그 꼬투리를 잡고 사냥개처럼 나에게 물고 늘어지고 있었다.

나는 저 캄캄한 바다만큼이나 마음이 어두워졌고 암담한 기분을 느끼지 않을 수 없었다. 빠져나갈 구멍을 생각해 보았지만 아무 데도 그런 구멍은 보이지 않았다. 나는 마침내 초조해져서 견딜 수가 없었다. 갑자기 파도 소리가 유난히 크게 들려오기 시작했다.

무거운 침묵이 꽤 오랫동안 계속되었다. 그는 내가 입을 열기를 기다리고 있었다. 아주 끈질기게 기다리고 있었다.

나는 그에게 사실대로 이야기해야 한다는 것을 알고 있었다. 피할 수는 없었다. 그러나 입이 떨어지지가 않았다. 내가 거짓말했다는 것이 마침내 드러날 것이다. 나는 그것을 인정하고 그에게 사과를 해야 했다.

그가 나의 빈 잔에 술을 따랐다. 나는 사양하지 않고 술을 마셨다. 거듭 그렇게 석 잔을 마신 뒤에야 가까스로 입을 열 수가 있었다.

"자네는 정확히 봤어. 자네는 역시 형사야. 자네를 속이려고 했던 내가 어리석었지. 속여서 미안하네."

"아니야, 미안하긴. 나라도 자네 입장이라면 그렇게 말할 수밖에 없겠지."

그는 나를 위로하는 체 아주 부드럽게 말했다. 나는 더욱 모욕당한 느낌이었다. 그러나 나는 약자였고 그는 강자였다. 나는 점점 수세에 몰리고 있었다.

"그 팜플릿은 오세란이 나한테 직접 준 거야. 그래서 나는 그 피아노 리사이틀에도 참석했었어."

그 다음 내가 강 형사에게 해야 할 이야기는 뻔 한 것이었다. 오세란이 어떻게해서 나한테 그 팜플릿을 주게 되었는가 하는 것, 그리고 그녀와 나 사이의 관계를 빠짐없이 이야기하지 않을 수 없었다.

나는 마침내 죽은 그녀와의 관계를 털어놓기 시작했다.

시한부 인생

　내가 오세란을 알게 된 것은 그녀가 이사 온 지 얼마 되지 않아서였다.
　그러니까 그녀가 이사 온 지 한 달인가 두 달쯤 지난 4월 하순경이었다. 그 날은 마침 일요일이었는데, 아내는 밖에 볼 일이 있어 외출하고 없었다. 미림이도 어디로 놀러 나갔는지 보이지 않았다.
　내가 소파에 앉아 책을 보고 있을 때 비상문을 두드리는 소리가 들려왔다. 베란다로 나가 비상문 쪽으로 다가가 보니 미림이 목소리가 들려왔다. 미림이는 나를 부르며 문을 열어달라고 소리 지르고 있었다.
　나는 비상문을 따고 밖을 내다보았다. 미림이가 생글거리며 웃고 있었다.

"아빠, 이리 와 봐."

나는 딸애한테 손을 잡혀 마지못해 계단을 올라갔다. 그리고 위층에 도착한 순간 멈칫했다. 우리 집 위층, 그러니까 805호 비상문이 활짝 열려 있었고, 그 앞에 오세란이 웃으며 서 있었던 것이다.

나는 당황했다. 그러니까 미림이는 오세란의 집에서 비상문을 통해 나온 다음 층계를 내려와 우리 집 비상문을 두드렸던 것이다.

내가 당황한 것은 오세란을 뜻하지 않은 장소에서 그것도 갑자기 마주 대하게 되었기 때문이기도 하지만, 무엇보다도 그녀의 도발적인 몸매와 옷차림 때문이었다.

그녀의 몸매는 터질 듯 부풀어 있었고 상체가 거의 드러난 녹색의 드레스를 입고 있었다. 내가 당황해 하고 있는데 반해, 그녀는 전혀 그렇지가 않았다. 오히려 나를 강렬한 눈으로 바라보면서 야릇한 미소를 던져왔다.

미림이는 나의 표정이 재미있다는 듯 생글거리며 나를 쳐다보다가 고개를 뒤로 돌려 오세란을 바라보았다. 그렇게 나와 오세란 사이를 번갈아 쳐다보면서,

"우리 아빠예요."

라고 그녀에게 말했다. 그리고 나한테는 피아노 선생님이라고 소개하는 것이었다.

그것은 묘한 광경이었다. 비상문을 사이에 두고 비상계단에

서서 그녀와 나는 서로 인사를 나누었다.

"이거, 인사가 너무 늦었습니다. 미림이 아빠 되는 안동구입니다."

나는 지금 생각해도 참 촌스럽다고 할 정도로 딱딱하게 오세란에게 인사했다. 반면 그녀는 아주 여유 있게 나에게 미소를 던지면서,

"말씀 많이 들었어요. 오세란이라고 해요."
하고 말했다.

그렇게 해서 그녀와 나의 인연은 시작된 것이었다.

"저 바쁘시지 않으면 잠깐 들어오시죠. 제가 차 한 잔 대접해 드릴께요. 집에 아무도 없어요."

그녀가 집에 아무도 없다는 그 말만 하지 않았어도 우리 사이에는 별일이 없었을 것이다. 나는 마치 자석에 이끌린 듯 그녀의 집안으로 따라 들어갔다. 물론 미림이도 내 뒤를 쫄랑쫄랑 따라왔다.

그녀의 집안은 똑같은 아파트인데도 몹시 호화로워 보였다. 그렇다고 살림하는 집 같지는 않았다. 모든 것이 어지럽게 널려 있었지만, 하나하나가 값져 보였고 모두가 외제품들이었다. 나에게 권하는 담배도, 커피 잔도, 스푼도, 모두가 값비싸 보이는 것들뿐이었다.

그러나 그런 것은 아무래도 좋았다. 나는 그런 것보다는 그녀의 몸매에 완전히 넋을 빼앗기고 있었다. 그녀의 살 오른 어깨와, 가슴이 깊게 패인 옷 사이로 상체를 앞으로 굽힐 때마다 드

러나 보이는 젖가슴하며, 그녀의 거침없는 움직임, 움직일 때마다 좌우로 흔들리는 그 도발적인 궁둥이의 율동이 자꾸만 내 시야를 어지럽혀 왔다.

우리는 상대를 서로 선생님이라 불렀다. 미림이 피아노 선생님이었기 때문에 나는 그녀를 선생님이라고 불렀던 것이고, 그녀는 내가 대학 교수라는 것을 알고 있었기 때문에 나를 또한 선생님이라고 부른 것 같았다.

나는 먼저 인사로 우리 미림이에게 피아노를 가르치느라고 수고가 많다고 말했다. 내 말이 끝나기가 무섭게 그녀가 입을 열었다.

"미림이는 참 영리한 아이에요. 총명하구요. 제가 하나를 가르쳐 주면 그 다음 것도 알아요. 다른 아이들하고는 달라요. 그래서 가르치기가 참 쉬워요. 소질도 풍부하구요. 앞으로 이 계통으로 쭉 나가면 대성할 거예요."

그녀가 하도 거침없이 말했기 때문에 나는 어리둥절했다. 듣기에 과히 싫은 말은 아니었다.

"좋게 봐 주셔서 고맙습니다."

"아니에요, 사실이에요. 미림이 아빠 자랑이 아주 대단해요. S대에 나가신다구요?"

그녀가 담배를 나에게 권했다. 내가 담배를 받아들자, 그녀는 손수 라이터 불까지 붙여 주었다. 그런 다음 자기도 담배를 한 개피 뽑아 물고 불을 붙였다. 나는 그것이 하나도 이상스럽게 보이지가 않았다. 그녀가 하도 당당히 자연스럽게 행동했기 때문일 것이다.

"네."

"대학에서는 무얼 강의하세요?"

"철학입니다."

"어머나! 멋진 강의를 하시네요."

그녀의 말투는 시원시원했다. 속이 후련할 정도로 시원스러웠다.

내가 철학을 강의한다는 말을 듣고 멋지다는 말을 해 준 여자는 그녀가 처음이었다.

나는 은근히 기분이 좋아졌다. 당황했던 감정은 사라지고, 그녀와 같이 있는 시간이 왠지 즐거워지기 시작했다.

"저는 그렇게 형이상학적인, 심오한 학문을 연구하는 분들을 존경해요. 제가 그 방면에는 아주 무식하기 때문에 그러는 지는 몰라도, 하여간 철학이나 과학, 수학, 그런 것 공부하는 분들을 아주 좋아해요. 특히 철학 같은 것을 공부하시는 분을 제일 존경해요."

"원, 별 말씀을. 저는 피아노 같은 것 치는 분들을 제일 부럽게 생각하고 있습니다."

이야기하다 보니, 미림이는 어디로 가 버리고 보이지 않았다. 그녀의 집안에는 그녀와 나 단둘뿐이었다. 나는 차츰 대담한 질문을 던지기 시작했다.

"듣기에 외국인하고 사신다죠?"

실례되는 말인 줄 알면서도 나는 물었는데, 그녀는 얼굴 하나 붉히지 않았다. 그녀는 담배 연기를 후우 하고 내뿜은 다음 고개를 끄덕였다.

"저보다 나이가 작아요."

외국인과 동거하느냐는 나의 물음에 대한 그녀의 대답이라는 것이 그런 식이었다.

"몇 살 차이인가요?"

"세 살 차이에요. 제가 올해 서른둘이고, 그 애는 스물아홉 살이에요."

조금도 심각한 표정이라곤 찾을 수 없었다. 더구나 죽음의 그림자 같은 것은 티끌만큼도 보이지 않았다. 그러한 그녀에게서 내가 어떻게 그녀가 시한부 인생을 살고 있었다는 것을 알았겠는가?

그녀는 줄담배를 피워대고 있었다. 나는 외국인하고 사는 재미가 어떠냐고 물어 보고 싶었다. 아니, 알고 싶었다. 그러나 차마 그런 질문은 할 수가 없었다.

그런데 내 마음을 꿰뚫어보기라도 한 듯 거기에 대해 그녀가 묻지도 않은 말을 늘어놓았다.

"역시 한국 사람한테는 한국 사람이 제일이에요. 할 수 없이 그 사람하고 동거하고 있긴 하지만 이젠 싫어졌어요. 한국 남자가 그리워요. 호기심에 처음에는 괜찮은 것 같았는데 살다 보니까 이젠……."

그녀는 머리를 흔들었다. 그러한 그녀의 어디엔가에 고독한 빛이 잠깐 스쳐 가는 것 같았다.

나는 순간적이었지만 이 여자야말로 매우 고독한 여자일지도 모른다고 생각했다.

"바이런하곤 언젠가는 헤어질 거예요."

그녀는 마치 남의 이야기하듯 스스럼없이 말했다. 처음 만난 남자한테 자신의 속마음을 거침없이 털어놓는 그녀가 나는 웬지 이상하게 보이기는커녕 오히려 무척 자연스럽게 보이는 것이었다.

이런 저런 말끝에 그녀는 나에게 피아노 리사이틀 팜플릿을 주면서 꼭 참석해 주겠느냐고 물었다. 그래서 나는 틀림없이 가겠다고 말했다.

내가 약속을 하자 그녀는 몹시 기뻐했다. 커피를 마시고 나자 그녀는 나에게 특별히 맛있는 칵테일을 대접하겠다며 한 잔 만들어 주었다. 우리는 오래 전부터 사귀어 온 친한 사이인 것 같은 기분이 들었다.

"저는 사실 피아노에 모든 것을 걸었더랬어요. 그러나 기대와는 달리 피기도 전에 스러지고 말았죠. 지금 이 나이에 다시 일어서 보려고 몸부림치지만 잘 될는지 모르겠어요. 여기서 한 번 리사이틀을 가진 다음에 자신이 붙으면 서울에서 내년쯤 다시 한 번 열겠어요. 저 이래 봬도 어렸을 때에는 꽤 장래가 촉망된다고 주위에서들 말하곤 했어요."

나는 알고 있다고 말했다.

"어머나, 선생님도 저를 기억하고 계셨군요."

"기억하고 있었죠."

나는 거짓말을 했다. 그런 거짓말이야 나쁠 게 없다는 생각이었다.

"어쩌다가 제가 이렇게 됐는지 모르겠어요. 희망대로 유명한 피아니스트도 못 되고, 그렇다고 보통 여자로서 남의 아내가 될 수도 없고, 이것도 저것도 아닌 상태에서 저는 어떻게 해야 할지 모르겠어요."

그녀의 얼굴이 갑자기 어두워졌다.

"아직 젊으신데요 뭐. 젊다는 건 큰 재산 아닙니까. 지금도 얼마든지 기회는 있어요."

"아니에요. 저는 이미 늦었어요. 벌써 나이가 서른둘이에요. 그리고 한 번 안 좋다고 평판이 나면 돌이킬 수가 없어요, 이 세계에서는……."

오세란과 헤어져 집으로 돌아온 나는 공연히 마음이 혼란스러웠다. 마치 알아서는 안 될 사람을 알게 된 것 같은 그런 기분이 들었다.

나는 딸아이가 제 엄마에게 그 날 있었던 모든 것을 이야기할까봐 몹시 걱정되었다. 그래서 미림이를 불러놓고 단단히 부탁했다.

"피아노 선생님 댁에 내가 갔다는 말 엄마한테 해서는 절대 안 된다."

미림이는 고개를 끄덕이면서 생글생글 웃었다. 그 웃는 모습이 나를 또 불안하게 만들었다.

"정말이야. 엄마한테 절대 이야기해서는 안 돼."

그 대신 미림이는 나에게 조건을 제시했다. 돈 천 원만 달라는 것이었다.

"돈은 뭐 할려구?"

"쓸 데가 있어요."

무엇을 사겠는 지는 말하지 않고 천 원만 달라는 것이었다. 나는 하는 수 없이 딸애한테 천 원을 주었다. 미림이는 그 약속을 지켰다.

외출했다 돌아온 아내는 즐거운 표정이었고, 그 며칠 후까지 아무 일 없이 지나갔다. 미림이도 이제 그 일을 잊었을 것이다. 나는 마음을 놓았다.

며칠 후 나는 오세란과의 약속에 따라 그녀의 피아노 리사이틀에 참석했다.

그녀는 어느 대강당을 빌어 리사이틀을 열었는데, 내가 민망할 정도로 좌석의 3분의 1도 손님이 들지 않았다. 그나마 손님은 거의가 중.고등학생들이었다. 입장료는 없었다. 그런데도 그렇게 손님이 없는 것을 보면, 그녀의 지명도가 어느 정도인가를 충분히 짐작할 수 있는 일이었다.

나는 사람을 시켜 무대 위에 꽃다발을 하나 올려놓고 맨 뒷자리의 구석진 곳에 앉아 리사이틀이 끝나기를 기다렸다. 청중이 없이 썰렁한 강당에서 피아노를 쳐야만 하는 피아니스트의 심정은 어떤 것일까?

그런데도 그녀는 열심히 피아노를 쳤다. 검은 드레스의 오른쪽에 진홍의 장미꽃 한 송이를 달고 청중을 향해 정중히 고개를 숙인 다음 피아노 앞으로 돌아간 그녀는 열심히 건반을 두드려 댔다.

그녀가 그 날 리사이틀에서 선정한 곡은 라흐마니노프의 곡과 모짜르트의 것이었다. 그녀는 라흐마니노프의 피아노 협주곡 제1번과 2번을 모두 쳤는데, 내가 보기에는 전신을 교묘하게 사용한 테크닉으로 다이내믹하고 폭이 넓은 연주를 들려준 것 같았다.

그러나 그런 음악을 알아보는 사람이 과연 있을지는 의문이었다. 왜냐하면 나의 그러한 생각은 내가 그녀에게 호감을 느끼고 있기 때문에 생긴 것인지도 모르기 때문이었다.

처음에는 썰렁해 보이던 무대가 시간이 흐름에 따라 그녀의 다이내믹한 몸짓으로 가득 차는 것 같았다. 그녀의 모습이 점점 커 보이기 시작했다.

나는 경이스러운 감정을 품고 그녀를 지켜보고 있었다. 다정하다가도 갑자기 미친 듯 격렬하게 건반을 두드려댄다. 북유럽적인 낭만이 넘쳐흐른다.

이어서 화려한 코다를 가진 피아니스틱한 효과가 나타났다. 라흐마니노프의 협주곡 제2번은 나를 매료시키기에 충분했다. 그녀는 낭만적인 정서가 넘치는 그 독특한 가락과 러시아적인 거대한 중후감을 잘 조화시켜 나갔다. 라흐마니노프의 피아노 협주곡 제2번을 특히 좋아하고 있는 나는, 그녀가 치는 그 곡을 주의 깊게 들어 보았다.

그녀는 강렬하고 당당하게 악상을 전개함으로써 나에게 강한 인상을 심어 주었다. 그녀는 라흐마니노프를 잘 소화해 냈던 것이다.

나는 지금까지 내 자신이 그녀를 잘못 판단해 왔었음을 깨달았다. 그녀는 확실히 내가 보기에 훌륭한 피아니스트였다. 그녀는 분명히 재기할 수 있는 자질을 가지고 있었다. 모짜르트의 피아노 협주곡 제17번 G장조 작품 453은 정서적 불안을 느끼게 하는 작품이었다.

그녀가 그렇게 끌고 나갔기 때문에 그런 느낌을 받았는지는 몰라도, 불가사의할 이 만큼 복잡한 음색으로 해서 나는 한바탕 휘둘린 기분이었다.

나는 거기서 악기들 간에 주고받는 진정어린 대화들을 들을 수 있었고, 독주와 합주가 그렇게 동등하게 뚜렷이 드러나는 현상은 처음 보는 것 같았다. 끊임없이 바뀌는 분위기와 예지에 찬 음색, 아름다운 선율은 거의 정열적인 감정으로까지 파급되다가 끝났다.

나는 무대를 향해 마음껏 박수를 보냈다. 그녀도 무대에서 나를 보고 있는 것 같았다.

그녀를 위해 협주를 해 준 것은 시립 교향악단이었다. 나는 무대 뒤로 돌아갔다. 거기서 바이런이 오세란에게 키스하는 것을 보고는 발길을 돌리려고 하는데, 오세란이 나를 발견하고는 나를 불러 세웠다.

그리고 나에게 바이런을 소개시켰다.

우리는 아파트 단지 내에서 가끔씩 얼굴을 마주치곤 했지만, 정식으로 인사를 나누기는 그것이 처음이었다. 그는 조금 놀란 표정이었다.

나는 리사이틀이 아주 훌륭했었다고 진정으로 말했다. 그녀는 눈물을 글썽이는 듯 하다가 얼굴을 돌렸다. 그 날은 그렇게 헤어졌다.

다음다음 날 오후 그녀로부터 학교에 전화가 걸려왔다.

퇴근 후 우리는 시내의 어느 레스토랑에서 만났다. 그녀는 몹시 우울한 낯빛이었다.

신문에서는 그녀의 리사이틀에 대해 일언반구도 말이 없었다. 그것을 평가해 주려고 하지 않았다. 그 점에 대해서 그녀는 나에게 불만을 털어놓았고, 눈물을 글썽이다가 한숨을 내쉬며 술을 벌컥벌컥 들이켰다.

그녀는 리사이틀에 몹시 기대를 걸었던 것 같았다. 그런데 우선 청중이 모이지 않았고, 또 하나는 그녀에 대한 인식이 그녀의 새로운 면과 실력을 인정하려 들지 않는 것 같았다. 그녀는 손해를 보고 있었다.

나는 진심으로 그녀를 위로해 주고 싶었다. 그러나 어떻게 그녀를 위로해야 할지 몰라 우물쭈물하다가 그저 형식적인 위로의 말만 몇 마디 지껄이고는 그녀와 함께 한숨을 내쉬며 술잔을 기울일 뿐이었다.

레스토랑에서 저녁 식사를 끝낸 우리는 나이트클럽을 찾아갔다.

그녀가 춤을 추고 싶다고 나에게 간청했기 때문에, 나는 그녀의 우울한 마음을 달래 주기 위해 그녀를 데리고 클럽을 찾았던 것이다.

그녀는 매혹적일 정도로 춤을 잘 추었다. 내가 그녀를 리드한 게 아니라 그녀가 나를 리드하면서 돌아갔다. 나는 겨우 스텝 정도를 밟을 줄만 알고 있었기 때문에 그녀를 리드한다는 게 매우 벅찼다.

그녀의 육체가 고뇌와 욕망으로 뜨겁게 달아오르고 있음을 나는 뚜렷이 느낄 수가 있었다. 괴로운 한숨 소리가 내 귓가로 흘러나왔다.

"선생님, 저를 어떻게 좀 해 줄 수 없으세요?"

마침내 그녀가 절망적인 목소리로 그 한마디를 꺼냈을 때, 나는 별로 놀라지도 않았다. 나는 그녀를 충분히 이해할 수 있을 것 같았고, 그래서 그녀가 무슨 말을 해와도 별로 놀라지 않았던 것이다.

"오늘은 늦었으니까, 돌아오는 일요일에 어디 함께 여행이라도 갑시다."

그 날은 목요일이었다. 그녀는 싫다고 말했다.

"지금 당장 당신이 필요해요."

그녀는 뜨거운 입김을 내 귓가에 불어대면서 몸을 나에게 밀착해 왔다.

나는 그녀가 싫지 않았다. 그러나 외박을 한다는 것은 있을 수 없는 일이었다. 만일 외박이라도 하는 날에는 아내에게 지겨울 정도로 닦달을 당할 것이 나는 싫었던 것이다.

우리는 그 날 꽤 취했다. 아파트 단지 입구에서 나는 그녀를 내려주고 먼저 차를 몰고 단지 안으로 들어갔다.

그리고 약속대로 나는 사흘 뒤인 일요일에 그녀를 만났다. 그녀는 나를 보자 별로 웃지도 않았고, 놀라울 정도로 창백한 표정을 하고 있었다. 무슨 일인가 있는 모양이구나 하고 생각하면서, 마음이 내키지 않으면 집에 돌아가자고 말했다.

그러자 그녀는 머리를 흔들며 자기를 어디론가 데려가 달라고 말했다.

"배를 타고 충무나 갈까?"

"네, 좋아요."

그러나 그녀는 별로 좋아하는 기색이 아니었다.

나는 부두 쪽으로 차를 몰았다. 그 부근에 차를 주차시켜 놓고 우리는 충무행 쾌속선에 올랐다.

일요일이라 그런지 자리는 여행하는 사람들로 만원이었다. 우리는 빈자리에 나란히 앉아 창밖의 푸른 바다에 눈을 주고 있었다. 그녀가 아무 말도 하지 않았기 때문에 나도 입을 다물고 있었다.

얼마 후 내가 고개를 돌려 돌아보니, 그녀는 두 눈을 감은 채 머리를 뒤에 기대고 있었는데, 볼 위로 소리 없이 두 줄기 눈물이 흘러내리고 있지 않은가!

나는 놀라서 그녀의 손을 잡았다.

"왜 그래요? 무슨 일이 있었어요?"

그녀는 눈을 뜨며 머리를 흔들었다. 머리칼이 그녀의 얼굴을 반쯤 가렸다.

"무슨 일인지 말해 봐요. 무슨 고민이 있는 것 같은데, 왜 그래요?"

"죽는다는 것 생각해 보셨어요?"

그녀가 뚱딴지같은 질문을 던져왔다.

"항상 생각하고 있죠."

"그것을 절박하게 느껴 보신 적 있으세요?"

"그렇지는 않아요. 그런데 왜 그런 것을 묻죠?"

나는 문득 그녀가 혹시 자살을 생각하고 있지나 않는가 하고 걱정하기 시작했다. 나와 함께 여행하는 도중에 혹시 그녀가 자살하려고 약이라도 먹으면 정말 난처한 일이 벌어질 것이라고 나는 생각했다.

"저, 이런 말 아무한테도 이야기하지 않았어요. 바이런한테도 말하지 않았어요. 아무한테도 말하지 않았어요. 그런데 선생님한테는 말씀드리고 싶어요."

나는 그녀가 나한테 하고 싶어하는 말이 무슨 말인지 몹시 궁금했다. 무슨 말이길래 나한테만 들려주려는 걸까? 그녀는 나를 믿고 있는 것일까?

"말씀드려도 괜찮아요?"

"괜찮고 말고요. 말해 봐요. 무슨 말이든지 말해 봐요. 내가 도움이 된다면 도울 수 있는 한 도울 테니까 말해 봐요."

혹시 골치 아픈 일이라도 아닐까 하고 생각했지만, 아무튼 듣고 싶었다.

"저, 어저께 병원에 다녀왔어요."

"병원에요? 어디가 아팠어요?"

나는 이야기가 엉뚱한 데로 흐르고 있다고 생각했다. 그녀는 말하고 싶지 않다는 듯 머리를 좌우로 세게 흔들었다. 그리고 나를 한참 동안 뚫어지게 쳐다보았다. 그러다가 그녀는 바다 쪽으로 시선을 돌렸다. 그리고 하염없이 푸른 바다를 넋을 잃고 바라보고 있었다.

무거운 침묵이 한참 동안 계속되었다. 그녀는 좀처럼 입을 열 것 같지 않았다.

나는 그녀에게 매우 심각한 어떤 일이 생긴 것이 틀림없다고 생각했지만, 그것이 무엇인지는 별로 알고 싶지 않았다. 그러나 그녀가 먼저 병원 운운하면서 운을 뗐기 때문에 모른 체하고 앉아 있을 수는 없었다.

나는 다시 물었다.

"병원에는 왜 갔어요?"

"아니에요. 그만두겠어요. 말하고 싶지 않아요."

나는 손을 뻗어 그녀의 손을 잡았다. 여자의 손치고는 좀 큰 손이었다. 손가락이 길고, 그래서 피아노 건반을 두드리기에는 알맞은 손이었다.

"말해 봐요. 병원에는 왜 갔어요? 어디가 아팠어요?"

이 여자는 남의 호기심을 자극시키는 데는 특별한 재주라도 있는 모양이다 라고 생각하면서 나는 물었다.

그녀가 내 어깨에 갑자기 얼굴을 기대 왔다. 머리칼이 그녀의 어깨를 덮었다. 그녀의 오른손이 내 가슴 위로 올라오더니 내 옷깃을 만지작거렸다. 그 손이 내 양복저고리 단추를 만지작거렸다. 그녀가 어쩔 줄 모르고 있다는 것을 나는 피부로 느낄 수가 있었다.

무엇인가 절박하게 호소하는 것 같은 그 두 눈이 나를 뚫어지게 올려다보았다.

"말하고 싶지 않으면 하지 않아도 돼요."

나는 그녀가 제발 입을 열지 말았으면 했다. 그러나 내가 그런 식으로 나가자, 이번에는 그녀 쪽에서 이야기를 하겠다고 나왔다.

"말씀드리겠어요. 저기…… 의사 말이 6개월밖에 살지 못한대요."

이상한 말이었다. 그렇게 사람의 말소리가 이상하게 들리기는 처음이었다.

그녀는 마치 남의 이야기하듯 작은 목소리로 이야기했지만, 나에게는 몹시 선명하게 들렸다.

"뭐라구요? 방금 뭐라고 그랬어요?"

"의사가 6개월밖에 살지 못한대요."

"누가? 누가 6개월밖에 살지 못한대요?"

"제가요. 제가 앞으로 6개월밖에 살지 못한대요."

그녀가 내 옷깃을 끌어당기고 있었다. 손끝이 떨리고 있는 것을 나는 감지할 수 있었다. 그녀가 거짓말하고 있지 않다는 것을 비로소 알아차렸다.

나는 어이가 없었다. 그녀의 말을 어떻게 받아들여야 할지 나는 몹시 당황했다. 나는 내가 잘못 알아들었기를 바라면서 멍하니 허공을 바라보다가 다시 그녀를 쳐다보았다.

"의사가 그런 말을 했어요?"

그녀는 눈을 밑으로 내려뜨면서 가만히 고개를 끄덕였다. 오늘 그녀의 안색이 유난히도 창백한 이유를 나는 그 때서야 알 수 있었다.

"왜? 왜 의사가 그런 말을 해요?"

"암에 걸렸대요."

"암이요? 암이라니…… 무슨 암이란 말인가요?"

그녀는 머리를 흔들었다. 말하고 싶지 않다는 듯 머리를 흔들면서 내 어깨에 얼굴을 비벼댔다.

"어느 병원 의사가 그런 말을 했어요?"

"이 병원 저 병원 유명하다는 데는 다 다녀 봤어요. 다 똑같은 말이었어요."

그녀의 목소리가 조그맣게 잦아들고 있었다.

나는 그녀의 손을 내 두 손 안에 꼭 쥐어 주었다. 내 손아귀 속에 든 그녀의 두 손에는 분명히 생명의 속삭임과 따뜻함이 배어 있었다. 그것이 어느 날 갑자기 차갑게 식는다는 것이 도무지 믿어지지가 않았다.

"언제 그 사실을 알았어요?"

"리사이틀이 끝난 다음에, 아니 그 전에, 리사이틀을 가지기 보름 전에 처음 진찰을 받았어요. 거기서 자궁암이라는 진단이 나왔어요. 저는 너무 놀랐고 믿고 싶지 않았기 때문에 그대로 잊으려고 했어요. 그러나 그럴 수가 없었어요. 그래서 리사이틀이 끝난 뒤에 다른 병원에 가 봤어요. 거기서도 같은 진단이 나왔어요. 그래도 저는 믿을 수가 없어 마지막으로 세 번째로 이번에는 암 분야의 전문 병원에 가서 전문가를 만나 봤어요. 그분 역시 같은 말을 했어요. 자궁암인데 지금은 도저히 치료가 불가능한 상태까지 와 있기 때문에 신변 정리를 해 두라고 이야기했어요. 그게 바로 그저께였어요. 그분 말이 6개월밖에 살지 못한다고 했어요."

"6개월……."

나는 중얼거렸다.

6개월밖에 살지 못하는 여자의 심정은 과연 어떤 것일까? 나는 그런 그녀와 함께 나란히 여행하고 있다는 사실이 견딜 수가 없었다.

나는 나도 모르게 머리를 흔들며 그녀를 쳐다보다가 그녀의 손을 꼭 움켜쥐었다.

왜 하필, 왜 하필이면 내가 그녀를 알게 되었고, 그녀의 죽을 것이라는 사실을 또 알게 되었을까? 차라리 내가 그런 사실을 알지 못했다면 얼마나 좋았겠는가! 그녀가 그런 말을, 그런 사실을 말해 준 사람이 이 세상에 나밖에 없다는 사실이 또한 나의 가슴을 무겁게 짓누르게 해 주었다. 그녀가 6개월 후에 죽는다는 사실을 알고 있는 사람은 이 세상에 나밖에 없다. 그것은 무엇을 뜻하는 것일까?

그녀의 죽어 가는 모습을 옆에서 내가 지켜봐 주어야 한다는 말인가. 우리는 특별한 관계도 아니잖은가. 나는 그녀의 집에서 차 한 잔과 칵테일 한 잔을 대접받았고, 그녀의 피아노 리사이틀에 한 번 참석했으며, 그리고 나이트클럽에 가서 술 한 잔을 마시고 춤을 춘 것뿐이다.

우리의 관계는 그것이 전부였다. 그것이 인연이라면 할 수 없는 것이겠지만.

나는 요 며칠사이 갑자기 그녀에 대해서 너무 많은 것을 알아 버린 것 같았고, 또 그녀에 대해서 무엇인가 책임을 져야 할 것만 같은 기분이 들었다.

6개월밖에 살지 못하다니! 이렇게 훌륭한 육체를 지닌 여인이! 6개월 후에 죽어 땅 속에 묻히다니! 도저히 믿을 수 없는 일이었다.

"아니야, 아마 잘못된 걸 거야. 그럴 리가 없어. 그건 잘못된 걸 거야."

"네, 저도 믿어지지가 않아요. 제가 6개월 후에 죽는다는 게 믿어지지가 않아요. 하지만 그것은 과학적인 진단이에요. 첨단 과학을 안 믿을 수가 있나요. 신은 믿지 않더라도 저는 과학만은 믿어요."

그렇다. 나 역시 과학은 믿는다. 하늘에 신이 있다면, 이처럼 아름다운 여자에게 앞으로 6개월밖에 생명을 주지 않겠단 말인가? 하늘에 신은 존재하지 않는다. 신이 존재한다면 그럴 수가 없는 것이다.

"병원에서 그런 선고를 받고 나니까 이 세상에 존재하는 모든 것이 신기해 보여요. 태양, 바다, 제 곁에 스쳐 가는 모든 사람들, 돌멩이 하나, 모든 것 하나하나가 다 신선해 보이고 아주 신기해 보여요. 그 전에는 무심코 지나쳤던 것들이 지금은 모두가 신기해 보여요."

배가 충무에 닿았다.

나는 어찌해야 좋을지를 몰랐다. 6개월밖에 살지 못할 여자를 데리고 어디를 가야 한단 말인가. 도대체 그녀에게 무슨 말을 해 줘야 한단 말인가. 나는 아무것도 할 수 없을 것 같았고, 아무 말도 할 것이 없었다. 그녀에게 위로의 말 같은 것이 무슨 필요가 있겠는가!

배에서 내리자 그녀는 갑자기 환한 얼굴이 되었다. 미소를 지으며 경이로운 눈으로 이곳저곳을 둘러보다가,

"우리 전망 좋은데 가서 점심이나 먹어요."
라고 말했다.

"아직 점심때가 되려면 시간이 좀 더 있어야 하니까, 조금 걷다가 어디 가서 점심을 먹읍시다."

내 말에 그녀도 끄덕였다.

우리는 충무 시내를 발길 닿는 대로 걸었다. 그녀가 아주 자

연스럽게 팔짱을 끼었다. 그 전 같으면 누구 아는 사람이라도 만날까봐 그녀를 밀어냈겠지만, 지금은 조금도 그런 마음이 일지 않았다. 나는 그녀를 위해서라면 앞으로 6개월 동안 무슨 짓이라도 할 것 같았다.

우리는 조그만 찻집에 들어갔다. 장식이야 보잘 것 없었지만, 내부가 깨끗이 정돈된 찻집이었다. 우리는 창가에 앉아 커피를 마셨다.

"저는 불쌍한 고아를 한 명 입양해서 이런 조그만 도시에 데리고 와서 조용히 틀어박혀 살고 싶었어요. 모든 과걸 잊고 말이에요."

나는 여전히 그녀를 위해 아무 말도 해 줄 수가 없었다. 내가 갑자기 벙어리가 되었기 때문에 오히려 그녀 쪽에서 말이 많아졌다. 그녀의 한 마디 한 마디가 마치 나에게는 절규하는 소리같이 들려왔다.

"선생님, 어느 날 갑자기 선생님을 못 만날지 몰라요. 그 때까지 저를 만나 주시겠어요?"

"만나고 말고."

나는 한숨을 내쉬며 그녀의 손을 잡았다가 놓았다.

"선생님하고 언제까지나 같이 있고 싶어요."

"나도 그래요."

나는 내 앞에 앉아 있는 이 가냘픈 영혼을 진심으로 위로해 주고 싶었다. 그러나 나에게는 그럴 만한 능력이 하나도 없었다. 비로소 나는 죽어 가는 생명 앞에서 내 자신이 얼마나 무력한 존재인가를 깨닫지 않을 수 없었다.

　대학교 철학 교수인 나는 죽음을 앞둔 그녀에게 단 한마디의 철학적인 말도 해 주지 못하고 있지 않은가. 나는 어떠한 철학적인 말도 꺼져가는 그녀의 영혼을 달래 줄 수 없다는 것을 알고 있었다.

　모든 것은 죽음 앞에서는 위선이다. 죽음처럼 진실한 사실이 또 어디에 있겠는가. 어떠한 말로도 죽음을 어루만질 수는 없을 것이다.

　"선생님, 저는 이제야 비로소 인생이 허무하지 않다는 것을 깨달았어요. 그 전에는 늘상 허무감에 젖어 있었는데, 지금은 전혀 그렇지가 않아요. 허무하다고 생각했던 것들이 그렇게 값져 보이고, 싱그러워 보일 수가 없어요. 움직임 하나하나가, 모든 이들의 말소리와 웃음소리와 심지어는 창 밖에서 들려오는 자동차 소리까지도 모두가 제게는 의미 있게 들려요. 제가 너무 방정맞게 굴었나 봐요. 우리 이제 그런 말하지 말아요. 우리 다른 이야길 해요!"

　그녀가 나를 향해 미소를 지어보였다. 나도 처음으로 그녀를 향해 활짝 웃어 보였다. 그러나 우리가 주고받은 그 미소는 진정한 미소가 아니었다. 그 미소는 울음 같은 것이라고 해야 옳을 것이다.

　나는 찻잔을 내려다보았다. 찻잔 속의 커피는 식어 있었다. 그 식은 커피를 마시면서 비로소 나는 그녀와 깊은 관계에 도달해 있음을 깨달았다.

"제가 왜 그런 말씀을 드렸는지 모르겠어요. 선생님한테 그런 말씀을 드려서 괜히 부담을 드렸나 봐요. 선생님, 아까 제가 저를 만나 달라고 한 것 취소하겠어요. 오늘 헤어지면 앞으로 만나 주시지 않아도 괜찮아요. 선생님은 바쁘신 분인데, 제가 괜히 부담을 드리고 있는 것 같아요."

나는 손을 들어 그녀의 입을 막았다.

"그런 말하지 말아요. 제발 그런 말하지 말아요. 그렇게 말하는 게 아니에요."

그녀의 눈시울이 붉어지는 것 같더니, 그녀가 젖은 눈으로 나를 바라보았다.

나는 그녀의 눈이 몹시 아름답다고 생각했다. 죽음을 앞둔 눈이기 때문에 그렇게 보였던 것일까. 그것은 처음 그녀를 보았을 때의 그 눈이 아니었다. 나를 쳐다보는 그 그윽한 눈길은, 내가 지금까지 본 눈들 중에서 가장 아름다운 눈이었다.

찻집을 나온 우리는 다시 시내를 거닐었다. 나는 줄곧 그녀를 위해 내가 해 줄 수 있는 일이 무엇일까 하고 생각하며 걸음을 옮겼다. 그녀에 대해서 내가 책임질 일은 하나도 없었다. 그러나 나는 그녀를 외면할 수 없었다. 아니, 외면하고 싶지 않았다는 것이 옳은 말일 것이다.

그녀가 문득 전복죽을 먹고 싶다고 말했기 때문에, 우리는 적당한 식당을 찾아 이 골목 저 골목을 돌아다니다가 바다가 보이는 식당으로 들어가 창가에 자리를 잡고 앉았다. 그 식당은 2층이었다.

식당 2층의 열린 창문으로 바다 냄새가 물씬 풍겨오고 있었고, 잔잔한 바다 위로는 작은 배들이 끊임없이 오가고 있었다. 우리가 앉아 있는 쪽 부두에는 유난히도 갈매기 떼가 많이 날아다니고 있었다.

그녀는 더 이상 죽음에 대해서 이야기하지 않았다. 나도 그것을 의식하지 않으려고 노력했다. 생명의 기쁨에 대해서만 생각하고 싶었고, 그것을 즐기고 싶었다.

전복죽이 나왔기 때문에 우리는 그것을 열심히 먹어치웠다. 나보다도 그녀가 몹시 맛있게 먹는 것을 보니, 나는 흡족한 기분이었다.

"아, 맛있어요. 이렇게 맛있게 먹어 보기는 처음이에요. 이 집 정말 전복죽 잘 만드는데요."

정말 그 집 전복죽은 맛이 있었다. 우리는 부두를 내려다보다가 밖으로 나왔다.

식당에서 조금 떨어진 곳에 호텔이 하나 서 있었다. 새로 지은 듯 깨끗한 호텔은 바다를 향해 서 있었다.

우리는 그 앞을 지나갔다. 무심코 지나쳤다고 생각했을 때 그녀가 갑자기 걸음을 멈추었다. 그리고 호텔을 돌아보면서 이렇게 말하는 것이었다.

"선생님, 저기…… 저를 좀 데려다 줘요."

나는 깜짝 놀라 그녀를 돌아보았다. 그녀가 혹시 말을 잘못하지 않았나 해서, 나는 그녀를 의아한 눈으로 바라보았다.

"방에 들어가 쉬고 싶어요. 저를 좀 데려다 줘요."

그녀의 목소리가 절박하게 내 귀를 후비고 들어왔다. 나는 그녀가 찾고 있는 것이 무엇인가 겨우 알 것만 같았다. 나는 거부할 수 없었다. 그녀가 요구하는 것이면 무엇이든지 들어 주고 싶었다.

나는 그녀를 데리고 마침내 호텔 안으로 들어갔다.

종업원이 우리를 5층 방으로 안내했다. 바다로 향한 창문을 통해 햇빛이 가득 들어오고 있는 방이었다. 한켠에 침대가 놓여 있었고 바닥에는 붉은 카펫이 깔려 있었다. 방은 깨끗이 정돈되어 있었다.

"방이 마음에 들어요."

그녀는 커튼을 젖히고 창문을 열었다. 바다의 소금 냄새가 몰려들어왔다.

우리는 함께 나란히 서서 바다를 바라보았다. 내가 한 손으로 그녀의 어깨를 감싸 안자, 그녀는 자연스럽게 내 쪽으로 머리를 기대왔다.

바다는 너무 잔잔해서 마치 빙판 같았다.

"샤워하고 오겠어요."

그녀가 나에게서 물러났다. 내 뒤에서 그녀의 옷 벗는 소리가 들려왔다. 나는 그녀를 돌아보지 않은 채, 그대로 바다를 향해 서 있었다. 욕실 문이 여닫히는 소리가 들려왔다.

얼마 후 나는 창문을 닫고 돌아섰다. 그리고 저고리를 벗은 다음 소파에 앉아 담배를 피워 물었다. 욕실 쪽에서는 계속 물소리가 들려오고 있었다.

내가 대체 이래도 되는 것일까. 나는 거듭 초조한 생각이 들었다. 앞으로 6개월밖에 살지 못한다는 여자와 함께 과연 호텔 방에 들어도 괜찮은 것일까. 이제부터 나는 그녀에게 무엇을 해줘야 할까.

나는 견딜 수가 없었다. 다시 일어서서 창가로 다가가 바다를 바라보았다. 바다 위로는 햇빛이 눈부시게 쏟아져 내리고 있었다. 눈이 부실 정도로 찬란한 햇빛이었다.

내 뒤에서 욕실 문이 열렸다가 닫히는 소리가 들려왔다. 조금 있자,

"선생님."

하고 조그맣게 부르는 소리가 들려왔다.

나는 천천히 고개를 돌려 그녀를 바라보았다.

그녀는 알몸에 타월을 두르고 있었다. 타월이 그녀의 중요한 부분을 아슬아슬하게 가려 주고 있었다.

"선생님, 햇볕이 싫어요. 커튼을 쳐줘요."

나는 그녀가 시키는 대로 잠자코 커튼으로 창문을 가렸다. 방안은 갑자기 어두워졌다.

나는 스탠드의 불을 켰다. 그녀는 그대로 서서 나를 바라보고 있었다. 젖은 머리가 한쪽으로 흘러내려와 있었다.

나를 응시하는 그녀의 두 눈은 활활 타오르는 불꽃같았다. 그녀가 서서히 타월을 풀어냈다. 타월이 발밑으로 흘러내리면서 그녀의 나신이 드러났다. 매혹적인 육체가 내 앞에서 떨며 서

있었다.

그녀가 입을 열었다.

"저를 제발 거절하지 말아 주세요."

나는 넋을 잃고 그녀의 육체를 바라보고 있었다. 그녀의 젖가슴은 무거워 보였다. 그것이 그녀의 육체에 대한 나의 첫 느낌이었다. 그만큼 그녀의 젖가슴은 묵직하게 앞으로 솟아 나와 있었던 것이다.

만지고 싶은 충동을 일으킬 정도로 그녀의 젖가슴은 너무도 탐스러워 보였다. 두 개의 젖꼭지는 나에게 이렇게 속삭이는 것 같았다.

"제발 저를 부끄럽게 만들지 마세요. 그러지 말고 빨리 저를 당신의 그 손으로 아니면 당신의 입술로 가려 주세요."

나의 눈은 그녀의 가슴 사이를 타고 천천히 밑으로 내려갔다. 넓고 풍요롭고 기름진 그녀의 아랫배가 나에게 아늑한 기분을 안겨주었다.

나는 그 아랫배 위에 드러누워 한숨 자고 싶었다. 그것은 밋밋한 경사를 이루다가 차츰 짙고 어두운 골짜기를 이루면서 밑으로 갈라져 내리고 있었다. 그녀의 엉덩이는 나에게는 다만 거대하다는 느낌을 주었다. 확실히 그것은 거대했다.

아아, 저렇게 훌륭한 육체를 가진 여자가 6개월 후에는 죽는다니. 저 훌륭한 가슴과 배와 엉덩이가, 그리고 그 모든 조화미가 몇 달 뒤에는 사라져 버린다. 정말일까? 나는 그것을 믿을 수가 없었다.

내가 여전히 얼빠진 표정으로 가만히 서 있자, 그녀가 다시 말했다.

"제가 죽기 전에 모든 것을 당신에게 드리고 싶어요. 그러지 않아도 누군가에게 주고 싶었어요. 선생님, 저를 이해할 수 있으세요?"

나는 머리를 끄덕였다. 그녀가 천천히 내 앞으로 다가섰다. 내 앞에서 그녀의 가슴과 배가 율동했다. 나는 손을 뻗어 그녀를 안았다.

우리는 처음에는 가만히 껴안고 있다가, 그러다가 차츰 격렬하게 입을 맞추었다. 그녀는 마치 짐승처럼 신음하면서 나에게 달려들었다.

그것은 쾌락에 몸을 내던진 여자의 기쁨에 넘치는 신음이 아니었다. 그녀는 생명의 줄을 놓고 싶지 않아 몸부림치고 있었던 것이다.

그것은 마치 얼마 뒤면 사그라져 버릴 생명을 놓고 싶지 않다는 듯 움켜쥐고 몸부림치는 그런 모습이었다.

나는 그녀가 너무도 가여워 함께 그녀의 생명의 줄을 붙잡고 싶은 마음으로 그녀를 으스러지게 끌어안았다.

"선생님…… 선생님……."

그녀는 거듭 나를 부르면서 신음하다가 내 옷을 손수 벗겨주기 시작했다. 그녀가 천천히 무릎을 꿇으면서 밑으로 손을 가져갔다. 내 옷들은 그녀의 손으로 위에서부터 천천히 하나씩 벗겨져나갔다.

나는 그대로 서 있었다. 나의 볼품없는 몸뚱이가 마침내 그녀 앞에 완전히 그 모습을 드러냈다. 나는 그녀가 내 몸뚱이를 보고 혹시 실망하지나 않을까 하고 걱정했다. 그러나 그녀에게는 그러한 눈치가 조금도 보이지 않았다.

그녀는 내 앞에 무릎을 꿇은 채 두 손으로 허리를 끌어안으면서 내 하복부에 얼굴을 갖다 댔다. 거기에 입술을 비비면서 그녀는 또 나를 불렀다.

그녀의 몸짓에 나는 더 이상 참을 수가 없었다. 나는 거기에서 그녀를 피해야 할 이유를 발견할 수가 없었다. 거기서 그녀를 뿌리치고 돌아간다면 나는 그녀에게 더할 수 없는 죄를 짓는 것만 같았다.

피하다니, 무엇 때문에 그녀를 피해야 한단 말인가. 내가 유부남이기 때문인가. 대학 교수이기 때문인가. 그런 이유로 이 여자를, 죽음을 앞두고 갈구하고 있는 이 여자를 뿌리칠 수 있단 말인가.

나는 지금 도저히 그럴 수도 없었고, 오히려 당장 그녀를 가지고 싶었다.

나는 그녀를 일으켜 세웠다. 그리고 침대에 걸터앉아 내 앞에 서 있는 그녀를 끌어당겨 그녀의 탐스러운 젖가슴에 내 입을 갖다댔다. 나는 어린애처럼 그녀의 부풀어 오른 젖을 빨고 또 빨았다. 그녀는 신음하면서 허리를 비틀고 내 머리를 미친 듯 끌어안았다.

"선생님, 선생님께 제 모든 것을 드리겠어요. 제 모든 것을 가지세요."

"안 돼, 그래서는 안 돼."

나는 반사적으로 머리를 흔들었지만, 그것은 괜히 그래 보는 것에 불과했다. 나는 이미 그녀에게 깊이 빠져 들어가고 있어서 빠져나올 힘을 잃고 있었다.

나는 그 가엾은 여인을 침대 위에 가만히 눕혔다. 그것은 무슨 의식 같은 행위였다. 반드시 해야 한다는 그런 강박관념이 나를 사로잡고 있었다.

나는 마침내 그녀의 몸속으로 들어갔고, 그녀는 몸을 활짝 열어 나를 받아들였다. 나는 무엇인가 새로운 세계가 열린 것을 느낄 수가 있었다. 그것은 내가 지금까지 느껴보지 못한 전혀 새로운 세계였다. 나는 그렇게 진지하게 의식을 치러낸 적이 한 번도 없었다.

의식이 끝났을 때, 나는 그녀가 감격에 겨운 나머지 눈물을 흘리고 있는 것을 볼 수가 있었다.

그녀는 내 가슴에 안긴 채, 지상에서의 마지막 사랑을 당신과 가졌노라고 말했다. 그리고 숨을 거두는 순간까지도 나와 사랑을 나누고 싶다고 말했다.

그것은 바로 내가 해 주고 싶은 말이었기 때문에, 나는 고개를 끄덕이며 그녀의 어깨를 끌어안았다.

충무에서의 정사는 오세란과 나 사이의 관계를 결정적으로 밀착시켜 주는 계기가 되었다. 그녀도 나도 그것을 운명적인 만

남으로 생각하고 있었다.

　우리들의 만남은 남녀의 세속적인 애정 추구와는 달랐다. 그녀는 죽음을 불과 수 개월 앞둔 사이에서 나를 만났고, 나 역시 죽음을 앞둔 여인에게 무엇인가를 베풀어 주고 싶은 마음에서 그녀를 만났던 것이다. 나는 진정한 사랑이야말로 그녀에게 내가 줄 수 있는 마지막 선물이라는 것을 깨닫고 온 정성을 다해 그녀를 만났다.

　나를 만나면서부터 그녀는 얼굴에 다시 생기가 넘쳐흐르기 시작했고, 피아노 소리도 한층 힘차게 들려오기 시작했다. 밤이면 그녀는 나를 위해 쇼팽의 야상곡을 쳐주곤 했다. 나는 내 서재에서 서성거리며 그녀가 치는 피아노 소리에 귀를 기울이곤 했다.

　나는 그녀를 알게 된 것을 이제는 후회하지 않고 있었다. 미친 듯 쳐대는 피아노 소리에 나는 혼자 방 속에 앉아 눈물을 흘릴 때가 한두 번이 아니었다.

　그것은 죽음을 앞둔 여인의 고뇌처럼 몹시 괴로운 소리로 점점 나를 압박해 오기 시작했다. 활기에 넘쳐 보이는 그녀의 모습과 그 피아노 소리도 나에게는 점점 죽음이 임박해 오는 것을 알리는 징조처럼 느껴지는 것이었다.

　죽음의 징조는 그녀의 얼굴에서 나타나고 있었다. 그녀는 하루가 다르게 수척해지고 있었다. 얼굴은 창백해지고 눈 밑으로는 푸른빛이 나타나고 있었다.

　나는 하루도 빠짐없이 그녀를 만났다. 그녀는 언제나 내 품

속에 안겨 있기를 원했기 때문에, 우리가 만나는 것은 언제나 호텔방 안이었다. 그녀는 잠시도 내 곁에서 떨어져 있으려고 하지 않았다. 우리는 별로 이야기도 나누지 않았고, 침대 속에서 서로 껴안은 채 각자의 생각에 잠겨 있고는 했다.

물론 나는 거의 하루도 빠짐 없이 그녀의 육체를 가졌다. 그녀도 나를 원했고 나도 그녀를 원했던 것이다. 어디서 나에게 그런 힘이 솟았는지는 모르지만, 나는 그녀를 볼 때마다 성욕을 느끼곤 했던 것이다.

어느 날 저녁, 그 날도 역시 우리는 호텔 객실의 침대 속에 함께 나란히 누워 있었는데, 문득 죽음의 문제에 대한 이야기가 자연스럽게 흘러나오게 되었다. 그녀가 아무렇지도 않게 그 이야기를 꺼냈기 때문에, 나도 자연스럽게 이야기를 하게 되었던 것이다.

그녀는 자기가 죽으면 화장을 해서 바다에 뿌려달라고 말했다. 나는 그것을 반대했다. 공원묘지의 양지 바른 곳에 묻어 주겠다고 말하자, 그녀는 만일 아무도 찾아오는 사람이 없으면 얼마나 무덤이 초라해지겠느냐고 말했다.

나는 내가 그녀의 묘를 찾아가겠다고 말했고, 내 말이 끝나기 무섭게 그녀는 울음을 터트렸다.

다음 날부터 우리는 시간이 날 때마다 부근의 공원묘지를 찾아다녔다.

그리고 다섯 번째 만에 우리는 어느 공원묘지에서 마음에 드는 양지바른 묘지를 발견할 수가 있었다.

나는 즉시 가져간 돈으로 그 묘지를 계약했다. 나에게는 부담이 되는 금액이었지만, 내가 해 줄 수 있는 가장 현실적인 문제는 바로 그것이었다. 나는 아낌없이 돈을 지불했고, 그녀는 감동어린 눈으로 나를 쳐다보았다. 나는 그녀가 나를 그런 눈으로 바라보아 주는 것만으로도 흡족했다.

그녀는 날이 갈수록 점점 야위어 갔다. 그렇게 아름답고 탄력 있던 육체, 매끄럽던 피부는 점점 윤기를 잃어가고 있었다. 그녀와 함께 나 자신도 서서히 시들시들해져 가고 있는 것 같은 기분이 들었다.

확실히 나 자신도 모든 일에 의욕을 잃고 점점 절망적인 기분이 되어 갔다.

나는 모든 것이 허무했다. 모든 것이 싫었다. 오세란과 함께 죽어 버릴까도 생각했다. 나는 그녀가 눈치 채지 못하게 눈물을 흘릴 때가 많았다. 나는 비로소 내가 얼마나 그녀를 사랑하고 있는가를 깨달았다.

아내가 나를 보고, 요즘 꼭 당신은 얼빠진 사람 같다고 말한 적이 한두 번이 아니었다. 그녀가 그런 말을 한 것도 무리는 아니었다.

나는 온통 오세란에게 정신을 빼앗기고 있었으니까.

의 심

내가 이야기를 끝냈을 때, 캄캄한 밤하늘에서는 빗방울이 후두둑 후두둑 떨어지고 있었다.

"어, 비가 좀 오겠는데."

강 형사가 먼저 자리를 털고 일어섰다. 나도 뒤따라 천천히 일어섰다.

우리는 아직 이야기가 끝나지 않은 상태였다.

"저쪽으로 갈까?"

강 형사가 나와 함께 간 적이 있는 '하얀 집'을 턱으로 가리키며 물었다.

"그래, 저기 가서 한잔 더 하지."

그를 피한들 소용없다는 것을 나는 알고 있었다. 나는 모든 걸 숨김없이 털어놓았다. 이제 그의 반응이 남아 있었다. 그는 또 다른 이야기를 듣고 싶어 하는 것일까?

하얀 집의 불빛을 향해 모래밭을 가로질러 가는데 비가 쏟아지기 시작했다. 우리는 뛰어갔다. 하얀 집에 도착했을 때는 우리는 빗물을 뒤집어쓰고 있었다. 나는 손수건으로 얼굴과 머리를 닦은 다음 계단을 올라갔다.

실내에는 손님이 반쯤 차 있었다. 실내에는 곡명을 알 수 없는 애조 띤 슬픈 가락이 흐르고 있었다.

우리는 창가에 앉아 술을 주문하고 나서 잠시 비바람 치는 바다를 바라보았다.

"비가 많이 오겠는걸."

그가 중얼거렸다. 빗물이 유리창을 때리고 있었다.

웨이터가 맥주를 두 병 가져왔다. 우리는 맥주를 한 잔씩 따라 마셨다.

맥주를 그렇게 마셨는데도 나는 아직 갈증이 가시지 않고 있었다.

"자넨 참, 엉뚱한 데가 있어."

그가 잔을 내려놓으며 나를 향해 미소를 지었다.

"그게 무슨 말이야, 엉뚱하다니?"

나는 그가 무슨 말을 하려는 것인지 몰라 의아하게 그를 쳐다보았다.

"자네가 오세란과 그런 관계였는지는 정말 꿈에도 생각치 못했어. 그거야말로 엉뚱한 짓 아닌가."

나는 고개를 저었다.

"천만에, 그게 왜 엉뚱한 짓이란 말인가? 나는 그렇게 생각지 않는데."

나는 화가 났다. 아니, 오히려 슬펐다. 오세란의 이름을 부르며 바다 쪽으로 뛰어가고 싶은 충동을 가까스로 누르며 나는 중얼거렸다.

"아니야, 그게 왜 엉뚱한 짓이란 말이야? 죽음을 앞둔 여인에게 내가 왜 엉뚱한 짓을 했겠나. 자넨 내가 그렇게 사악한 놈인 줄 알아?"

내가 정색을 하고 덤벼드는 바람에, 강 형사는 당황해서 손을 흔들었다.

"아, 아니야. 오해하지 말라구. 자네를 언제 내가 사악하다고 그랬나. 그저 좀 엉뚱하다는 느낌이 들어서 그렇게 말해 본 것뿐이야. 오해하지 말아."

기분을 상하게 했다면 정말 미안하다고 그는 곧 나에게 사과했다. 나는 사과할 것까지는 없다고 말했지만, 여전히 나는 화가 풀리지 않았다.

"오세란이 자네를 무척 사랑했었나 보지?"

"나도 그 여자를 사랑했어. 세상에 태어나서 여자를 사랑해 보기는 그게 처음이야."

나는 진심으로 강 형사에게 말했다. 홧김에 내가 그렇게 말해 버리기는 했지만 그것은 정말이었다. 나는 정말로 오세란을 사랑했다.

강 형사는 놀라는 눈치였다. 이해할 수 없다는 표정으로 나를 바라보다가 그는 이렇게 물었다.

"그런데 말이야, 왜 하필 오세란은 자네를 사랑했을까? 그 전부터 자네를 사귀어 온 것도 아닌데 말이야. 갑자기 그럴 수가 있을까?"

그것은 즉, 어디로 보나 남성다운 데라곤 하나도 없고 매력도 없는 나를 오세란이 왜 사랑했느냐 그런 뜻이었다. 나는 강형사의 말뜻을 충분히 알아차릴 수가 있었다.

그가 나를 어떻게 보든 그것은 내가 상관할 바가 아니었다. 그것은 그의 자유에 속하는 문제였다. 그러나 나에게 모욕을 준다는 것은 참을 수 없는 일이었다. 그는 내가 참을 수 있는 감정의 한계까지 나를 몰아대고 있었다. 그러면서도 그는 교묘하게 그 한계를 넘지 않고 질문을 던져오고 있었다.

"글쎄, 내가 그걸 어떻게 아나? 그 여자가 왜 나를 택했는지, 죽음을 앞두고 왜 나를 택했는지 나도 모르겠어. 그 여자 눈에 뭐가 씌웠던 모양이지. 아니면 죽음을 불과 수개월 앞둔 몸이었기 때문에 지푸라기라도 붙잡고 싶은 심정으로 아무나 움켜잡았는데, 잡고 보니까 나였던 모양이지."

나는 좀 비아냥거리면서 말했다. 사실, 오세란이 왜 나 같은 사람을 택했고, 그리고 왜 나를 사랑했는지, 나는 지금도 이해할 수 없었다. 아니, 누구를 사랑한다는 게 꼭 이유가 있어야 하는 것일까?

그녀가 나를 사랑한 데 대해서는 이유가 있을 수 없다. 그녀가 나를 사랑해야 할 이유가 있어서 사랑하지는 않았다. 사랑하기 때문에 사랑하는 것이다. 나는 그 때 처음으로 그것을 경험했던 것이다.

그런데 그녀가 왜, 하고많은 남자들 중에 나를 택했는지 그것만은 알 수가 없었다. 아마, 내가 그녀의 눈에 들었기 때문일까? 나의 어디가 그녀의 눈에 들었을까? 정말 알다가도 모를 일이다. 특히 여자의 마음이란…….

"그 여자는 바이런을 사랑하지 않았나?"

그는 내가 제일 꺼려하는 질문만 골라 던져왔다. 나는 고개를 끄덕였다.

"사랑하지 않았어. 그 외국인을 싫어했어. 바이런을 사랑했다면 왜 나를 사귀었겠나?"

"여자는 흔히 그럴 수 있잖나? 두 남자를 사귈 수 있잖나? 남자도 물론이고."

"하지만 오세란은 아니었어. 그 여자가 죽음의 선고를 받지 않았다면 혹시 또 모르지. 하지만 죽음을 앞둔 그 여자는 정말로 진실했어."

"죽음을 앞둔 그런 처지에 자기 자신에게 위선적일 수는 없었겠지."

하고 강 형사가 말했다.

"모르겠어. 아무튼 나한테만은 진실했다고 생각해."

"그런데 말이야."

강 형사의 입가로 희미한 미소가 스쳐 갔다. 그는 좀 난처한 듯 내 눈치를 살폈다.

나는 그의 상대방 눈치를 살피는 듯 한 그런 모습이 몹시 싫었다. 내가 말 없이 그를 똑바로 쳐다보자, 그는 나의 시선을 피하면서 말했다.

"바이런을 만나서 애정 문제를 물어 봤었지. 서로 사랑했느냐니까 바이런은 울면서 말했어. 진실로 서로 사랑했다고 말이야. 자기도 오세란을 사랑했지만, 오세란도 자기를 진실로 사랑했다는 거야."

그는 재미있다는 듯이 나의 반응을 살피며 기다렸다. 내 반응이 어떻게 나올지 궁금한 눈치였다. 나는 숨이 막힐 것 같았다. 나는 모욕을 느낀 나머지 얼굴이 달아올랐다. 그러나 그런 문제로 화를 터트릴 수도 없었다.

"글쎄, 난 모르겠어. 오세란과 바이런 사이가 어땠는지 난 모르겠어. 하지만 오세란은 나에 대한 감정만은 진실했다고 생각해. 나 역시 마찬가지였고. 그리고 말이야, 이런 이야기는 이제 그만뒀으면 좋겠어. 더 이상 그런 문제에 대해서 이야기하지 않았으면 좋겠어. 그게 도대체 이 사건 수사하고 무슨 관계가 있단 말인가?"

"관계가 있을 수 있지."

그는 당연하다는 듯이 말했다.

"무슨 관계가 있단 말인가?"

"자네는 자네 입으로 오세란을 사랑했다고 말했어. 오세란 역시 자네를 사랑했다고 말했고 말이야. 그건 즉, 이 사건에서 자네 입장이 매우 불리해졌다는 이야기가 돼. 오세란의 주변 인물을 수사하는 가운데서 자네 입장이 가장 불리해졌단 말이야. 무슨 말인지 알겠나?"

"알겠어. 그러니까 내가 가장 큰 혐의가 있단 말이지? 오세란을 죽인 범인일 가능성이 있다, 이 말이지?"

나는 노골적으로 그에게 물었다. 그의 입가로 차가운 미소가 흘렀다.

"나는 아직 자네를 범인이라고는 말하지 않았어. 자네 입장이 더욱 불리해졌다고만 말했지 자네를 범인이라고는 말하지 않았어."

"그렇게 말하지는 않았지만 자네 눈에는 그렇게 씌어 있어. 자네는 나를 범인으로 보고 있단 말이야. 벌써부터 나는 그것을 느끼고 있었지. 왜 체포하지 않나? 왜 나를 이모저모로 눈치만 살피고 있나? 나를 친구로 생각하지 말게, 데리고 가고 싶으면 데리고 가라고. 하지만 나는 오세란을 죽이지 않았어. 사랑했던 여자를 왜 내 손으로 죽이겠나."

"사랑하기 때문에 죽일 수도 있겠지."

그가 묘한 말을 던졌다. 나는 어리둥절했다.

"사랑하기 때문에 내가 오세란을 죽일 수 있다고? 그게 또 무슨 말이야?"

"앞으로 고통 받다 죽느니, 차라리 사랑하는 사람의 손에 죽어라, 이런 식 아닌가? 그런 것도 있을 수 있다고 생각하는데 어떤가?"

나는 웃음이 나왔다. 괴로운 웃음이었다.

"그것 참, 묘한 말이군. 그런 논리도 성립될 수 있겠지. 그래, 사랑하기 때문에 죽일 수도 있겠지. 하지만 나는 그럴 수가 없었어. 나는 오세란을 죽이지 않았어."

"누가 오세란을 자네가 죽였다고 말했나. 아무튼 지금부터 자네가 알아둬야 할 것은, 이제 자네 입장이 매우 불리해 졌다는 점이야."

"왜?"

"자네와 오세란이 애인 관계였기 때문이야. 왜 하필 그 여자를 사랑했나? 왜 그런 여자를 사랑했어?"

나는 머리를 흔들었다.

"이유는 없어."

중얼거리면서 나는 잔을 들어 맥주를 입 속에 부어 넣었다. 거친 파도가 내 가슴을 때리고 내 가슴을 갈기갈기 찢어 놓는 것 같았다.

"자네 입장이 호전되기를 바라겠어. 지금 이 상황에서 자네가 별 탈 없이 빠져나갈 수 있었으면 좋겠어. 그래야 나도 괴롭지가 않지."

나는 그의 말에 고개를 흔들었다.

"빠져나갈 것도 없어. 나는 관계가 없어."

"하지만 누군가가 그 여자를 죽였어. 자네는 왼손잡이가 아닌가?"

나는 왼손에 들고 있던 맥주잔을 쳐들어 보였다.

"그래, 난 왼손잡이야. 이게 어쨌다는 건가? 내가, 이 왼손잡이인 내가 그 여자의 목을 졸랐다는 거야?"

나는 마침내 웃음을 터뜨렸다. 갑작스런 웃음소리에 실내에 있던 사람들이 놀란 눈으로 우리 쪽을 쳐다보았다. 그래도 나는 뱃살을 움켜쥐고 한참 동안 웃어댔다.

그러나 강 형사는 웃지 않았다. 내가 웃어댈수록 더욱 차가운 눈초리로 나를 쳐다보았다. 그는 내가 웃음을 그치기를 기다려 이렇게 말했다.

"자넨 너무 순진해. 나이에 비해서 말이야."

"내가 나이에 비해서 순진하다구? 천만에. 그건 자네가 날 잘못 본 거야."

"자네를 돕고 싶어."

"아, 그럴 필요 없어. 자네는 자네가 할 일만 하면 돼. 나는 내가 할 일만 하면 되고 말이야. 어떻게 나를 돕겠다는 건가? 도와줄 필요가 없어."

"아니야. 내 도움이 필요할 거야."

"어떻게 나를 돕겠다는 거지? 내가 범인이라면 나를 도망가게 놓아주겠다는 건가? 어디로 도망갈까? 외국으로 도망갈까? 아니면 무인도로 도망갈까? 그것도 저것도 아니라면 덮어 주겠다는 건가? 어리석은 생각하지 말게. 나는 범인이 아니야. 잘못 짚었어, 자넨."

그의 얼굴이 창백해졌다. 창백한 얼굴 위로 작은 경련이 스쳐 갔다.

"나는 자네가 내 마음을 좀 이해해 줬으면 해."

그가 안타까운 표정으로 나를 바라보며 말했다. 그러나 나는 코웃음 쳤다.

"흥, 이해해 달라고? 내가 뭘 이해하라는 거야? 내가 자네를 이해해야 할 이유가 어딨나?"

"나는 이렇게 되지 않기를 바랬어."

그가 아쉬운 듯이 말했다.

"나 역시 마찬가지였어. 나 역시 이렇게 되지 않기를 바랬지. 이렇게 된 것은 모두 자네 탓이야. 하긴 형사니까 할 수 없겠지만 말이야."

그가 정색을 하고 나를 바라보았다.

"그래, 자네가 정 그렇게 나온다면 나로서도 할 수 없지. 난 형사야. 수사 경찰로서 자네에게 묻겠어. 오세란은 자네보고 혹시 죽여 달라고 하지 않았나? 자네 손에 죽고 싶다고 말하지 않았나?"

"아니, 그런 말한 적 없어. 그 여자는 시한부 인생을 가장 충만하게 살고 싶어 했어. 6개월밖에 남지 않은 생명을 왜 스스로 또 단축하려 했겠나. 그런 말한 적 없어."

"자네가 그 여자를 위해서 해 준 게 무엇인가?"

"해 준 거? 난 해 준 게 없어. 다만, 가능한 한 그 여자와 함께 시간을 보내려고 노력했을 뿐이야. 그 여자도 그것을 원했고 말이야. 내가 해 줬다는 것은 그 여자와 함께 시간을 보내 줬다는 것, 그거라고 할 수 있지. 그 여자는 나와 함께 있는 것을 가장 행복하게 생각했었지."

빈 맥주병이 점점 늘어났다. 강 형사도 그 날 밤만은 사양하지 않고 마시고 있었다.

"자네 아까 공원묘지에 오세란 묘소를 마련해 놓았다고 했는데, 그게 어디지?"

그가 갑자기 말머리를 돌려 생각치도 않은 질문을 던져왔다.

"S공원묘지라고, 양산 쪽으로 가다 보면 있어."

"누구 이름으로 계약이 되어 있나?"

"물론 내 이름으로 계약이 되어 있어."

"그런데 왜 오세란을 그 공원묘지에 묻지 않았지? 약속대로 말이야?"

"그 여자가 자궁암으로 6개월 후에 예정대로 세상을 떠났다면, 나는 그녀를 거기에 묻어 줄 생각이었어. 그런데 갑자기 살해되는 바람에 내가 드러나는 것이 두려웠지. 내가 그녀의 묘소까지 마련해 놓은 것을 안다면, 경찰이 가만있지 않을 거 아닌가. 나를 틀림없이 의심할 테고, 그렇게 되면 내 입장이 거북해지지. 집사람과의 관계도 곤란해지고 말이야. 그래서 모른 체하고 있었지."

오세란은 죽어서 며칠 후 화장되었다. 그리고 그 재는 바다에 뿌려졌다고 듣고 있었다. 만일 그녀가 그렇게 비명에 가지만 않았다면, 나는 그녀를 위해 내가 선택한 공원묘지에 정성껏 묻어 주고 틈나는 대로 그녀의 묘소 앞에 꽃다발을 갖다 바쳤을 것이다. 그러나 그녀는 갑자기 누군가의 손에 살해됨으로써, 나의 그러한 바램을 송두리째 무너트려 놓고 말았다. 나는 그녀가 야속했다.

공원묘지의 위치를 묻는 것으로 보아 강 형사는 직접 거기에 가서 내 말이 사실인지 아닌지 확인해 볼 셈인 모양이었다. 나는 그가 제발 공원묘지에 가서 내 말이 사실이라는 것을 확인해 주기를 바랬다. 그리고 내가 정말로 오세란을 사랑했다는 것을 그가 인정해 주었으면 했다.

웨이터가 다가와 문 닫을 시간이 됐다고 말했다. 그제서야 우리는 주위를 둘러보았다. 실내에는 손님이라고는 우리 둘뿐이었다.

시계를 보니 이미 자정이 지나 있었다. 내가 술값을 치르려고 하자, 강 형사가 굳이 자기가 계산하겠다고 우기는 바람에 나는 먼저 계단을 내려왔다.

밖에는 여전히 비바람이 치고 있었다. 아마 그 날 우리는 몹시 취했기 때문에 그랬을 것이다. 우리는 아이들처럼 우산도 없이 비틀거리면서 비바람 속을 허우적거리며 걸어갔다. 몇 걸음 못 가서 우리는 온통 비에 젖었다. 그는 그 앞에서 택시를 타고 가도 좋으련만, 나를 집에까지 바래다주겠다고 하면서 굳이 내 곁을 떠나려 들지 않았다.

"아, 이렇게 비를 맞아 보기는 정말 오래간만인데."

그가 유쾌한 목소리로 말했다. 나 역시 기분이 갑자기 상쾌해 졌다.

"정말이야. 이렇게 비를 맞아 보기는 어릴 때 시골에서 말고는 없었던 것 같아."

우리는 아이들처럼 떠들며 걸어갔다. 비바람이 계속 얼굴을 때리고 있었기 때문에 얼얼한 느낌이었다.

그가 걸음을 옮길 때마다 어딘가에서 쩔그럭거리는 소리가 났다. 처음에는 그게 무슨 소린지 몰랐으나, 가만 들어 보니 쇠붙이 같은 것이 부딪히는 소리였다. 그것은 그의 허리춤에서 나고 있었다.

"그게 무슨 소리지?"

나는 걸음을 멈추면서 물었다.

"아……."

그는 점퍼 자락을 쳐들어 보였다. 허리에 수갑이 한 개 걸려 있었다. 가로등 불빛에 그것이 번쩍 하고 빛났다. 나는 갑자기 차가운 얼음물을 뒤집어쓴 기분이었다.

"자네는 언제라도 내 손목에 수갑을 채울 수 있겠군."

나는 빈정거렸다.

"그런 소리 하는 게 아냐."

그가 화를 냈다.

"왜, 내 말이 틀렸나?"

"이거 보라구. 내가 어떻게 자네 손목에 수갑을 채우나. 난 그 짓은 못해."

"흥, 거짓말도 잘하는군. 내 손목에 수갑을 채울 기회만 노리고 있으면서 그럴 수 없다고 말하는 거야? 자, 채우라고 어서 채

우라고."

나는 두 손목을 그 앞으로 쑥 내밀었다. 그러자 그는 주먹으로 내 손목을 쳤다.

"치워. 그 따위 소리 하지도 마. 옷을 벗더라도 친구 손목에 수갑은 못 채워. 채울 수 없단 말이야."

"자넨 나한테 꽤 의리 있는 체하는군. 의리 같은 것 따지지 말고 얼른 그 수갑을 채워요. 내 손목에 수갑 채우려고 가져온 것 아니야?"

"빌어먹을······."

그는 중얼거리더니, 돌아서서 길바닥에다 오줌을 누기 시작했다.

나도 그 옆에 서서 내 물건을 꺼내 놓고 소변을 보았다. 우리는 맥주를 많이 마셨기 때문에 한참 동안 소변을 보았다.

"자넨 바보야."

그가 몸을 추스르면서 말했다.

"왜 내가 바보라는 거야?"

"왜 자네는 그런 여자를 사랑했어? 자네가 그러니까 문제가 발생한 거지. 왜 그런 짓을 했느냐 말이야? 뭐 자네가 휴머니스트인가?"

나는 그를 발로 차 버리고 싶었다. 나는 너무나 화가 나서 몸이 떨려왔다.

"자넨 날 이해하지 못해. 바보라고 해도 좋아. 나는 그 여자가 처음이자 마지막 사랑이었어. 앞으로 두 번 다시 사랑을 맛볼

순 없을 거야. 우리 사이에는 아무런 가식도, 자존심 따위도 없었어. 우리는 오직 진실했을 뿐이야. 사람을 대하는데 있어서 그렇게 철저히 진실만 가지고 대하기는 처음이었어. 나는 처음으로 진실의 아름다움을 깨달았지. 진실하다는 것이 얼마나 아름다운가 깨달았지. 자넨 비웃겠지. 하지만 자넨 나를 이해하지 못해. 자네가 찾는 진실이란 건 내가 찾는 진실하고 근본적으로 다르니까 말이야. 자네는 누가 오세란을 죽였는가 그 사실만을 진실로 알고 있으니까 말이야. 자네가 찾는 진실은 바로 범인을 찾는 거 그거 아닌가? 자네의 진실은 수학이지만, 나의 진실은 사랑이야."

"이거 보라구. 자네 지금 몇 살이야? 몇 살인데 사랑 운운하고 있어?"

그가 비웃듯이 말했다.

"왜, 내 나이에 사랑을 하면 안 된다는 법이라도 있단 말인가? 사랑에 무슨 나이가 있단 말인가? 나이가 들면 자네처럼 수학만 따져야 하는가?"

"수학이 아니라 이건 상식이야. 상식에서 벗어난 짓은 해선 안 돼."

"아, 그래, 난 자네가 그렇게 상식적인 인간인지는 몰랐지. 아, 정말 몰랐었는데. 멋대가리 없는 놈……."

"방금 뭐라고 그랬지?"

"아, 아무것도 아냐."

"방금 뭐라고 그랬는데?"

그가 대들 듯이 하고 물었다. 나는 머리를 흔들었다. 빗물이 얼굴에 떨어졌다.

"아무것도 아냐."

나는 손으로 얼굴에 흐르는 빗물을 닦아냈다.

"어떡할 셈이야? 왜 나를 따라오는 거지? 가라고? 자넨 자네 갈 길로 가고, 나는 내 갈 길로 가겠어. 아니면 나를 수갑을 채워 끌고 가든지. 둘 중에 하나를 택하라고."

"그런데 말이야……."

그가 내 얼굴을 들여다보듯이 하며 물었다.

"그런데 말이야, 무슨 이유로 오세란을 죽였을까? 그걸 알 수 없단 말이야. 왜 오세란을 죽였을까?"

"그럼, 범인이 누군지는 알고 있나?"

"아, 대강 짐작은 하고 있지. 확실한 증거만 이제 확보하는 일만 남았어."

"그게 나라는 말인가?"

그는 쿡쿡거리고 웃었다.

"자네는 지금 잔뜩 겁을 집어먹고 있군. 수갑을 채우라고 말하지만, 사실은 수갑을 채울까봐 잔뜩 겁을 집어먹고 있어. 안 그런가?"

"아니, 난 겁먹고 있지 않아. 나는 누가 뭐래도 범인이 아니니까 말이야."

"하지만 누구나 범인일 수 있어. 우리 모두가 살인자일지도 모르지."

"그게 또 무슨 말이지?"

"모두가 다 똑같은 인간들이니까 하는 말이지. 뭐 살인자라고 특별히 다른 점은 없어. 다 똑같아. 그러니까 자네도 나도, 그 누구도 다 살인자일 수가 있지. 그런데 그걸 모르겠어. 왜 오세란을 죽였을까? 동기가 있을 거란 말이야, 분명히. 그런데 그 동기를 찾아낼 수가 없어."

"자넨 아마, 영원히 그 동기를 알아내지 못할 걸."

"천만에. 난 알아내고 말 거야. 알아낼 수가 있어."

나는 발길을 돌려 아파트 쪽으로 걸어갔다. 강 형사는 더 이상 나를 따라오지 않았다.

"알아낼 수 있단 말이야. 두고 보라구!"

그가 뒤에서 나를 향해 소리쳤다. 나는 그를 향해 손을 흔들었다.

"될 대로 되라지."

나는 길가에 쭈그리고 앉아 먹은 것을 토했다. 내장이 쏟아져 나올 것 같은 기분이었다. 눈물과 콧물이 범벅이 된 채 나는 토했다.

간신히 집안으로 들어서자, 기다리고 있던 아내는 팔짱을 낀 채 나를 잡아먹을 듯이 노려보았다. 내 몰골을 기가 막힌다는 표정으로 노려보더니,

"흥, 꼴 좋구랴."

라고 말했다.

나는 제대로 몸을 가눌 수가 없어 비틀거리며 거실로 들어와 소파에 털썩 주저앉았다.

그러자 아내가 소리 질렀다.

"아니, 그렇게 젖은 옷으로 기기 앉으면 어떡해요? 빨리 옷부터 벗어요!"

"가만 좀 있어. 숨 좀 돌리고."

"아이, 신경질나!"

그녀는 기다리고 서서 나를 노려보고 있었다. 나는 천천히 옷을 벗었다. 옷은 속에까지 모두 젖어 있었다.

"아니, 도대체 얼마나 술을 마셨으면 그 꼴이에요? 그 꼴이 뭐예요? 누가 볼까봐 겁나요. 대학 교수라는 양반이 대체 그게 뭐예요?"

"뭐긴 뭐야. 비에 젖은 사나이의 모습이지."

"뭐가 어째요!"

"나는 마셨다. 술을 마셨다. 그리고 또 마셨다. 빗물도 사랑도 다 마셔 버렸다. 하, 하, 하."

나는 웃음을 터트렸다. 한참 동안 눈물이 나올 정도로 웃어 제꼈다. 아내는 기가 막힌다는 얼굴로 나를 노려보다가, 안방으로 휑하니 들어가 버렸다. 그러나 그녀는 이내 다시 도로 나와서 쏘아붙였다.

"뭐요? 빗물도 사랑도 다 마셔 버렸다고요? 나 참, 기가 막혀서. 아니, 당신이 지금 20대 청년인 줄 아세요?"

아내는 나를 향해 눈을 부라렸다. 나는 가만 있지 않고 아내의 약을 올리기 시작했다.

"왜? 빗물도 사랑도 다 마셔 버렸다는데 그게 뭐 잘못 됐나? 꼭 20대 청년만 그런 말할 수 있나? 이것 봐, 나도 젊은 시절이 있었다고. 너무 그렇게 늙었다고 괄시하지 말라구."

"당신이란 사람 정말 한심해요. 그러니까 항상 그 모양 그 꼴이지."

그녀가 내 자존심을 건드린 말을 했다. 그 모양 그 꼴로 남아 있다는 것은 나를 최대로 비하시켜 한 말이었다. 그러나 속으로 삭이며 나는 화를 내지 않기로 했다. 내가 화를 내면 아내한테 손찌검을 할 것이고, 그렇게 되면 서로가 비참한 느낌이 들 테니까 말이다.

"왜? 이 꼴이 어때서?"

"참, 꼴 좋수다. 당신 제자들이 그 모양 그 꼴을 봐야 하는 건데. 그리고 참……."

아내의 눈빛이 날카로워졌다.

"고 계집애한테서는 왜 자꾸만 전화가 오는 거예요?"

"고 계집애라니?"

"몰라서 묻는 거예요?"

"누구 말하는 거야?"

나는 짐작이 갔지만, 혀 꼬부라진 소리로 물었다.

"소횐가 뭔가 하는 애 말이에요."

"아아, 소희? 그 애한테서 전화가 왔단 말이야? 제자한테서 걸려온 전화를 가지고 뭘 그래?"

"단순한 제자의 전화라면 말 안 해요. 느낌이 이상하니까 그렇죠."

"느낌이 이상하다니?"

역시 여자는 다르구나 하고 생각하면서 나는 아내의 눈치를 살폈다.

"두 번이나 전화 왔어요. 선생님하고 꼭 통화를 하고 싶다고, 들어오시면 자기 집으로 꼭 전화를 걸어 달래요. 조그만 계집애가 어떻게나 뻔뻔스럽던지 원. 뭐, 사모님이세요? 어쩌고 하면서, 애가 아주 당돌하더군요. 왜 걔가 자꾸 당신한테 전화하는 거죠?"

"아, 내가 뭐 좀 부탁한 게 있었거든."

"뭘 부탁했는데요? 뭘 부탁했어요?"

"아, 논문을 하나 방학 중에 쓰려고 하는데, 거기 필요한 자료를 도서관에서 좀 찾아달라고 부탁했었어. 그래서 아마 전화를 했나보지."

"얼렁뚱땅 잘도 둘러대는군요."

아내는 내 말을 믿으려 들지 않았다. 나는 정말이라고 우겼고, 아내는 계속 의심하려 들었다. 그래서 우리 부부는 그 문제를 놓고 한동안 옥신각신했다. 그러나 결국은 내 거짓말이 먹혀들어가 그녀는 조금 수그러졌다.

이 밤중에 소희가 웬일로 전화를 걸어왔을까? 자정이 넘은 지금, 나는 소희 집으로 전화를 걸 용기가 나지 않았다.

"지금까지 누구하고 술 마셨어요?"

"잘 알면서 그래."

"아니, 지금까지 그럼 그 형사하고 둘이서 술을 마셨단 말이에요?"

"그럼, 내가 누구하고 술 마시겠어."

"도대체 지금까지 무슨 말을 했어요? 그 때가 언젠데 지금까지 술을 마셨어요?"

"글쎄, 남자들은 술을 한잔 마시다 보면 이야기가 길어지는 법이잖아. 그래서 한 잔 또 한 잔 한 걸 가지고 뭘 그렇게 따지고 야단이야."

나는 옷을 모두 벗고 욕실로 들어갔다. 물을 틀어놓고 샤워를 하는데 아내가 욕실까지 따라 들어왔다. 아내는 혹시, 내 몸에서 이상한 것이라도 발견하지 않을까 해서 찬찬히 내 몸뚱이를 살피다가,

"아이구, 웬 술을 저렇게 마셨지. 온 몸이 다 빨개요."
라고 말했다.

나는 거울에 내 몸을 비춰 보았다. 얼굴은 물론이려니와 온 몸이 취기로 붉게 달아올라 있었다.

"도대체 지금까지 무슨 말을 했어요?"

"뭐 물어 보나마나 뻔 한 이야기지."

"뻔 한 이야기라뇨?"

"사건에 관계된 이야기지."

"범인을 잡았대요?"

"잡긴 뭘 잡아. 범인을 잡았으면 그 사람이 나를 붙들고 지금

까지 술이나 마시고 있겠어."

그 때는 내가 아마 술김에 그랬을 것이다. 나는 아내에게 이렇게 말해 버렸다.

"그 자식이 말이야, 나를 의심하고 있는 모양이야."

그 말에 아내는 펄쩍 뛰었다. 안색이 새파래지면서,

"뭐라구요? 지금 뭐라고 그러셨어요?"

"그 자식이 나를 의심하고 있단 말이야."

"어머머머, 그게 무슨 말이에요? 농담이라도 그런 말은 하지 마세요."

그녀는 내 말을 믿으려 들지 않았다. 믿거나 말거나 나는 다시 말했다.

"농담이 아니야. 정말이라고. 그 자식은 말이야, 나를 범인으로 생각하고 있어. 수갑까지 가지고 왔더라구. 여차하면 내 손목에 수갑을 채우려고 말이야."

"아니, 그 사람 미쳐도 단단히 미쳤군요. 당신이 어째서 범인이에요? 당신이 오세란을 죽였다는 거예요? 아니, 그게 정말이에요?"

아내의 목소리가 떨려서 나오고 있었다. 나는 머리를 완강히 흔들었다.

"글쎄, 나도 모르겠어. 그 자식이 자꾸 그러니까 말이야, 나도 긴가민가해."

"아니, 이이가?"

그녀는 갑자기 플라스틱 바가지를 집어 들더니 내 등짝을 철

썩하고 갈겼다.

"아니, 당신 지금 정신이 있어요 없어요? 지금 제 정신으로 하는 이야기예요? 당신 자신도 모르겠다니, 대체 그게 무슨 말이에요?"

"내가 범인인 것 같기도 하고 아닌 것도 같고 알쏭달쏭하다 이 말이야."

이만하면 아내를 골탕 먹이기에 충분하다고 생각하면서, 나는 짓궂게 웃었다.

"범인인지 아닌지 모르다니, 그게 무슨 말이에요? 그런 말이 있을 수 있어요? 당신, 사람을 죽이면 어떻게 되는 줄 알아요? 살인범이에요. 살인범이 어떻게 되는 줄 알아요? 어떻게 되는 줄 알기나 하고 말씀하시는 거예요?"

"뭐, 사형 아니면 무기징역이겠지."

아내는 기가 막힌다는 듯 멀거니 나를 쳐다보다가,

"나 참, 기가 막혀서……. 그래서 당신은 그 형사한테 뭐라고 말했어요?"

하고 물었다.

"글쎄, 나도 모르겠다고 그랬지. 죽인 것도 같고 안 죽인 것도 같다고 그랬지."

"글쎄, 그러니까 뭐라고 그래요?"

"어디 두고 보자고 그랬어."

아내는 나를 노려보다가 갑자기 세면대에 찬 물을 틀어놓고 얼굴을 미친 듯 씻기 시작했다. 수건으로 얼굴을 닦고 나서, 이번에는 내 팔을 두 손으로 움켜쥐었다.

"바른대로 말해 보세요! 정말 그 사람이 당신을 의심하고 있어요?"

"정말이야. 그것 때문에 지금까지 말다툼했다구."

"아까 그건 농담이시죠?"

나는 가만히 고개를 끄덕였다.

"그 사람 미쳐도 단단히 미쳤어요. 당신을 의심하다니, 친구라면서 그럴 수가 있어요?"

그 때부터 아내는 강 형사를 저주하기 시작했다. 그의 생김새까지 들먹이며 마구 욕을 해대는 것이었다.

"그래, 당신은 뭐라고 그랬어요?"

"물론, 나는 절대 범인이 아니라고 그랬지. 나는 오세란이라는 여자, 보지도 못했다 그랬지 뭐. 그래도 내 말을 믿는 것 같지 않았어."

"아니, 도대체 그 사람은 무슨 근거로 당신을 의심하는 거예요? 무슨 증거가 있을 것 아니에요? 당신이 의심을 받을 만한 그런 증거 말이에요."

"응, 증거를 아마 확보한 모양이야. 별것도 아닌 증거인 모양인데, 무슨 증거냐고 하니까 말을 안 해 주는 거야. 자꾸만 내가 자백하기만을 바라고 있어. 하지만 난 뭐, 자백할 게 있어야지. 내가 죽이지 않았는데 무슨 자백할 게 있겠느냐 말이야. 정말 웃기는 친구야."

"정말 별 꼴 다 보겠네요."

나는 샤워를 끝내고 방으로 들어갔다. 아내는 또 내 뒤를 쫄쫄 따라왔다.

"그래, 그 사람 이제부터 어떻게 하겠대요? 당신을 잡아가겠대요?"

"아니, 그런 말은 하지 않았어. 나를 진범이라고는 하지 않았어. 하지만 나를 의심하고 있는 것만은 분명해. 내가 가장 유력한 용의자라는 거야. 제기랄, 내가 살인범이라니. 하긴 뭐, 살인범이라고 대단할 거야 없지. 누구나 다 살인자가 될 수 있는 거니까."

"무슨 말씀하시는 거예요? 당신이 어째서 살인자예요? 당신이 어떻게 살인자가 될 수 있어요?"

"사람은 다 똑같거든."

"어째서 사람이 다 똑같애요? 그런 끔찍한 말하지도 마세요. 당신이 정말 살인범이라면 우리 집안은 어떻게 되는 줄 아세요? 우리 미림이는 어떻게 되고요? 정말 소름끼쳐요. 생각만 해도 소름끼친다구요."

정말 소름끼치는 일이라고 나는 생각했다. 하지만 그 자식은 나를 의심하고 있다. 보아하니 아직 결정적인 증거는 확보하지 못한 것 같다. 그러나 조만간 그 증거물을 확보할 것 같은 느낌이 들었다.

아내의 입술이 화가 나서 파르르 떨리는 것을 지켜보며 나는 말했다.

"그 친구, 오늘 밤은 머리가 좀 어떻게 된 모양이야. 술이 들어가니까 아마 취해서 제멋대로 지껄인 모양이야. 나를 골탕 먹이려고 말이야. 그 친구, 본래 장난이 좀 심하거든. 하지만 별일 없을 거야."

"그런 장난을 할 수 있어요?"

아내는 훌쩍거리기 시작했다. 다시 강 형사를 향해 저주를 퍼붓다가 분한 듯 입술을 깨물며 눈물을 닦는다.

"다음에 그 사람을 만나기만 하면 가만 안 둘 거예요."

"당신이 강 형사를 가만 안 두겠다니, 어떻게 하겠다는 거야, 당신이?"

"그런 엉터리 형사를 가만두면 되겠어요? 당신을 뭘로 알고 그러는 거예요."

"그 사람은 형사야. 형사한테 당신이 이래라 저래라 할 수는 없는 거야. 그 사람은 마음대로 수사할 수 있고, 그것을 근거로 결론을 내릴 수 있는 거야. 그 사람이 범인이다 하고 생각하면 아무리 친구라도 범인이 되는 거야. 재판을 받을 때까지 범인이 될 수밖에 없어. 그 사람이 무슨 생각을 하든, 그건 그 사람 권한이고 자유야. 우리가 그 사람에게 이래라 저래라 말할 수 없는 처지란 말이야."

"생사람을 잡는데도 말이에요?"

"글쎄, 그건 우리 생각이고, 그 사람 생각은 달라. 그 사람은 일단, 모든 사람을 의심하기 마련이야. 나라도 그러겠어. 일단, 모든 사람을 의심해 놓고 보는 거야."

"정말 미치겠네. 당신은 그런 말을 듣고도 아무렇지도 않으세요?"

"아무렇지도 않아. 걱정할 게 뭐 있어. 난 오세란을 죽이지 않았는데. 그 사람은 괜히 헛물을 켜고 있는 거야. 엉뚱한 사람을 잡고 헛수고하지 말라고 그랬지. 그래도 워낙 고집이 센 녀석이라 말이야."

"인정사정없군요. 친구를 의심하다니! 정말 형사는 상종할 사람이 아니에요."

"직업이 그런데 어떡하겠어."

그가 나를 의심할만하다고 나는 생각했다. 내가 형사라도 그런 경우에는 아무리 친구라도 의심할 수밖에 없을 것이다. 오세란과 불륜의 관계를 가졌던 남자를 의심하지 않고 누구를 또 의심하겠는가.

"만일 당신이 잡혀가면 어떡하죠?"

아내가 한참 만에 얼굴을 쳐들고 불안한 눈으로 나를 쳐다보았는데, 아내의 얼굴은 눈물로 뒤범벅되어 있었다. 내가 잡혀가기도 전에 저렇게 우는데, 만일 정말로 내가 경찰에 잡혀가기라도 하면 아내는 어찌 될까 하고 생각하니, 나는 아내가 갑자기 측은해졌다.

"괜찮을 거야. 잡혀가긴 내가 왜 잡혀가."

"그래도 혹시 모르잖아요."

"걱정하지 마. 잡혀가지 않는다구. 만일 그 자식이 나를 잡으려 한다면 난 도망가 버릴 거야."

"도망가다뇨? 어디로?"

"아주 멀리 말이야."

"당신이 어디로 도망갈 수 있단 말이에요?"

"왜 내가 못 갈까 봐? 외국으로 도망가 버리지 뭐."

아내는 어이가 없는지 입을 다물었다. 입을 다문 채 나를 뻔히 쳐다보다가,

"당신은 말하는 게 꼭 어린애 같아요."
라고 말했다.

하긴 그렇다. 내가 이 세상 천지에 어디로 도망가겠는가. 내가 도망가게 그 자식이 내버려 두겠는가. 그 자식은 나를 스물네 시간 감시하고 있을 것이다. 정말 나를 범인으로 알고 있다면 말이야.

그 날 밤은 몹시 피곤했지만, 나는 잠을 이룰 수가 없었다. 비바람 치는 소리를 들으며 몸을 뒤척이다가 내가 가까스로 눈을 붙인 것은 새벽녘이었다.

비 오는 바닷가

다음 날도 비가 내렸다.

아마도 지루한 장마가 시작될 모양이었다. 아침 식사를 막 들려는데, 소희로부터 전화가 걸려왔다. 아내가 토끼 눈을 하고 나를 바라보는 것도 상관하지 않은 채, 나는 그녀와 만날 약속을 했다.

내가 통화를 끝내자, 아내는 이렇게 말했다.

"어쩌면 그렇게 정답게 전화를 하세요. 저한테도 한 번 그래 보세요."

우리는 아침 일찍 만났다. 갑자기 소희가 보고 싶었기 때문에 아침나절에 그녀를 만났던 것이다.

그녀를 만나자마자 운전석 옆자리에 태우고 나는 시외로 빠져나갔다.

비가 계속 차창을 두드려대고 있었다. 빗물을 쉴 새 없이 닦아내는 윈도우 와이퍼의 삐걱거리는 소리가 마치 내 영혼을 갉아먹는 소리처럼 들려오고 있었다.

나는 조만간 체포될 것이라고 생각하고 있었다. 그래서인지 마음이 초조해지고 불안을 떨쳐 버릴 수가 없었다.

"사모님이 어제 뭐라고 말씀하시지 않으셨어요?"

"응, 말하더군. 전화가 왔었다고 말이야."

"사모님이 선생님 안 계신다고 하니까, 꼭 거짓말로 그러는 것 같아서 약이 올랐어요. 그래서 다시 자꾸 전화를 걸었어요. 선생님이 갑자기 보고 싶잖아요. 어제는 정말 선생님이 보고 싶어서 혼났어요."

나도 보고 싶었다고 말하려다가 그만두었다.

"그리고 앞으로 며칠 동안 장마래요. 우리 여행가는 것 어떡하죠?"

"글쎄, 비가 오면 좀 곤란하겠지?"

"하지만 전 연기하는 건 싫어요. 비 오면 어때요. 비 오는 바닷가! 전 더 멋있을 것 같아요."

비 오는 바닷가……. 비 오는 바닷가…….

비 오는 바닷가……. 비 오는 바닷가…….

나도 당장 떠나고 싶었다. 비가 오든 눈이 오든 바람이 불든 나는 어디론가 떠나고 싶었다. 하지만 과연 내가 떠날 수 있을까? 그 때까지 나는 무사히 버틸 수 있을까? 그 악마 같은 강무우의 손길을 벗어날 수 있을까?

소희는 비가 와도 떠나자고 계속 나를 졸라댔다.

"좋아, 비가 와도 가는 거야."

나는 마침내 약속해 버렸다. 그것은 새로운 약속은 아니었다. 날씨에 상관없이 우리는 예정대로 여행을 떠난다는 그런 말이었다. 내 말이 끝나기가 무섭게 소희는 몹시 만족한 듯 내 뺨에 입을 맞추었다.

송정을 지나 한참 더 달리자 바다가 나타났다. 일렁이는 동해바다를 바라보며 달리다가 차를 소나무 숲 사이로 몰아넣었다. 비가 퍼붓고 있었기 때문에 우리는 차에서 내리지 않고 그대로 그 속에 앉아 있었다.

소희가 음악을 틀었다. 소희의 가늘고 긴 손이 내 앞에서 어른거리는 것을 보고, 나는 손을 뻗어 그녀의 손을 잡았다. 따뜻한 손이었다.

소희는 아무 말 없이 내 어깨에 기대 왔다. 나는 다른 손으로 그녀의 얼굴을 만졌다. 얼굴을 만지다가 내 손은 그녀의 입술에 머물렀다. 젖어 있는 입술이 조금 열려 있었고, 입술 사이로 하얀 치아가 조금 드러나 보였다. 내 입술도 열렸다.

내가 가까이 얼굴을 기울이자 그녀도 내 쪽으로 얼굴을 가까이 가져왔다. 그녀의 얼굴과 내 얼굴이 가만히 닿았다. 세게 부딪치면 마치 부서지기라도 하듯 가만히 닿았다. 나는 그녀의 입술 위에 내 입술을 가만히 대었다.

바람에 소나무 가지가 떨어대는 소리가 요란스러웠다. 빗방울이 차창을 덮고 있었고, 차 안의 수증기가 역시 또 창문을 가리고 있었기 때문에, 우리는 밖에 신경을 쓸 필요가 없었다. 하긴 또 그 근방에 사람이 있을 턱도 없었다. 가끔씩 질주해 가는 차량만이 보일 뿐이었다.

이 아가씨는 나에게 있어서 마지막 여자일지도 모른다는 생각이 갑자기 나를 못 견디게 만들었다. 나는 격렬하게 그녀를 끌어안았다. 그녀는 몸을 조금 뺄 듯이 하다가 내 품속으로 안겨왔다.

"선생님, 이러시면 안 돼요."

소희가 내 귀에다 대고 속삭였다.

"이러시면 안 돼요."

그러나 그것은 단지 바람 소리에 불과했다. 스쳐 가는 바람 소리에 머뭇거릴 필요는 없었다.

우리는 오래도록 키스했다. 입을 맞추고 또 맞추었다. 마침내 내 손이 그녀의 가슴 사이로 밀려들어갔다. 조그맣고, 따뜻하고, 마치 말랑말랑한 그 무엇을 느끼게 하는 젖가슴이 나는 좋았다. 나는 그녀의 가슴을 정신없이 애무했다.

이번에는 그녀의 손이 내 가슴으로 들어왔다.

"아, 따뜻해요."

그녀가 말했다. 나는 그녀의 손이 간지러워 웃었다.

그 때부터 내 손은 더 대담해졌고, 나는 더욱 그녀의 은밀한 곳을 요구하고 있었다. 그러한 나의 욕구를 소희는 별 저항 없이 받아들였다.

나는 심한 갈증을 느끼고 있었다. 불안하고 초조했기 때문일까? 마침내 내 손은 그녀의 엉덩이를 쓰다듬다가 바지 지퍼를 내리고 밑으로 내려갔다. 내 손은 그녀의 배꼽 주위를 쓰다듬었다. 그러나 더 이상 접근해 내려가는 것을 나는 삼가기로 했다. 갑자기 내 자신이 부끄럽게 느껴졌기 때문이다.

그러자 오히려 그녀 쪽에서 무엇인가를 기다리는 눈치였다. 옆자리에서 그녀를 마음껏 껴안아 준다는 것이 불편했다. 그래서 우리는 뒷자리로 옮겼다.

내가 갑자기 격렬한 태도를 보이자, 소희는 겁이 나는 모양이었다. 두 손으로 내 가슴을 떠밀며 그녀는,

"선생님, 전 선생님 제자예요."

라고 말했다.

그녀의 말은 무척이나 도덕적이고 상식적인 말이었다.

나는 아무 말도 할 수 없었다. 나는 그녀의 도덕적이고 상식적인 말 앞에 아주 무력해질 수밖에 없었다. 나는 그녀에게서 손을 떼었다. 내가 멀찍이 물러나 앉자, 그녀가 내 쪽으로 몸을 던져왔다.

"죄송해요, 그런 말을 해서. 사실은 그런 말할 생각은 아니었어요."

"아니야, 그 말은 옳아. 우리는 이래서는 안 돼."

"전 선생님이 제일 좋은걸요."

"나도 마찬가지야."

나는 다시 그녀를 끌어안았다. 그녀는 더 이상 그런 말을 하지 않았다. 우리는 껴안은 채 빗소리를 들으며 언제까지나 앉아 있었다.

차 속은 크게 틀어놓은 라디오에서 흘러나오는 트럼펫 소리로 가득 차 있었다. 그 소리가 사라지더니, 이번에는 서글픈 음색을 띤 피아노 소리가 들려왔다.

"저게 무슨 곡인 줄 아세요?"

그녀가 내 귀에다 대고 속삭였다.

"모르겠는데."

"패트릭 쥬베의 '슬픈 로라'라는 곡이에요. 아주 곡이 슬퍼요. 가만히 들어 보세요."

우리는 움직이지 않고 그 음악 소리에 가만히 귀를 기울였다. 그것은 소희의 말대로 정말 슬픔이 느껴지는 곡이었다. 나는 문득 서글픔을 느꼈다. 그러자 그녀에 대한 끓어오르던 감정도 가라앉아 버렸다.

"선생님, 뭐 좋지 않은 일 있으세요?"

"왜, 그렇게 보이냐?"

"네, 처음 뵈었을 때부터 안색이 별로 안 좋으셨어요. 무슨 일이에요? 제가 알아서는 안 돼요?"

"아무 일도 아냐."

"사모님하고 싸우셨어요?"

"아니, 우린 싸우지 않아. 우린 금실이 아주 좋거든."

"선생님……."

"응?"

"배가 고파요."

"배가 고프다구?"

그리고 우리는 가장 길고 격렬한 키스를 나누었다. 숨이 차서 더 이상 참을 수 없을 때까지 키스를 나눈 다음, 우리는 차에서 내렸다.

조금 떨어진 곳에 몇 채의 집들이 바닷가에 늘어서 있었다.

우리는 횟집으로 들어갔다. 우리는 두 사람 다 회를 좋아하지 않았기 때문에 찌개를 하나 끓여달라고 부탁했다. 우리는 창가에 앉아 파도치는 바다를 바라보고 있었다.

먼저 술상이 들어왔다. 나는 소주를 부탁했기 때문에 상 위에는 소주가 한 병 놓여 있었다. 그녀는 술을 못 마신다고 하면서도 내가 따르는 잔을 받았다.

우리는 건배했다. 그녀는 단숨에 소주 한 잔을 쭉 들이켰다. 그리고 얼굴을 찌푸리면서 얼른 안주를 집어먹었다. 그녀는 뭔가 파괴해 버리고 싶은 그러한 심정인 모양이었다. 그것도 아니면 무엇인가 경험해 보고 싶어 하는 그런 모습이었다. 내가 그녀의 잔에 술을 따르지 않자, 그녀는 자기 손으로 잔에 술을 따라 마셨다.

"많이 마시지 마. 이제 그만 마셔."

"괜찮아요."

찌개가 들어오기도 전에 소주 한 병이 금방 비워졌다. 나는 한 병을 또 시켰다. 찌개와 함께 밥이 들어왔다.

"전 선생님하고 있을 때가 제일 좋아요."

"나 역시 그래."

"그런데 왜 우린 헤어져야 하죠?"

나는 대답할 말을 잊고 창밖을 내다보았다. 태풍이 오는지 파도가 높이 일고 있었다. 분수처럼 하얗게 일어서는 파도 사이로 갈매기 떼가 울부짖으며 날아다니는 것이 보였다. 바다 위에는 배 한 척 보이지 않았다.

내가 창 밖에서 시선을 거두어 다시 그녀를 보았을 때, 그녀의 얼굴은 빨갛게 달아올라 있었다. 비로소 소희는 취기가 이는 모양이었다.

"얼굴이 빨간데 그래. 얼굴이 빨가니까 더 예쁘다."

그녀는 두 손으로 얼굴을 감싸 쥐었다.

"얼굴이 막 화끈거려요."

"이제 그만 마셔."

"싫어요. 더 마실래요."

그녀는 완전히 경계심을 풀고, 무엇에 도전해 보기라도 하려는 듯 술잔을 집어 들고 입 속에 소주를 털어 넣었다. 나는 굳이 말릴 생각이 없었기 때문에 그대로 보고만 있었다. 나 역시 취기가 돌기 시작하고 있었다.

문득 강 형사 생각이 났다. 그를 생각하자 기분이 금새 언짢아졌다. 나는 구역질을 느꼈다. 금방이라도 토해 버릴 것만 같았기에 창문을 열고 시원한 바람을 가슴 깊숙이 들이켰다. 그렇게 몇 번 하고 나서 담배를 피워 물자 심하던 구역질이 조금 가라앉는 것 같았다.
"불쾌한 자식이야."
하고 나는 속으로 중얼거렸다.

그를 다시 만난다는 게 나는 두렵고 싫었다. 그를 잊기 위해 나는 다시 술을 마셨다.

그 때 갑자기 소희가 술상 위에 엎드려 울기 시작했다.

어깨를 들먹이며 울고 있는 그녀를 보자, 나는 처음에는 어리둥절했다. 그녀가 우는 이유를 알 수 없었다. 나는 그녀 곁으로 다가가 어깨를 잡아 흔들었다.

"아니, 왜 그래? 왜 우는 거야?"

그러나 그녀는 계속 울기만 했다. 그것도 아주 서럽게 흐느끼는 것이었다.

왜 우는 것일까? 내가 무슨 잘못이라도 했단 말인가? 내가 그녀에게 무슨 실수를 했을까 하고 생각해 보았지만 얼른 생각이 나지 않았다. 잘못이 있다면 그녀와 은밀한 밀회를 즐긴다는 것뿐이었다. 하지만 그것은, 그녀 역시 즐기고 있는 일 아닌가? 왜 우는 것일까?

"이 봐, 왜 울어? 소희, 왜 그러는지 울지 말고 말을 해 보란 말이야."

그녀는 격렬히 내 손을 뿌리쳤다.

얼마 후 나는 그녀가 아무 이유 없이 울고 있다는 느낌이 들었다. 꼭 이유가 있어서 우는 것은 아니다. 특히 미묘한 감정이 수시로 교차하는 젊은 여성의 경우 갑자기 울고 싶어질 때가 있는 법이다.

나는 그것을 알고 있어야 한다. 나는 그녀가 우는 이유를 알 것도 같았고, 그래서 더 이상 그녀를 달리지 않았다. 실컷 울도록 내버려 두었다.

내가 어깨 위로 손을 올리자, 그녀는 내 품속으로 들어왔다. 그리고 더욱 신나게 울어대는 것이었다. 나는 내 가슴에 안겨 흐느끼는 그녀가 더없이 사랑스러웠다. 그녀가 오래오래 울어 줬으면 하고 바랄 정도였다.

비바람이 치고 있고, 바다가 있고, 그리고 내 곁에 있기 때문에, 거기다가 술까지 마셨으니 울고 싶었겠지. 오히려 이럴 때 울지 않는다는 게 이상하지 않을까.

그녀의 파닥거리는 어깨를 감싸 안으며 나는 품속에서 그녀의 얼굴을 쳐들었다.

소희의 눈물 젖은 얼굴에 입술을 대며 나는 생각했다. 이것이 나의 마지막 행복일지도 모른다고.

내가 입술을 그녀의 입술에 대자 그녀는 마침내 울음을 그쳤다. 그녀의 입술이 열리고 나는 그녀의 입술 속으로 내 뜨거운 숨결을 몰아넣었다.

그녀는 낮게 신음하더니 두 팔로 내 목을 끌어안았다. 그리고 나보다 더 적극적으로 키스에 응해 왔다.

우리는 서로 적극적이었다. 한쪽이 소극적이었다면 격렬함이 덜했을 것이다. 그러나 우리는 서로가 적극적이었기 때문에 격렬한 키스와 포옹을 되풀이했다. 나는 가슴이 막혀 몸부림칠 때까지 그녀의 입을 놓지 않았다.

나는 손을 가만 둘 수 없었다. 마침내 내 손이 그녀의 가슴을 더듬었다. 결코 풍만하지는 않지만, 귀엽고 소담스러운 조그만 젖가슴이 내 손안에 들어왔다.

그녀가 떨고 있는 것이 고스란히 나에게 전해져 왔다. 떨면서도 그녀는 피하지 않았다. 내가 그녀의 가슴에 입술을 댔을 때, 그녀의 떨림은 최고조에 달했다.

나는 그녀의 가슴을 입술로, 혀끝으로 가만히 더듬어 나갔다. 그녀가 놀라지 않게, 마치 너무도 맛있는 설탕을 차마 깨물지는 못하고 가만가만 녹여 나가던 어릴 적의 추억을 되살리면서…….

그녀는 허리를 뒤틀다가 두 손으로 내 머리를 끌어안았다. 나는 아기가 된 기분으로 그녀의 젖꼭지를 빨았다. 그녀는 더 힘껏 나를 끌어안았다. 행복하다는 느낌이 내 전신에 퍼져왔다. 갑자기 나는 졸음이 느껴졌다. 잠을 자면 아주 편안한 잠이 될 수 있을 것 같았다.

"아아, 한숨 자고 싶은데."

내 말이 끝나기 무섭게 그녀도 잠을 자고 싶다고 말했다. 나는 횟집에 들어올 때 바로 옆에 여인숙 간판이 붙어 있는 것이 생각났다.

나는 소희를 데리고 횟집을 나와 여인숙을 찾아들었다. 단지 잠을 자기 위해서였다. 그녀도 그러한 나를 이상하게 생각지 않는 눈치였다.

그렇다. 우리는 잠을 자기 위해 여인숙 방에 들었던 것이다. 조그만 방이었다. 둘이 누우면 몸이 맞닿을 정도로 조그만 방이었다. 먼지가 까맣게 낀 조그만 창을 통해 바다가 보이는 그런 방이었다.

냄새나는 이불 속으로 우리는 들어갔다. 마음에 안 드는 불결한 그런 느낌이 전혀 들지 않았다. 함께 누울 수 있다는 사실이 무엇보다도 중요했기 때문에 우리는 옷을 벗고 이불 속으로 들어갔다.

우리는 갑자기 옷이 거추장스러웠기 때문에 모두 벗어 버리고 벌거벗은 몸으로 이불 속에서 서로 끌어안은 채 잠을 청했다. 나는 그녀의 몸을 구석구석 애무했지만, 그 이상의 짓은 하지 않았다.

그녀는 나를 받을 준비가 되어 있었다. 그러나 나는 그녀를 범하고 싶지가 않았다. 범한다는 것이 왠지 싫었기 때문이다. 그녀에게 책임을 져야 하기 때문에 그런 것은 아니었다. 나는 그녀를 아끼고 싶었던 것이다.

이윽고 우리는 거센 파도 소리와 비바람 소리를 들으며 함께 잠이 들었던 모양이다. 그것은 아주 편안하고 달콤한 모처럼 만의 낮잠이었다.

얼마를 잤는지 소희가 나를 잡아 흔드는 바람에 나는 눈을 떴다. 그녀는 위에서 나를 내려다보고 있었다. 따뜻한 미소를 지

으며,

"피곤하셨나 봐요."

하고 그녀는 말했다.

나는 바로 내 얼굴 위에 있는 그녀의 가슴을 두 손으로 받쳐 들었다.

"얼마나 잤지?"

"두 시간 넘게 잤어요."

밖의 비바람 소리는 여전했다. 나는 그녀를 이불 속으로 끌어들였다. 그녀는 기다렸다는 듯이 내 가슴에 안겨들었다. 우리는 다시 뜨겁게 포옹했다.

"선생님, 왜 저를 가지지 않으세요?"

마침내 그녀가 참을 수 없다는 듯이 물었다.

"글쎄, 그래서는 안 될 것 같아서."

나는 솔직히 말했다. 그러자 그녀는 발끈했다.

"그건 저에 대한 모욕이에요. 그리고 위선이고요."

아아, 그럴지도 모른다. 내 손은 그녀의 몸 어느 한 구석도 만지지 않은 곳이 없다. 모든 곳을 다 애무했다. 그것은 즉, 그녀를 가졌다는 것이나 다름없는 것이다.

그런데 유독 관계를 맺지 않았다는 것이 과연 무슨 의미가 있겠는가? 그것으로써 내 양심이 지켜지는 것이고 그녀의 순결이 지켜지는 것일까?

"이대로는 집에 가지 않을 거예요."

그녀가 결심한 듯 말했다.

"그런 생각해서는 안 돼."

"싫어요."

자기를 가져 달라고 졸라대는 그녀가 나는 한없이 사랑스러웠다.

"기회는 얼마든지 있잖아. 나중에 또 기회가 있을 거야. 이런 데서 말고 말이야."

"싫어요. 저는 지금 이 순간이 중요해요."

나는 한숨을 내쉬고 나서 몸을 일으켰다.

"싫어요. 일어나지 마세요. 저 또 울 거예요. 전 처녀가 아니에요. 부담 느끼지 마세요."

"아아, 그런 게 아니야. 처녀고 아니고 그런 건 난 생각치도 않았어. 그런 건 따지고 싶지도 않고. 단지 지금은 그럴 마음이 없어서 그런 거야."

"선생님도 흥분하셨는데요."

그녀의 손이 나의 그것을 건드렸다. 사실 나는 벌써부터 잔뜩 흥분해 있었다. 나는 그녀가 나의 그것을 어루만지도록 내버려 두었다.

"선생님……."

그녀가 애타게 나를 불렀다. 나는 한숨을 내쉬며 머리를 흔들었다.

"나중에 기회가 있을 거야."

"선생님은 바보예요."

그녀는 발끈해서 돌아누웠다. 그녀는 이불을 머리 위로 푹 뒤집어쓰고 움직이지 않았다.

"언젠가는 내가 옳았다는 것을 알게 될 거야."

"싫어요. 전 그런 건 싫어요. 알고 싶지도 않구요."

나는 왜 주저하고 있을까? 대체 뭐 때문에 주저하고 있는 것일까? 그녀가 만일 자기를 가져 달라는 말을 하지 않았다면, 내가 어쩌면 강제로라도 그녀를 범했을지도 모른다.

그러나 그녀가 그런 말을 했기 때문에, 나는 오히려 그녀가 더 어려워졌다. 그녀를 갖는 것이 왠지 두려워졌던 것이다. 그것은 이렇게 쉽게 이루어지면 안 되는 것이 아닐까? 좀 더 우여곡절 끝에 차지할 수 있는 게 아닌가?

그 때 문득 오세란이 생각났다. 그 생각이 떠오르자 나는 속으로 몹시 당황했다. 그녀는 이미 죽어서 재가 되어 바다에 뿌려졌지만, 어쩐지 나는 그녀에게 죄를 짓는 것 같은 기분이 들었다. 왜 그런 기분이 들었을까?

그녀에 대한 생각과 함께 내 몸도 감정도 순식간에 싸늘하게 식어 버렸다. 나는 소희를 가만히 내려다보다가 천천히 옷을 입었다.

소희는 꼼짝도 하지 않고 그대로 누워 있었다. 나에게서 모욕을 당했다고 단단히 화가 난 모양이었다. 나는 그녀의 어깨를 흔들었다.

"일어나. 이제 가야지."

"싫어요."

내가 일어나라고 하자 그녀는 더 몸을 움츠리면서 이불 속으로 파고들었다.

"빨리 일어나라니까."

"싫어요. 먼저 가세요."

나는 그녀가 약간 귀찮은 생각이 들었다. 어쩌자는 것일까. 눈 딱 감고 앞뒤 가리지 않고 그 짓을 해 버릴 수도 있을 것이다. 그러나 그 뒤는 어떻게 될까. 하긴 뭐, 그런 것 저런 것 따지기 때문에 내가 그녀를 경계하는 것은 아니었다. 그것은 내 마음의 문제였다.

나는 아직 그녀를 받아들일 준비가 되어 있지 않았다. 나에게는 어떤 장벽 같은 것이 아직 남아 있었다. 오세란의 죽음이 준 충격이 아직도 나에게는 하나의 큰 장벽이 되어 남아 있었던 것이다. 아마 그랬을 것이다. 아마 그것이 나를 주저하게 한 이유였을지 모른다.

"잠깐 나가 계세요."

소희가 나를 쳐다보지도 않고 말했다. 나는 먼저 여인숙 밖으로 나왔다. 처마 밑에 서서 미친 듯 울부짖는 바다를 바라보며 거듭 담배를 피웠다.

비바람은 좀처럼 그칠 것 같지 않았다. 갈매기 떼도 사라져 버리고 바다에는 울부짖는 파도만 있었다.

나는 갑자기 올 데 갈 데 없는 외로운 신세가 되어 버린 기분이었다. 어디로 갈까, 하고 나는 생각했다. 집에는 들어가고 싶지 않았다. 분명히 강 형사가 집에 와 있을 것이다. 이제는 더 이상 기다리지 않겠지.

그는 집에 들어서는 내 손목에 수갑을 철컥 채우고 나를 끌고 갈 것이다. 아니, 친구니까 수갑은 채우지 않을지도 모른다. 그러나 일단 그의 손을 떠나면 나는 강력계 형사들에게 아주 보다 냉혹하게 취급될 것이다.

강 형사에게 체포되어 끌려가는 나를 쳐다보는 아내와 내 딸아이의 모습이 떠올랐다. 그리고 소희는 또 경찰에 체포된 나를 어떻게 생각할까.

그러자 오세란의 모습이 내 망막에 어른거렸다. 파도가 나를 덮칠 듯 내 눈앞에서 높이 솟구쳤다가 이내 밑으로 하얗게 부서져 내렸다.

내가 담배를 서너 대 피우고 났을 때, 소희가 밖으로 나왔다. 그녀는 여전히 뾰로통한 표정이었다.

나는 차에 그녀를 태우고 시내 쪽으로 달려갔다. 우리는 내내 거의 아무 말도 나누지 않았다. 어색한 침묵을 깨기 위해 나는 음악을 틀었다.

차가 해운대에 이르렀을 때 갑자기 그녀가 차를 세워 달라고 말했다.

"어디 가려고?"

내가 물었지만 그녀는 대답하지 않았다. 그녀는 차 문을 닫으려다 말고,

"토요일 오후 1시, 터미널이에요!"

하고 나에게 약속 시간을 말한 다음 문을 쾅 하고 닫고 돌아섰다. 나는 멍하니 그녀의 뒷모습을 바라보고 있다가 천천히 액셀

을 밟았다.

집에 들어서자마자 나는 먼저 강 형사한테서 연락이 없었느냐고 물었다.

강 형사라는 말에 아내는 금새 겁먹은 얼굴이 되어 아무 연락도 없었다고 말했다. 나는 오히려 그가 아무 연락도 없다는 것이 이상했다. 지금쯤은 강 형사가 집에서 나를 기다리고 있을 것이라고 생각했는데, 그는 우리 집에 오지 않았고 아무 연락도 없었던 모양이다.

그 날은 별일 없이 지나갔다.

벽돌 조각

다음 날도 비가 내렸다.

여전히 비바람이 몰아치고 있었다. 나는 강 형사를 기다리고 있었다. 그에게서 아무 연락도 없는 것이 나에게 못 견딜 정도의 궁금증을 불러일으키고 있었다. 틀림없이 그는 나를 찾아올 것이다.

나는 결정적인 순간에 대비해서 주변을 정리해야겠다고 마음먹었다. 그래서 지저분한 것들을 없애고, 책상 정리를 하고, 아내에게 내가 만일 구속되었을 경우에 대비해서 그녀가 해야 할 일에 대해서 말해 주었다.

그녀는 머리를 완강히 저으며 그럴 수가 없다고 말하면서도, 한편으로는 훌쩍거리며 내 말을 듣고 있었다.

"사람 일이란 알 수 없단 말이야. 아무리 죄를 짓지 않아도 범인으로 몰릴 수도 있는 거야."

"어떻게 그런 일이 있을 수 있어요? 전 도무지 믿을 수가 없어요."

아내는 믿으려 들지 않았다.

"그래, 나도 믿을 수가 없어. 하지만 일단 혐의를 받고 연행되고, 그리고 기소되면 재판을 받을 수밖에 없어. 재판을 받는 동안까지 감옥에 갇혀 있을 수밖에 없지. 무죄로 풀려나더라도 그때까지는 감옥에 있어야 해."

"만일 무죄로 풀려나지 않으면 어떡하죠?"

"그 때는 감옥에서 썩는 거지 뭐. 억울하게."

그 날 내가 예상했던 대로 강 형사는 나를 찾아왔다. 그가 우리 집에 나타난 것은 오후 2시경이었다.

그는 혼자가 아니었다. 건장하게 생긴 젊은 형사와 함께였다. 처음 보는 형사였다. 그는 나에게 그 젊은 형사를 소개했다. 그 젊은 형사는 자기를 박 모 형사라고 말했다. 인정사정 같은 건 볼 줄 모를 것 같은 아주 우직하게 생긴 형사였다.

내가 강 형사와 함께 거실에 앉아 이야기하는 동안, 박 형사는 좀 둘러봐도 되느냐고 하면서 내가 미처 대답도 하기 전에 집 안을 샅샅이 뒤지기 시작했다.

이윽고 그는 내 서재에도 들어가, 한참 동안 나오지 않는 것이었다. 나는 될 대로 되라는 기분이었다. 별로 기분 상할 것도 없었고, 마음에 각오는 되어 있었기 때문에 모든 것은 시간이 해결해 줄 것이라고 믿고 있었다.

그런데 아내가 더 참지 못하고 울음을 터트렸다. 그녀는 울면서 강 형사에게 대들었다.

"세상에 이럴 수가 있어요? 우리 애 아빠가 무슨 죄를 졌다는 거예요? 우리 아빠를 왜 그렇게 괴롭히세요? 아빠는 그 여자 보지도 못했어요! 한 번 말해 본 적도 없어요. 왜 그 여자를 죽였다는 거예요? 생사람을 잡아도 되는 거예요? 더구나 친구라면서 말이에요!"

아내는 거의 울부짖다시피 했다. 강 형사는 당혹감을 감추지 못한 채 어쩔 줄을 몰라 했고, 나는 아내를 나무랐다.

"떠들지 말고 가 있어. 왜 이러는 거야!"

그러나 아내는 막무가내였다. 울면서 나의 결백을 대신 말하는 것이었다. 겨우 아내를 달래 안방으로 몰아넣고 나는 숨을 돌렸다.

"신경과민인 모양이야. 미안해. 이럴 생각은 아니었는데 말이야. 난 이미 각오하고 있어. 하지만 자네가 생각하고 있는 것과는 다른 말을 할 수밖에 없어."

그는 내 말에 알겠다는 듯 끄덕였다.

그 때 서재에서 박 형사가 무엇인가 들고 나왔다. 그것은 벽돌 조각이었다.

내 서재 창가에는 선인장 화분이 여러 개 놓여 있다. 나는 선인장을 좋아해서 취미로 기르고 있었다. 그 벽돌 조각은 선인장 화분을 받쳐 놓던 것이었다.

　박 형사는 흥분을 감추지 못하며 그 벽돌 조각을 탁자 위에 내려놓았다.

　"바로 이겁니다."

하고 그는 흥분해서 말했다.

　"맞나?"

　강 형사가 그에게 물었다.

　"네, 딱 들어맞습니다."

　그는 호주머니에서 백지를 한 장 꺼냈다. 백지를 펴자 거기에는 벽돌 조각이 그려져 있었다. 반 동강난 벽돌 조각 그림이었는데 벽돌을 그대로 종이 위에 놓고 그린 그림 같았다. 내 서재에서 꺼낸 반 동강짜리 벽돌 조각을 그 그림의 한쪽에 갖다 붙이자, 양쪽 이가 딱 맞아 물리는 것을 나도 충분히 알아볼 수가 있었다.

　순간 두 형사의 얼굴에 승리의 빛이 번득였다.

　"이 벽돌 조각은 어디서 났나?"

　강 형사가 나를 향해 물었다. 박 형사는 나를 매서운 눈초리로 노려보고 있었다.

　"어디서 난 게 아니라 우리 집에 있던 거야."

　"화분 밑에 감춰져 있었습니다."

하고 박 형사가 말했다.

　"화분 밑에 감춘 게 아니고 화분을 받쳐 두었던 겁니다."

　내가 그의 말을 정정했다.

우리는 누가 말하지도 않았는데 자연스럽게 서재로 몰려 들어갔다.

"여기 있었습니다."

박 형사가 선인장 화분을 쳐들어 보이며 말했다.

"이 밑에 놓여 있었습니다."

그는 벽돌 조각이 놓여 있던 곳을 손가락으로 짚으며 자랑스럽게 말했다.

"이 벽돌은 물론 자네가 여기다 갖다 놓았겠지?"

강 형사가 눈을 가늘게 뜨고 나를 지그시 쳐다보며 물었다. 나는 머리를 끄덕였다.

"그래, 내가 갖다 놨어."

"언제 갖다 놨지?"

"글쎄, 잘 모르겠어."

"오세란이 살해되던 날이든가, 아니면 그 다음 날 갖다 놓았겠지."

강 형사가 나를 대신해서 단정적으로 말했다. 나는 그 말에 반박을 가하지 않았다. 그것은 아마도 맞는 말일 거라고 생각했기 때문이다.

"이 벽돌을 증거물로 가져가야겠어."

"마음대로."

나는 퉁명스럽게 대꾸했다.

"함께 좀 가셔야겠습니다."

박 형사가 차가운 어조로 말했다.

"아, 아직은 그러지 않아도 돼."

강 형사가 박 형사를 말렸다.

나는 그들이 왜 벽돌 조각 같은 것을 가져가는지 이해할 수가 없었다. 그것이 아마 무슨 증거가 되는 모양이었다. 무슨 증거가 되는 것일까?

"그런데 그건 왜 가져가는 거지?"

"증거물이야."

"증거라고? 그게 무슨 증거물이지?"

"정말 모르는가?"

"난 도무지 무슨 영문인지 모르겠는 걸."

강 형사가 차갑게 미소 지었다. 그리고 그 벽돌 그림을 나에게 내보였다.

"여기에 그려진 이 그림은 말이야, 오세란의 방에서 발견된 벽돌 조각이야. 피 묻은 벽돌 조각이야. 범인은 벽돌 조각으로 오세란의 뒤통수를 때린 거야. 그 벽돌 조각의 일부가 바로 이거야. 자네 방에서 발견된 이 벽돌 조각이라구. 아직 현물하고 맞춰 보지는 않았지만 그림에 대보니까 맞는단 말이야. 이걸 가져가서 우리가 보관하고 있는 것하고 맞춰 봐야겠어. 색깔, 성분, 이가 딱 들어맞는지. 이 그림하고 맞는 거 보니까 대조해 보나마나겠지만 말이야."

"그것 참, 희한한 일이군."

나는 빈정거렸다. 나도 모르는 일이 일어나고 있었다. 그러나 나는 그런 말은 하지 않았다.

"그게 자네가 말하는 그 결정적인 증거물이란 말인가?"

나는 여전히 빈정거리는 투로 물었다. 강 형사는 묘하게 입술을 비틀며 미소 지었다.

"그래, 이게 결정적인 증거물이지. 이 이상의 증거가 있을 수 있겠나?"

"마침내 승리했군. 그렇게 고생하더니 말이야. 기분이 아주 좋겠는데."

강 형사는 고개를 저었다.

"나는 기분이 좋지는 않아. 오히려 기분이 더 나빠졌어. 자네 방에 이런 게 있을 줄은 정말 몰랐었지. 그 전에도 자네 방에 왔었는데 말이야. 그 때 나는 이걸 보지 못했어. 이건 정말 불행한 일이야."

나는 창가로 다가가 밖을 내다보았다. 창문을 열자 비바람이 몰려들어왔다. 파도가 방파제 위로 솟구치는 것이 보였다. 나는 창문을 도로 닫았다.

"증거는 증거고 말이야, 나는 자네의 솔직한 말을 듣고 싶어. 우리 허심탄회하게 이야기를 하는 게 어때. 이왕 이렇게 된 것 숨기지 말고 이야기해 보게."

그가 소형 녹음기를 내 책상 위에 올려놓았다. 내 말을 녹음할 생각인 모양이었다. 나는 코웃음 쳤다.

"허심탄회하게 이야기하자구? 뭘 허심탄회하게 이야기하자는 거지? 난 할 이야기가 없어. 정말 할 이야기가 없단 말이야. 나를 지금 당장 잡아가든지, 아니면 자네가 우리 집에서 좀 나가 주면 좋겠어. 결정적인 증거를 확보했으면 이제 더 이상 내 집에 나타나지 말게. 자네도 내가 보기 싫을 거고, 나도 이젠 자네가 보기 싫어. 이것이 허심탄회한 내 심정을 말한 거야. 나가 주게. 이 방에서 자네가 나가 줘."

그러나 그들은 나가려고 들지 않았다. 그대로 뭉그적뭉그적 앉아서 계속 나에게 말을 걸어왔다.

박 형사는 내가 창가에 서 있자, 내 곁으로 다가와 나를 계속 경계의 눈초리로 살피고 있었다. 아마 내가 창문을 열고 밖으로 뛰어내릴까봐 그러는 것 같았다.

"자네는 교육자로서 전혀 반성의 빛이 없어. 조금도 없단 말이야."

강 형사가 갑자기 엄숙한 표정을 지으며 나를 나무라듯이 말했다.

나는 파이프를 꺼내 담배가루를 눌러 담으며 미소 지었다.

"교육자로서 전혀 반성이 없다고? 무얼 잘못했기에 반성하라는 거지?"

"사람을 죽였으면 반성해야 할 것 아니오?"

우리 두 사람의 대화를 듣다못해 옆에 있던 박 형사가 꽥 하고 소리를 질렀다.

나는 파이프에 불을 붙였다. 그리고 연기를 힘껏 빨아들였다가 박 형사의 얼굴을 향해 후우 하고 내뿜었다.

"반성해야 할 사람은 바로 당신들이오."

나도 엄숙하게 말했다.

"왜 우리가 반성해야지?"

강 형사가 물었다.

"당신들은 형사랍시고 생사람을 잡으니까 그렇지."

"생사람을 잡는다고? 이렇게 증거가 드러났는데도 말이야? 이 벽돌 조각이 왜 여기 있는 거지? 왜 자네 방에 있어야 하는 거야? 자네가 갖다 놨다며? 한 조각은 피에 젖은 채 오세란의 방에 있었어. 어떻게 된 거야? 이걸 뭘로 설명하려나? 자네는 살인혐의로 기소될 거야. 그리고 우리는 이 증거를 제시할 거고. 자네는 그 때 뭐라고 설명할 거야? 빠져나갈 구멍이 있겠어? 있으면 말해 보란 말이야. 무턱대고 억울하다고만 말했자 통하지가 않아. 생사람 잡는다고 말해 봐야 소용이 없어. 이 벽돌 조각은 너무도 틀림없는 증거야. 자네가 오세란을 죽였다는 틀림없는 증거란 말이야."

나는 후후 하고 웃었다.

"그놈의 증거 증거 하지 마. 그 증거라는 말 듣기만 해도 구역질이 나."

"정말 구역질이 나겠지. 자네는 앞으로 수없이 그 말을 들어야 할 거야."

정말 그럴지 모른다고 나는 생각했다.

무거운 침묵이 한동안 계속되었다.

그들은 내 눈치를 보며 앉아 있었다. 나는 계속 천장을 향해 한숨과 담배연기를 내뿜었다. 향기로운 담배 냄새가 방안에 가득했다.

나는 그 상황에서도 졸음이 왔다. 그러다가 정말로 깜박 졸았던 모양이다.

내가 눈을 떴을 때, 그들은 여전히 내 방에 앉아 내가 깨어나기를 기다리고 있었다.

그야말로 질긴 놈들이라는 생각이 들었다. 그들은 나의 자백을 기다리고 있었다. 나는 재를 털어 낸 다음 다시 파이프에 담배가루를 담았다.

"이제 우리가 해야 할 일은 조서를 작성하는 일이야. 조서 내용이 재판에 어느 정도 영향을 끼칠 수도 있어. 좋게 작성하느냐 아니면 나쁘게 작성하느냐에 따라 말이야. 그건 자네도 잘 알 거야. 난 가능하면 자네에게 유리한 쪽으로 조서를 작성하고 싶어. 거기에 따라 사형이 무기로 될 수도 있어. 또 무기가 감형될 수도 있고 말이야."

나를 바라보는 강 형사의 눈길이 측은한 빛을 띠고 있었다. 나를 동정어린 눈길로 바라보고 있다는 사실에 소름이 끼쳤다. 나는 그를 외면한 채 말했다.

"그런 부탁은 하고 싶지 않아. 자네한테 좋게 써 달라는 말하고 싶지 않단 말이야. 도대체 내가 만일 살인범으로 체포되어 재판을 받으면 얼마나 형을 받게 될까?"

"살인범은 당연히 사형이야. 그러나 정상에 따라서는 무기도 될 수 있어."

나는 멍하니 천장을 올려다보았다. 내가 사형대의 이슬로 사라진단 말인가? 아무래도 믿어지지 않는 일이다. 뭔가 잘못된 것이겠지.

"무슨 사건이든지 동기가 있기 마련이야. 그 동기가 재판에 큰 영향을 끼쳐. 그럴 수밖에 없었다는 어떤 이유가 발견되면 재판에 참작이 되지. 정당방위라는 것도 있잖나. 정당하게 자신을 방어하기 위해서 상대방을 살해했을 경우에는 무죄가 되지. 사람을 살해했다고 해서 다 죄가 되는 것은 아니야. 하지만 그런 정상을 참작할 수 없는 살인의 경우에는 모두 사형이 언도 돼. 그런데 이 사건에서는 난 아직 그 동기를 발견할 수 없었어. 아무리 해도 동기를 찾을 수가 없어. 왜 오세란을 살해했을까? 왜? 거기에 대한 대답을 나는 듣고 싶어. 그래야 조서를 작성할 수 있거든. 자네는 거기에 대한 타당한 동기를 나에게 설명해 줄 수 있을 거야."

"만일 내 쪽에서 그 동기를 설명하지 못한다면 어떻게 되는 거지?"

"그렇게 되면 우리가 판단해서 쓸 수밖에 없지."

"멋대로 동기를 생각한다는 건가?"

"여러 가지 증거와 정황을 참작해서 그 동기를 추출해 낼 수밖에 없지."

"그야말로 멋대로군."

"그래, 그런 말을 듣기 싫어서 이렇게 말하는 거야. 그러니까 자네의 솔직한 말을 나는 듣고 싶은 거야. 왜 오세란을 죽였는지 자넨 그 동기가 있을 거 아냐? 그 이야기를 해 줘. 난 그걸 듣고 싶어."

"만일 내가 그 동기를 이야기하지 않는다면, 자네는 내가 오세란을 강간하러 들어갔다가 말을 안 들으니까 죽였다는 식으로 그럴 듯하게 조서를 꾸미겠지. 그렇게 되면 나는 아주 파렴치범으로 낙인찍힐 거고 말이야. 강간 미수에 살인이라. 그러면 나는 영락없이 사형대의 이슬로 사라지겠지. 자네는 살인범을 체포한 덕분에 일 계급 특진할 거고 말이야."

"특진할 생각은 없어."

"특진할 생각은 없다고?"

나는 웃었다. 그의 말이 몹시 우습게 들렸던 것이다.

"자네가 그럴 생각이 없더라도 자네는 나를 살인범으로 체포함으로써 일 계급 특진될 게 아닌가. 자네가 하고 싶지 않아도 말이야."

"나는 그런 것에는 관심 없어. 나를 그렇게 출세에 연연하는 속물로 보지 마. 일 계급 특진하기 위해서 자네를 살인범으로 체포하려는 게 아니야. 자넨 나를 단단히 오해하고 있어. 나를 아주 나쁜 놈으로 보고 있단 말이야."

"아니, 그렇지 않아. 임무를 성실히 수행하는 경찰관을 보고 내가 왜 나쁘게 생각하겠나. 자네는 그야말로 모범 경찰관 아닌가. 만일 내가 죄를 지었으면 자넨 당연히 나를 체포해야겠지. 자네는 아주 정상적이야. 자네는 양심에 거리낄 게 하나도 없어. 자네 뜻대로 모든 일이 되지 않았나."

"그렇지 않아."

그는 머리를 흔들었다.

"자넨 아직 살해 동기를 이야기하지 않았어. 자네가 이야기하지 않겠다면 할 수 없지만 말이야. 나는 그걸 듣고 싶어. 좀 도와주게."

어느 사이에 나는 살인범이 되어 있었다. 살인범으로 전제해 놓고 그는 그 다음 질문을 던지고 있었다.

그는 내가 오세란을 죽였느냐 아니면 죽이지 않았느냐 하는 것 따위는 이제 묻지도 않았다. 그가 묻는 것은 왜 내가 그녀를 죽였느냐 하는 것이었다. 그것은 나를 살인범으로 전제해 놓지 않으면 있을 수 없는 질문이었다.

나는 이제 내가 살인범이 아니라고 부인해도 소용없다는 것을 알았다. 아무리 부인해도 그것은 소용없는 헛소리에 불과하다는 것을 깨달았다.

나는 처음으로 외로움을 느꼈다. 이 외로움을 함께 나눌 사람을 생각해 보았다.

소희가 나를 이해할 수 있을까. 유일한 증인인 오세란은 이미 죽었다. 나는 캄캄한 어둠 속에 홀로 서서 방향을 잃고 어쩔 줄 모르고 있는 기분이었다. 아무도 나를 이 곤경에서 이끌어 줄 사람이 없고, 나 역시 어디로 가야할지 알 수가 없다.

미쳐 날뛰는 비바람이 나를 쓰러트리려 하고 있었다.

시간이 한참 흘렀다. 그러나 형사들은 돌아갈 기미를 보이지 않았다. 그들은 내가 입을 열기를 기다리고 있었다. 지긋지긋하게 질기고 악착스런 놈들이었다.

나는 나 자신을 돌이켜 생각해 보지 않을 수 없었다. 왜 내가 오세란을 죽였다는 것일까? 내가 정말 오세란을 죽인 것일까? 나는 나도 모르는 사이에 오세란을 죽인 것일까? 그런 일도 있을 수 있을까?

그들이 내가 범인임을 자꾸만 강조하는 바람에, 나는 어느새 내가 진범처럼 느껴진다. 아니, 정말로 나는 그녀를 내 손으로 목 졸라 죽였는지도 모른다. 내 책상 위에 벽돌 조각이 놓여 있지 않은가?

나는 벽돌 조각을 집어 들여다보았다. 박 형사가 경계의 눈빛으로 나를 쏘아보았다. 그것으로 내가 어떤 행패라도 부릴 것 같이 생각되었던 모양이다. 강 형사 역시 마찬가지였다. 잔뜩 긴장해서 나의 움직임을 지켜보고 있었다.

"자네가 생각하고 있는 각본을 한번 들어 보고 싶어. 내가 어떻게 오세란을 살해했는지 그걸 말이야. 듣고 싶어."

나는 벽돌 조각을 내려놓고 강 형사를 바라보았다. 그는 얼마든지 이야기해 줄 수 있다는 듯 끄덕였다.

"그렇지 않아도 이야기를 해 주려고 했지. 내 이야기 중에 틀린 부분이 있으면 이야기가 끝난 다음에 지적해 주게. 그 날 밤 자네는 벽돌을 들고 비상구를 통해 오세란의 아파트로 침입했어. 그 때 오세란은 피아노를 치고 있었지. 벌거벗은 몸으로 쇼팽의 야상곡을 치고 있었어. 자네는 벽돌로 오세란의 뒤통수를 후려쳤어. 오세란이 건반 위에 쓰러지자 자네는 놀라서 벽돌을 든 채 빠져나왔어. 그것을 자네 베란다에 버렸는데 그것이 베란다에 떨어지면서 두 동강이 났지. 자네는 숨을 가다듬은 다음 다시 생각했어. 한 번 정도로 오세란이 죽을 것 같지 않게 생각되었지. 죽이려면 확실히 죽여 놓을 필요가 있다고 생각하고 자네는 다시 벽돌 조각을 들고 갔지. 하나는 자네 베란다에 그대로 두고 말이야. 이미 오세란의 머리에서는 피가 흐르고 있었어. 자네는 벽돌 조각으로 다시 그녀의 머리를 내려쳤어. 벽돌 조각에 피가 묻었지. 자네는 그것을 거기다 내버린 다음 보다 확실히 하기 위해서 그녀의 목에 스타킹을 감았어. 그리고 목을 조른 거야. 자네는 왼손잡이니까 거기에 맞게 그녀의 목을 조인 거야. 그리고 집으로 돌아온 자네는 침실로 들어가 태연히 잠을 청했지. 자네 침실에는 더블 침대가 놓여 있더군. 그것으로 자네 부부가 언제나 한 침대에서 같이 잔다는 것을 나는 알았지. 그런데 자네 부인은 잠귀가 아주 밝은 편이야. 평소 때 같았으면 자네가 침실에 들락거리는 것을 자네 부인이 모를 리 없지. 더구나 같은 침대에서 자다가 빠져나갔는데 잠귀 밝은 자네 부인이 모를 리가 없지. 그래서 자네는 부인을 잠재울 필요가 있었어. 바로 이거야."

그는 호주머니에서 무엇인가를 끄집어내더니 나에게 불쑥 내밀었다.

그것은 약봉지였다. 그 안에는 알약이 몇 개 들어 있었다.

"그게 뭔지는 알겠지?"

"글쎄, 이게 뭐지?"

강무우는 가소롭다는 듯이 쿡쿡거리고 웃었다.

"수면제야. 자네의 책상 서랍 깊숙이 들어 있었지. 자네는 그 날 밤 자네 부인한테 그 수면제를 먹였어. 그리고 안심하고 침실을 들락거린 거야. 나는 보다 확실히 알아보기 위해서 그 약봉지에 적힌 약국을 찾아갔지. 그 약국 주인이 자네가 얼마 전에 수면제를 사갔다고 증언하더군. 자네도 설마 그것은 부인하지 못하겠지."

그것은 사실이었다. 나는 수면제를 상습적으로 복용하는 버릇이 있었다. 언제부터인가 나는 불면에 시달려 오곤 했었다. 밤을 뜬눈으로 지새우는 때가 한두 번이 아니었다. 그럴 때는 할 수 없이 수면제의 힘을 빌지 않을 수 없었다.

나는 그것을 책상서랍에 숨겨놓고 아내 몰래 복용하곤 했다. 그리고 그것을 이용하는 빈도가 잦아짐에 따라 점점 상습적으로 그것을 복용하지 않을 수 없게 되었다.

아내는 그러나 아직도 그 사실을 모르고 있었다. 나는 아내가 그것을 알까봐 언제나 그것을 서랍 깊숙이 넣어 두곤 했는데, 그만 강 형사가 그것을 찾아내고 말았던 것이다. 정말 귀신같은 놈이다.

"왜 대답을 하지 못하나? 이제부터 자네는 묵비권을 행사할 텐가?"

그가 냉소어린 눈길을 나에게 던지며 물었다. 나는 머리를 흔들었다.

"천만에. 묵비권이라니? 자네 말이 맞아. 그 수면제는 내가 사 둔 거야."

"그날 밤 부인에게 이 수면제를 먹인 게 분명하지? 자네 부인은 그날 밤 한 번도 깨어나지 않았다고 나한테 증언을 했어. 아침에 일어났을 때는 뒷머리가 무겁게 아파 왔다고 증언했어. 수면제를 복용하지 않았던 사람이 그것을 많이 먹게 되면 이튿날 머리가 뻐근하고 아픈 것은 당연하지. 그 날 자네 부인은 감기 기운이 좀 있었어. 자네 부인이 약국에 약을 사러 나가겠다는 것을 자네는 말렸어. 저녁을 먹고 자네가 산책 나가는 길에 사오겠다고 했단 말이야. 그래서 자네는 저녁을 먹고 산책을 핑계 삼아서 약국에 갔지. 거기서 자네는 감기약과 함께 수면제도 함께 샀어. 자네 부인은 자네가 감기약이라고 주는 것을 먹고 잠들었는데, 다음 날 늦게야 잠에서 깨어났어. 왜냐하면 자네가 준 감기약 속에는 수면제도 함께 들어 있었어. 자네 부인은 그런 줄도 모르고 그것이 감기약인 줄만 알고 먹었던 거지. 자네는 처음부터 아주 교묘하게 계획적으로 일을 꾸몄어. 내 말이 틀렸나?"

갑자기 나의 입에서 웃음이 터져 나왔다. 그것은 소리 내어 웃는 웃음이 아닌, 내 자신도 알 수 없는 묘한 웃음이 내 얼굴에 피어올랐다.

나는 한참 후에 고개를 끄덕였다.

"자네 참 기막힌 형사야. 아주 기막힌 형사라니까. 그 정도면 내가 손을 들 수밖에 없어."

"그렇게 칭찬해 주니까 고맙군. 하지만 난 자네가 말한 대로 그렇게 기막힌 형사는 절대로 아니야. 아주 평범하기 짝이 없는 형사지."

"내가 집사람한테 수면제를 먹인 것까지 자네가 알아내다니, 정말 자넨 기막힌 후각을 가진 형사야. 보통 형사라면 어떻게 그걸 알아내겠나. 정말 놀라지 않을 수 없어. 훌륭해. 자넨 정말 훌륭해."

강 형사와 박 형사의 눈이 갑자기 커지는 것 같았다. 내가 처음으로 내 혐의를 인정하는 말을 했기 때문에, 그들은 자못 감동하는 것 같았다.

"이제야 인정을 하는군."

강 형사가 승리에 찬 표정으로 말했다. 그의 목소리는 들떠 있는 것 같았다.

"그리고 저 벽돌 말인데, 저건 자네가 가져다 놓은 게 아니야. 저건 자네 부인이 가져다가 화분대 밑에 받쳐 둔 거야. 범행에 사용했던 벽돌 조각을 자네가 방으로 가져와서 화분 밑에 받쳐 둘 리가 없지. 자네는 그대로 그것을 베란다에 둔 채 깜박 잊었어. 그리고 방에 들어와서 잤던 거야. 그 조각은 처음 오세란의 머리를 벽돌로 때리고 돌아와서 베란다에 그 벽돌을 떨어트렸을 때 떨어져 나온 조각이지. 그리고 두 번째 때린 벽돌 조각은 현장에 그대로 버려져 있었어. 그리고 처음 떨어져나왔던 조각은 자네가 잊어먹은 채 잤던 거야. 다음 날 자네 부인은 우연히 베란다에 나갔다가 반 동강 난 벽돌을 발견하고는 그것을 집안으로 가지고 와서 자네 서재 선인장 화분 밑에다가 괴어 놓은 거야. 자네는 그걸 알지 못했지. 화분 밑을 주의 깊게 살피지 않은 이상 거기에 그 벽돌이 괴어 있는 줄은 상상도 못했겠지. 그 뒤에 자네는 한번쯤 그 벽돌 조각이 생각났겠지. 하지만 베란다를 아무리 살펴도 그 벽돌 조각은 찾을 수가 없었겠지. 그렇다고 자네 부인한테 그것을 물어 볼 수도 없었을 거야. 이 점에 대해서는 자네 부인이 분명히 대답해 줄 수가 있어. 나는 이미 자네 부인한테 그 대답을 들었지. 자네 부인이 이 벽돌을 여기다 받쳐 뒀다고 증언을 했어. 자네가 꼭 듣고 싶다면 자네 부인을 이리 불러서 대답을 다시 들어볼 수도 있어. 어떤가? 자네 부인 말을 듣고 싶은가?"

내가 미처 아무 대꾸도 하지 못한 채 멍하니 앉아 있자, 강 형사는 박 형사에게 눈짓을 보냈다. 박 형사가 서재 문을 열고 내 아내를 불렀다.

"잠깐 이리 들어오시죠."

잠시 후 아내가 서재 안으로 들어왔는데, 아내의 표정은 창백하게 질려 있었다. 아내는 나와 시선이 마주치자 얼른 눈을 딴 데로 돌렸다. 나는 아내를 뚫어지게 쳐다보고 있었다. 아내로부터 나는 눈을 뗄 수가 없었다. 아내가 어떻게 증언하는지 듣고 싶었다.

마침내 강 형사가 그녀에게 물었다.

"이 벽돌 조각은 누가 갖다 놓은 겁니까? 누가 이 화분 밑에다 받쳐 놨죠?"

아내의 시선이 내 얼굴 위로 힐끗 스쳐 갔다.

"걱정하지 말고 바른대로 말씀하십시오. 다른 건 생각할 필요 없고 사실대로만 말씀하시면 됩니다."

아내는 나를 보지 않고 말했다. 기어들어가는 목소리로,

"제가 갖다 놨어요."
라고 말했다.

"그 때가 언제였죠? 날짜를 말씀해 주십시오."

아내는 고개를 떨어트렸다. 대답하기가 몹시 망설여진다는 그런 태도였다.

"그 때 그렇게 증언하셨죠? 오세란의 시체가 발견되던 날 아침에 베란다에서 이것을 집어다가 화분 밑에 받쳐 놨다고 분명히 말씀하셨죠? 부인하셔도 소용없습니다. 녹음을 해 놨으니까요. 분명히 그렇게 말씀하셨죠?"

아내는 대답 대신 고개를 끄덕였다.

"됐습니다. 이제 나가서도 됩니다."

강무우는 의기양양해서 말했다. 아내는 주춤주춤 나가려다 말고 돌아서서 이렇게 말했다.

"그이를 너무 괴롭히지 마세요. 그이는 절대로 그런 짓하지 않았어요."

나는 웃으며 아내를 바라보았다. 나는 나도 모르게 아내에게 고개가 끄덕여졌다. 그것이 무엇을 의미하는지 나도 잘 모르는 짓이었다.

아내가 나가고 문이 닫혔다.

"자네에게는 매우 불리한 증언이야. 하지만 이제 자네가 더 이상 거짓말할 단계는 지났어. 모든 게 사실대로 명명백백하게 밝혀지고 있으니까 말이야. 어떡하겠나? 좀 자세히 말해 줄 수 없겠나? 어떻게 오세란을 죽였고, 왜 그녀를 죽이지 않으면 안 되었는가? 나도 이 문제를 놓고 질질 끌고 싶지 않아. 빨리 끝내고 싶어."

어렴풋이 어른거리던 하나의 생각이 마침내 뚜렷한 모습으로 내 머리 속에 자리 잡기 시작했다.

나는 마침내 베일에 가려 있던 하나의 실체에 접근한 것 같은 느낌이었다. 이럴 때는 어떡해야 하는가? 나는 갈피를 잡을 수 없었다. 나는 시간 여유를 가질 필요가 있었다.

"나한테 시간 여유를 좀 줄 수 없겠나?"

"그거야 어렵지 않지."

강무우는 끄덕였다. 그러자 곁에 있던 박 형사가 강 형사에게 이의를 제기했다.

"그럴 필요가 뭐 있습니까? 그러다가 괜히⋯⋯."

그의 말이 채 끝나기도 전에 강 형사가 손을 흔들었다.

"걱정할 필요 없어. 안 교수에 대해서는 내가 잘 알고 있으니까 말이야. 자네도 시간 여유가 필요하겠지. 그래 얼마쯤이면 되겠는가?"

"하루나 이틀 정도면 될 거야. 시간 여유를 많이 주면 줄 수록 나한테는 좋지."

"알았어. 자네에게 그 정도 시간 여유는 줄 수 있어. 내일 하루 동안 여유를 주지. 그러고 나서 자네가 나한테 연락을 좀 줬으면 해. 만일 자네에게서 연락이 없으면 그 때는 내가 직접 여기로 오겠어."

"좋아."

그들은 나와 악수를 나눈 다음 사라졌다.

나는 문을 걸어 잠갔다. 밖에서 노크 소리가 들려왔다.

"저예요. 문 좀 열어 주세요."

아내가 떨리는 목소리로 말했다.

"들어오지 마. 혼자 있게 좀 내버려 둬."

나는 화난 듯 한 목소리로 쏘아붙였다.

"문 좀 열어 줘요. 드릴 말씀이 있어요."

"듣고 싶지 않아."

아내는 계속 문을 두드려 댔다. 마침내 문을 흔들며 흐느끼기 시작했다.

그러나 나는 문을 열지 않았다.

"제발 그러지 말라니까."

"어쩔 수 없었어요. 그렇게 말씀드릴 수밖에 없었어요."

"알았어. 알았단 말이야. 제발 날 좀 혼자 내버려 둬."

나는 발작이라도 일으킬 것 같았다. 아내가 물러가는 소리가 났다.

마침내 집안은 무거운 침묵 속으로 침몰했다. 나는 파이프 속에 들어 있는 담뱃재를 털어낸 다음 새 담배를 눌러 담았다.

경찰은 나를 당장 체포할 수 있었다. 체포 영장도 가지고 있는 것 같았다. 그러나 강무우는 나에게 하루 더 여유를 준 다음 물러난 것이다. 얼마나 여유작작한 행동인가!

그는 내가 도망칠 수 없다는 것을, 아니 내가 결국 도망치지 않는다는 것을 잘 알고 있는 것이다. 도망칠 테면 얼마든지 도망쳐 봐라. 아무리 도망쳐도 너는 내 손아귀 안에 들어 있다. 내 손은 손오공의 손바닥이다. 그는 그렇게 생각하고 있을 것이다. 그러기에 당장 체포해도 좋을 나를 내버려 둔 채 나에게 하루 더 생각할 여유를 주고 나서 유유히 사라졌던 것이다.

모래섬

　다음 날도 여전히 비가 내렸다. 바람은 조금 그쳐 있었지만 비는 여전히 내리고 있었다. 토요일이었고, 바로 그 날은 소희와 함께 여행을 떠나기로 약속한 날이었다. 특별히 준비해야 할 것은 없을 것 같았다. 비가 오고 있었기 때문에 텐트도 칠 수 없을 것이고, 야영을 하지 못한다면 취사도구도 가져갈 필요가 없을 것 같았다.
　나는 간편한 차림으로 조그만 여행 백 하나만을 들고 집을 나섰다.
　세미나에 참석하는 줄 알고 있는 아내는 그저 창백한 표정으로 나를 쳐다보기만 했다.
　택시를 타고 시내로 나온 나는, 너무 일찍 집을 나섰기 때문에 어디선가 시간을 보내야 했다. 왜 그렇게 빨리 집을 나섰는지 내 자신도 잘 알 수가 없었다.

시간을 보낼 적당한 장소가 생각나지 않았기 때문에 나는 하는 수 없이 극장에 들어갔다. 비 오는 날 아침부터 극장에 앉아 있는 사람이 있을 턱이 없었다. 극장은 텅 비어 있었다. 서너 사람 정도가 띄엄띄엄 앉아 있을 뿐이었다. 그들은 나처럼 쫓기는 범죄자이거나 할 일 없는 놈팽이일 것이겠지.

상영되고 있는 것은 미국산 애정영화인 것 같은데 하나도 눈에 들어오지가 않았다. 눈앞은 안개가 낀 듯 뿌옇게 흐려 보이기만 했다.

나는 눈을 감고 잠을 청했다. 그러나 잠도 오지 않았다. 만사가 귀찮다는 느낌이 들었고, 그래서 손가락 하나 까딱하기 싫어 죽은 듯이 눈을 감고 있었지만, 머릿속은 부지런히 무엇인가를 더듬어나가고 있었다.

그 때 갑자기 여자의 신음 소리가 들려왔다. 나는 눈을 뜨고 화면을 바라보았다. 화면이 똑똑히 내 눈에 들어왔다. 침대 위에서 두 남녀가 관계를 맺고 있었다. 두 사람 다 옷을 벗고 있었고, 남자 밑에 깔린 여자는 쾌락에 떨며 신음 소리를 내고 있었다. 화면은 두 사람의 상체만 보여 주고 있었다.

그것을 보고 있자니 나의 그것이 슬그머니 고개를 쳐들기 시작했다. 갑자기 나는 성욕을 느꼈다. 나는 왼손으로 나의 그것을 어루만지기 시작했다. 옷 위로 그것을 만지다가 고개를 뒤로 젖히고 눈을 감았다. 갑자기 여자를 안고 싶다는 생각이 나를 못 견디게 만들었다. 나는 발작적으로 몸을 일으켜 극장을 빠져나왔다.

조금 있으면 소희를 만나게 된다. 그리고 좀더 기다리면 오늘밤 소희를 안게 될 수 있을 것이다. 그런데도 나는 이상하게 소희가 아닌 다른 여자를 안고 싶었다. 그 때까지 기다린다는 것이 너무 견디기 어려웠다.

왜 그런 생각이 들었던 것일까? 사람의 감정 상태라는 것은 정말 이해할 수 없는 데가 많다. 그 나이에 내가 욕망을 억제할 줄 모르고 그런 곳을 찾아가다니,

내 자신도 정말 이해할 수 없었다. 나는 내 지성과 이성을 의심하지 않을 수 없었다. 나는 아무것도 배우지 못한 인간이나 다름없었다. 권태와 절망적인 기분이 나를 그런 곳으로 몰아갔던 것일까?

나는 우산으로 내 얼굴을 가린 채 어느 좁은 골목을 더듬고 있었다. 말로만 듣던 사창가였다. 물론 젊은 시절에, 결혼하기 전 젊은 시절에 사창가를 드나든 적이 있었다. 그러나 그것은 아주 옛날 일이었다. 20여년이나 지난 과거의 일이었다. 그런데 이제 와서 나는 사창가를 더듬고 있다.

스무 살도 채 못 되는, 아주 앳되게 보이는 창녀가 골목에서 나를 불렀다.

"아저씨, 놀다 가세요."

나는 그 창녀를 힐끗 바라보았다. 그리고 빠른 걸음으로 그

앞을 지나쳤다.

"아저씨."

창녀가 다시 나를 불렀다. 나는 모퉁이로 돌아서려다가 몸을 돌려 그녀를 다시 바라보았다. 너무 어리다는 생각과 창녀치고는 예쁘다는 생각이 나의 덜미를 붙잡고 있었다.

나는 나의 주위를 빨리 둘러보았다. 주위에는 그 창녀뿐이고 나를 보는 사람이 없었다. 나는 재빨리 창녀에게 다가갔다. 창녀는 나에게 미소를 던졌다. 그리고,

"따라 오세요."

하면서 앞장서서 내가 들어온 골목보다 더 좁은 골목 안으로 바삐 걸어갔다.

아침나절에 나는 창녀를 따라 그녀의 방으로 들어갔던 것이다. 내 가슴은 뛰고 있었다. 나는 마치 처음 여자를 안아 보는 소년처럼 가슴이 쿵쿵 뛰고 있는 것을 분명히 느낄 수가 있었다. 그러한 나를 재미있다는 듯 어린 창녀는 미소를 띤 얼굴로 쳐다보았다.

"화대 주세요."

그녀가 손을 내밀었다.

"얼마지?"

"잠깐 노시다 갈 거죠?"

"그래, 조금 있다 가야 해."

"그럼, 만 원만 내세요."

나는 그녀에게 2만 원을 주었다.

"어머, 이렇게 많이 주세요?"

그녀는 놀란 듯이 나를 쳐다보았다. 그리고 밖으로 나갔다 들어오더니,

"왜 그렇게 앉아 계세요? 빨리 옷 벗고 누우세요?"
하고 말했다.

내가 가만 있자 그녀가 먼저 옷을 벗기 시작했다.

"몇 살이지?"

"몇 살로 돼 보여요?"

"글쎄, 열여덟?"

"열일곱이에요."

그녀의 상체가 드러났다. 어린 나이에 비해 그녀는 아주 탐스러운 젖가슴을 가지고 있었다. 젖꼭지가 건포도처럼 검은 빛으로 응어리져 있었다. 많은 남자의 손길이 스쳐 갔다는 것을 금방 알 수 있게 하는 그런 젖가슴이었다. 살결은 아직 싱싱한 빛을 띠고 있었다.

그녀가 바지를 벗었다. 나는 그대로 침을 삼키며 바라보고 있었다. 그녀는 나를 재촉하면서 마지막 헝겊 조각을 벗겨냈다. 몸은 다 자라 있었다. 다리 사이 숲도 나이에 비해 많이 자라 있었다. 훌륭한 몸이었다.

나는 그녀의 아랫배를 보았다. 조금 균형 잡히지 않게 볼록 솟아 나와 있는 것 같았다.

"아저씨, 왜 그렇게 쳐다보기만 하세요?"

그녀가 침대 위로 올라갔다. 그녀는 침대 위에 비스듬히 누

워 조금도 부끄러운 기색 하나 없이 나를 뻔히 쳐다보았다.

나는 옷 벗기조차 귀찮은 생각이 들었다.

"제가 벗겨 드릴까요?"

그녀가 침대에서 내려왔다. 그녀는 내 옷을 하나씩 벗기기 시작했다. 나는 그녀가 하는 대로 가만 내버려 두었다. 그녀는 열심히 내 옷을 하나씩 벗겨나갔다.

그녀는 내 몸이 갈비라느니, 직업이 뭐냐 느니 등 등 쉴 새 없이 말을 붙여 왔다. 나는 그 때마다 대답을 하지 않던가 건성으로 대답하곤 했다.

어느 새 나는 벌거벗고 있었다. 나는 그녀가 이끄는 대로 침대 위에 올라가 벌렁 드러누웠다.

"담배 한 대 줘."

내가 손을 내밀자, 그녀가 담배 한 개비를 꺼내 거기에 불을 붙인 다음 그것을 내 입에 물려 주었다.

나는 드러누운 채 천장을 향해 한숨과 함께 담배연기를 내뿜었다. 그녀는 내 곁에 바짝 붙어 앉아 내 얼굴을 내려다보면서 나의 성기를 어루만지기 시작했다.

"무슨 걱정 있으세요?"

"아니."

"꼭 그러시는 것 같아요."

"글쎄, 남자가 아침부터 이런 데 찾아온다는 게 보통 일은 아니지."

"어머, 섰어요."

그녀가 즐거운 듯이 말했다.

정말로 나의 그것은 그녀의 손바닥 안에서 벌떡 일어서 있었다. 그녀는 그것을 열심히 만져대고 있었다. 마치 장난감이라도 되는 듯 그것을 흔들기도 하고 그것을 들여다보면서 킬킬거리기도 하면서 마음대로 만져대는 것이었다.

내 몸은 흥분하고 있었지만 내 마음은 망설이고 있었다. 과연 이 어린 창녀와 관계를 맺어야 하느냐, 아니면 이대로 있다가 나가야 하느냐 하는 문제로 나는 느닷없는 갈등 속에 빠져 있었다. 그것은 더 이상 참을 수 없을 때까지 팽창되어 있었다.

"꼭 소시지 같아요. 먹고 싶어요."

마침내 그녀의 입술이 밑으로 내려왔다. 그녀의 머리채가 내 다리 사이를 덮쳤다.

나는 간지러움을 느꼈다.

"아아, 이래서는 안 되는데."

그러나 나는 이미 저항력을 잃고 있었다. 잠시 후 그녀가 머리를 쳐들었다.

"왜 가만히 계시는 거예요? 제가 싫으세요?"

"아니, 그렇지 않아. 잠깐, 하나 물어 볼 게 있어?"

"뭔데요?"

"너 혹시 임신하지 않았니?"

그녀의 얼굴에서 금방 웃음이 사라졌다. 그녀는 고개를 끄덕였다.

"몇 개월이지?"

"4개월이에요."

나는 그녀가 그런 임신 상태로 있는 것을 전혀 이해할 수가 없었다.

"아기 아빠는 누구지?"

그녀는 머리를 흔들었다.

"몰라요."

그런 것을 물어 본 내가 어리석었다. 창녀가 아기 아빠를 어떻게 알고 있단 말인가. 무수한 남자의 정액이 그녀의 몸속에 들어 있을 것이다. 저 뱃속에 있는 아이는 누구의 씨일까? 복합된 남자들의 씨일까? 만일 그렇게 된다면 그 아기는 천의 얼굴을 가진 사람으로 태어나겠지.

나의 성기는 이미 싸늘하게 죽어 있었다. 그녀는 내 성기에서 손을 떼고 있었다. 우리 관계는 찬바람이 휩쓸고 지나간 실내처럼 싸늘한 관계로 돌아가고 있었다.

"그래서 안 하시는 거예요?"

"아니, 그게 아니야. 꼭 그걸 하려고 여기 온 게 아니거든. 시간이 남아서, 시간을 보낼 데가 없어서 왔던 거야. 아기를 낳을 텐가?"

"아뇨."

"그럼, 왜 빨리 병원에 가지 않고 그러고 있지? 돈이 없어서 그러나?"

"돈도 없고, 병원에 가기 싫어요."

"배는 점점 불러올 텐데 어떡하려고 그래? 그러다가 정말로

모래섬 · 271

수술 못하면 어떡하려고 그러지?"

"그럼 뭐, 낳죠."

그녀는 마치 남의 일이기라도 한 듯 아무렇지도 않은 표정으로 말했다. 그러나 거기에는 나와 같은 그 절망적인 기분이 깃들어 있는 것 같았다. 나는 거기서 분명히 절망적인 분위기를 느낄 수가 있었다.

"옷 입어도 돼요?"

그녀가 내 눈치를 보며 물었다.

"응, 입어요."

그녀는 모욕을 느낀 듯 얼굴이 빨개졌다. 그녀가 옷을 입는 것을 보고 나도 옷을 입기 시작했다.

옷을 다 입고 났을 때 그녀가 밖으로 나갔다가 들어왔다. 그녀는 사이다 두 병을 손에 들고 있었다. 나는 그녀가 컵에 따라 주는 사이다를 받아 마셨다.

"여기서 일한 지 얼마나 됐지?"

"6개월 됐어요."

"집에서도 알고 있나?"

나는 바보 같은 질문을 던졌다.

"몰라요. 집에서 알면 야단나게요."

"왜 이런 생활을 하고 있지? 이 생활이 재미있나?"

"아뇨. 여기서 나가고 싶어 죽겠어요. 지금은 꼭 지옥에 있는 것 같아요."

"그럼 나가면 될 거 아냐."

"마음대로 나갈 수 있으면 벌써 나갔게요."

그녀는 포주에게 많은 빚을 졌기 때문에 그것을 갚기 전에는 여기를 빠져나갈 수 없다고 말했다. 바로 그 빚이 창녀들을 묶어 두는 수단이라고 그녀는 덧붙여 말했다.

"빚이 얼마나 되는데?"

"백만 원쯤 돼요. 그걸 갚으려면 까마득해요. 갚기 전에 빚이 더 쌓일 텐데요 뭐."

"그러면 여기서 빠져나갈 가망은 전혀 없다는 거 아냐? 빚이 줄어들어야 할 텐데 자꾸 쌓여 가면 말이야?"

"그렇죠 뭐. 여기서 빠져나갈 구멍은 없어요. 천재지변이나 하나님이 도와주시기 전에는……."

듣고 보니 무서운 일이라고 나는 생각했다. 이건 감옥보다 더 지독한 곳이라는 생각이 들었다. 청춘을 사창가에서 썩혀야 하는 여자의 마음이란 과연 어떤 것일까? 암담한 느낌, 오직 그것뿐이 아닐까?

그렇게 말하는 어린 창녀의 얼굴에는 아무런 표정도 나타나 있지 않았다. 암담한 절망의 구렁텅이 속에서 너무나 오래 살다 보니 이제는 달관했단 말인가? 그녀는 아무렇지도 않다는 듯이 그런 말을 했고, 그리고 아무렇지도 않은 표정으로 나를 바라보았다.

"왜 저를 그렇게 바라보세요? 제가 불쌍하세요? 여기 오는 손님마다 그런 말을 물어요. 왜 이런 생활을 하느냐? 나이는 몇 살이냐? 어쩌다가 이런 데 들어왔느냐? 여길 빠져나갈 수 없느냐? 그저 단순한 호기심으로 물어 보는 거죠. 이젠 대답하기도 귀찮아요."

"만일 그러다가 말이야, 불치의 병이라도 걸리고, 그래서 이 생활을 할 수 없게 되면 어떡하지?"

"그 때는 뭐, 내쫓기겠죠."

"도대체 어쩌다가 이런 데서 일하게 됐지?"

그녀는 킬킬거리고 웃었다. 그럴 줄 알았다는 둥 하면서 큰 소리로 웃었다. 그리고 가출하게 된 동기를 마치 남의 이야기하듯 웃으며 말했다.

그녀의 이름은 하유미(河由美)라 했다.

그녀는 편모슬하에서 자란 5남매의 막내였다. 위로 오빠 둘과 언니 둘이 있었다. 그녀의 아버지는 그녀가 초등학교 3학년 때인가 교통사고로 세상을 떠났다. 그 때 그녀의 아버지는 초등학교 교사였었다.

그 때부터 그녀의 어머니는 삯바느질로 5남매를 키워야 했다. 자연 집안이 궁핍할 수밖에 없었다. 너무 가난해서 죽으로 끼니를 때우는 때가 한두 번이 아니었다. 우선 먹는 것이 급했기 때문에 교육 문제는 자연 뒤로 처질 수밖에 없었다.

그녀의 큰오빠는 고등학교를 마치고 직업 군인이 되어 군대에 입대했다. 둘째 오빠는 성적이 뛰어난데다 가정교사로 들어간 집주인의 도움으로 대학에 진학할 수가 있었다. 언니 둘은 가까스로 고등학교를 졸업했다.

마지막으로 그녀 차례였다. 그녀는 겨우 고등학교에 진학했는데 제대로 납부금을 내기가 힘들었다. 매번 그것 때문에 선생님한테 시달림을 받아야 했고 도시락 하나 변변히 싸갈 때가 없었다.

그녀는 학교가 싫었고 가난이 싫었다. 취직을 해서라도 자신의 손으로 돈을 벌어 보고 싶었다. 학교 성적은 떨어지고 학교를 결석하는 날이 잦아졌다. 그러다 보니 그녀는 문제아로 자주 교무실에 불려가 벌을 받곤 했다.

마침내 2학기가 거의 끝나갈 무렵 그녀는 집을 뛰쳐나왔다. 가출 동기는 여느 소녀들과 비슷했다. 그녀는 거리를 방황하다가 신문광고를 보고 전화를 걸었다. 인신매매 조직이 던진 미끼에 스스로 걸려든 것이다.

그 광고 내용은 대충 이런 것이었다.

"홀 여종업원 모집. 침식 제공. 월수 50만 원 보장."

인신매매 조직의 검은 손에 걸린 그녀는 뒤늦게 후회했지만 빠져나갈 수가 없었다. 그 날로 그녀는 여관에 갇힌 채 두 사내에게 차례로 능욕을 당했다. 그리고 그 날 밤중으로 다른 사람에게 넘겨졌다.

날이 샜을 때 그녀는 부산의 사창가에 와 있었다. 그녀는 자신이 얼마에 팔렸는지도 모르고 있었다. 처음 얼마 동안은 눈물도 꽤나 흘렸지만, 그 단계가 지나자 체념 상태가 찾아왔고, 이제는 오히려 편안한 기분까지 찾으려 하고 있었다.

자신에 대한 희망을 버린 지는 이미 오래였다. 요즘은 빠져

나가야겠다는 생각도 없어졌고, 그저 하루하루를 버러지처럼 지내고 있었다. 자신이 바퀴벌레라고 생각하자 오히려 마음이 편안했다.

"이것 봐, 집에 가고 싶지 않아?"

"집에 가고 싶지는 않아요. 엄마는 보고 싶어요. 하지만 집에 가고 싶지는 않아요. 이런 몸으로 어떻게 집에 가요. 그리고 가난 속에 다시 들어가고 싶지도 않아요."

"그러면 지금은 네가 가난하지 않다고 생각하니?"

"가난한지 부잔지 모르겠어요. 여긴 지옥이니까 그런 생각도 들지 않아요."

"나하고 여행 가지 않을래?"

나는 뚱딴지같은 질문을 던졌다.

"네, 뭐라고요?"

그녀는 아니꼽다는 표정으로 되물어 왔다.

"나하고 여행 떠나고 싶지 않느냐 말이야?"

그녀는 나를 빤히 쳐다보다가 깔깔거리고 웃었다.

"제가 어떻게 여행을 가요? 여기서 한 발짝도 나갈 수 없어요. 다 지키고 있기 때문에 나갈 수가 없어요."

"빚을 갚으면 나갈 수 있나?"

"그야 나갈 수 있죠. 아저씨가 빚을 갚아 줄래요?"

그녀는 장난스럽게 웃고 있었다. 나는 끄덕였다.

"그래, 내가 갚아 주지."

"어떻게 아저씨가 빚을 갚아 줘요?"

"어떻게 갚다니, 내가 돈을 주면 될 거 아냐."
"아저씨가 왜 그런 많은 돈을 저한테 줘요?"
"주고 싶으니까 주는 거지."
"그러니까 왜 주고 싶느냐는 거예요?"
"모르겠어, 나도."
"피이, 사람 놀리지 말고 빨리 가 보세요. 무슨 아저씨가 이래? 돈 주고 들어와서 그것도 하지 않고 그냥 가고."
"기다려. 내 은행에 가서 돈을 찾아 가지고 올 테니까 기다리고 있으라고. 한 시간 내로 올게."
"놀리지 마세요. 정말 그러면 화낼 거예요."

그녀는 조롱기 어린 눈으로 내가 나가는 것을 지켜보았다. 그녀가 내 말을 믿지 않을 것은 당연한 일이었다.

그러나 나는 약속을 지키고 싶었다. 왜 그런 생각이 들었는지 나도 모른다. 왜 그랬을까? 사람의 감정의 변화란 이렇게도 무모한 데가 있는 것일까?

나는 그 길로 곧장 은행에 가서 필요한 돈을 찾았다. 그녀의 빚을 갚아 줄 돈과 여행에 필요한 경비를 생각해서 2백만 원쯤 찾았다.

내가 다시 찾아가자, 유미는 자지러질 듯 놀란 눈으로 나를 바라보았다. 나는 주인을 오라고 했다.

"정말이세요?"

유미의 목소리가 사뭇 떨리고 있었다.

"정말이야."

나는 깊은 눈길로 그녀를 바라보면서 끄덕였다.

"어디 보여 주세요."

나는 백만 원짜리 자기앞 수표를 내 보였다.

"자, 이래도 못 믿겠어?"

"아저씨, 왜 이러시는 거죠?"

그녀가 내 팔을 움켜잡고 흔들었다.

"아저씨, 지금 제정신으로 하시는 거예요? 저를 놀리시는 건 아니죠?"

"놀리는 거 아니야. 정말이란 말이야."

"그럼 저를 여기서 빼내 가지고 어떡하실 거예요?"

"어떡하긴, 우리 여행 가는 거야."

"어디로요?"

"글쎄, 어디 바닷가가 좋겠지. 조용한 바닷가가 말이야."

"그 다음에는 어떡할 거예요?"

"그 다음에는 글쎄, 너는 너 가고 싶은 데로 가고 나는 내 갈 데로 가야겠지."

"단지 그것뿐이에요?"

"그것뿐이지."

그녀는 나의 말을 이해할 수 없다는 듯 고개를 갸우뚱하다가 한참 동안 나를 응시했다. 그러다가 발작적으로 밖으로 뛰쳐나갔다.

잠시 후 건장한 40대의 사내가 들어왔다.

얼굴빛이 검고 인상이 험하게 생긴 사내였다. 그는 백만 원을 받아 챙기더니 다른 이유를 붙여 20만 원을 더 요구했다. 나는 군말 없이 20만 원을 더 내놓았다. 유미는 눈물을 글썽이며 가방을 챙겼다.

이미 소희와 만날 시간이 가까워오고 있었다. 그러나 나는 거기에 갈 생각이 추호도 없었다. 그 대신 나는 어린 창녀와 여행하고 싶었다.

우리는 점심을 먹고 나서 시외버스 터미널 쪽으로 갔다. 거기서 충무행 버스를 집어탔다. 배편으로 가고 싶었지만 부두 터미널에는 소희가 기다리고 있을 것이기에 그쪽을 피해 버스를 탔던 것이다.

비는 계속해서 내리고 있었다.

유미는 내 팔짱을 꼭 끼고 있었다. 때때로 나를 올려다보면서 내 눈치를 살피는 것을 잊지 않았다. 그녀는 자유의 몸이 되긴 했지만, 아직 나라는 사람의 정체를 모르고 있었기 때문에 불안한 빛을 감추지 못하고 있었다.

"아저씨는 뭐 하세요?"

차가 출발한 뒤 한참 지났을 때, 그녀가 나에게 첫 질문을 던져왔다.

"응, 난 대학 교수야."

"네?"

"대학에서 학생들을 가르치고 있어."

"정말이세요?"

"응, 정말이야."

"에이, 거짓말 말아요."

그녀는 믿을 수 없다는 듯 머리를 흔들다가 내 허벅지를 꼬집었다.

"정말이야."

"뭘로 증명할 수 있어요?"

"글쎄, 그걸 꼭 증명해야 할까?"

나는 주머니 속에서 신분증을 꺼내 그녀에게 보였다. 그것을 들여다보는 그녀의 표정이 점점 하얗게 굳어지고 있었다. 그녀에게는 나라는 인간이 아무래도 수수께끼 같은 인물로 보였던 모양이다.

하긴 그녀에게는 나라는 인간이 이해할 수 없는 면이 많은 것처럼 보였을 터이니, 그녀가 그렇게 생각하는 것도 무리는 아니었다. 나는 그녀에게 나를 이해시키고 싶었다. 나를 수수께끼 같은 인물로 보이고 싶지는 않았다. 그러나 굳이 설명한다는 것이 성겁게 느껴졌기 때문에 나는 입을 다물었다.

잠시 후 나는 잠이 들었다.

내가 잠에서 깨어났을 때 어린 창녀는 내 어깨에 머리를 기댄 채 잠들어 있었다. 그러나 그녀는 이내 깨어났다. 그리고 불안한 눈빛으로 나를 쳐다보았다. 나는 웃으며 걱정하지 말고 푹 자라고 일렀다.

"잠이 오지 않아요. 꿈을 꿨어요."

"무슨 꿈을 꿨지?"

"남자들이 저를 붙잡으려고 막 쫓아오는 꿈을 꿨어요. 저는 붙잡히지 않으려고 막 도망치는데 아저씨가 제 앞을 가로막았어요."

"그래서?"

"아저씨를 보고 그 남자들이 도망쳤어요."

버스가 검문소 앞에 정차했다. 경찰이 검문을 하기 위해 올라와 통로를 걸어왔다. 나는 긴장했다. 그러나 경찰은 그대로 지나쳤다.

"아저씨는 지금 몇 살이세요?"

그녀는 내키는 대로 질문을 던져왔다.

"몇 살쯤 돼 보여?"

"글쎄요, 한 마흔."

"그래, 잘 알아맞히는군. 마흔 하나야."

"그럼, 결혼하셨겠네요?"

"그야 물론이지."

그 때 바로 앞자리에 앉아 있던 여자가 고개를 돌려 내 쪽을 흘깃 바라보았다. 나와 시선이 마주치자 그녀는 어린 창녀 쪽을 쳐다본 다음 앞으로 고개를 돌렸다.

머리를 노랗게 물들인, 조금 천박스러운 인상을 가진 젊은 여자였다. 그녀 옆에는 동행인 듯싶은 남자가 앉아 있었다. 덩치가 큰 남자였다.

나는 앞좌석에 앉아 있는 노랑머리 여자의 시선이 마음에 걸렸다. 좀 불쾌한 기분이었다. 우리 대화를 그녀가 엿들은 것 같은 느낌이 들었다. 그래서 나는 작은 소리로 이야기해야겠다고 마음먹었다.

"저기, 2세는 몇이세요?"

"딸 하나 있어. 지금 초등학교 3학년이지."

"예뻐요?"

"뭐 별로……."

내가 웃으며 고개를 흔들자, 창녀도 따라 웃었다. 나는 유미의 귀에 입을 가까이 대고 가만히 물었다.

"너는 뭐가 되고 싶니?"

"저는요, 간호원이 되고 싶었어요. 하얀 옷을 입고 다니는 간호원들이 그렇게 멋져 보일 수가 없었어요. 그런데……."

그녀의 손이 내 손을 더듬어 잡았다. 나는 그녀의 손을 꼭 쥐어 주었다. 어린애 같이 조그만 손이었다.

앞에 앉은 노랑머리 여자가 남자의 품에 안기듯이 기대는 것이 보였다.

버스는 충무 시내로 들어섰다. 버스에서 내릴 때 노랑머리 여인이 다시 한 번 우리 쪽을 뒤돌아보았다. 나는 노랑머리와 동행인 남자의 얼굴을 비로소 볼 수가 있었다.

막 빚어놓은 듯 우락부락하게 생긴 40대의 중년 사내였다. 그들의 관계는 얼른 보기에도 정상적인 관계는 아닌 듯했다. 어디 여행을 가는지 여행 백을 하나씩 들고 있었다.

나는 유미를 데리고 터미널 근처의 다방으로 들어갔다. 손님이 없어 조용한 다방이었다. 차를 시키고 나서 나는 유미를 바라보았다.

"이제부터 가야 할 데가 있어. 내 말을 잘 들어야 해."

"어디 가는데요?"

그녀가 눈을 동그랗게 뜨고 불안한 기색으로 나를 뚫어지게 쳐다보았다.

"병원에 가는 거야."

"병원에요? 병원에는 왜요?"

나는 그녀에게 이쪽으로 가까이 오라고 손짓을 했다. 그녀가 내 쪽으로 상체를 기울였다. 나는 그녀의 손을 가만히 잡고 귓가에다 입을 댔다.

"병원에 가서 수술하는 거야. 아기를 떼란 말이야. 뱃속에 아기를 가지고 다닐 순 없잖아. 언제까지고 말이야."

"싫어요!"

그녀는 금방 안색이 창백해지면서 머리를 세차게 흔들었다. 본능적인 거부 반응 같았다.

"물론 병원에 가고 싶지 않겠지. 병원에 가서 수술하고 싶어 하는 여자가 어디 있겠어? 하지만 네 자신을 위해서 그게 좋을 거야. 너는 앞이 창창한 아주 어린 나이란 말이야. 그런 너한테 그 아기는 큰 장애물이야. 그걸 우선 수술해서 없애야만 너는 마음대로 행동할 수 있는 거야. 어디 취직도 할 수 있고, 네가 하고 싶은 것도 할 수 있는 거야. 몸이 그래 가지고는 아무것도 안 된단 말이야."

"싫어요. 그런 짓은 할 수 없어요."

"잘 생각해서 결정해. 너를 위해서 하는 말이니까. 나하고는 전혀 상관이 없는 일이지만, 난 두고 볼 수가 없어."

"선생님, 선생님은 왜 저한테 그렇게 관심을 보이시죠? 왜 저를 그렇게 도와주시려고 하는 거죠?"

아무래도 내가 미심쩍다는 듯 한 눈초리로 그녀가 나를 바라보았다. 아직도 그녀는 나라는 사람을 믿을 수가 없다는 그런 눈으로 그녀는 바라보고 있었다. 그녀가 나를 의심의 눈초리로 보는 것도 무리는 아니었다. 지금까지 나의 행동과 이야기가 의혹 투성이였으니까 말이다.

그녀는 나를 이해하지 못할 것이다. 내가 지금 어떤 입장이라는 것을 이해하지 못할 것이다. 내가 내 입장을 설명해도 그녀는 나의 행동과 이야기를 믿을 수 없을 것이다. 나는 그녀가 믿어 주기를 바라지도 않았다.

"왜 너를 도와주려고 하느냐고? 그건 나도 모르겠어. 다른 뜻은 아무것도 없어. 병원비는 내가 다 대겠어. 그러니까 이런 기회에 병원에 가서 수술해 버려. 잠깐이면 되니까."

그녀는 여전히 머리를 흔들었다. 그러나 아까처럼 그렇게 완강한 태도는 아니었다.

"만일 아기를 낳으면 말이야, 아빠가 없기 때문에 호적에 올릴 수도 없어. 호적에 올리지 못하면 학교도 보낼 수 없고 아무것도 할 수 없는 거야. 그리고 너는 또 그 아기가 어른이 될 때까지 먹여 살려야 하고. 아기를 낳는다는 것이 강아지를 하나 사는 것처럼 그렇게 간단한 일인 줄 아니? 평생을 두고 너는 그 아기 때문에 고생할 거다."

침묵이 흘렀다. 그녀는 밑으로 시선을 떨어트렸다. 두 손을 만지작거리면서 무엇인가 깊이 생각하는 눈치였다. 그러다가 고개를 쳐들면서,

"선생님한테 너무 미안하잖아요."

라고 말했다.

"미안하긴. 나에게 전혀 그런 생각 갖지 않아도 좋아. 나는 아주 기쁜 마음으로 유미를 도와주고 있으니까 말이야. 내 호의를 무시하지 마."

"선생님은 저한테 뭘 바라세요?"

"아무것도 바라는 게 없어."

"그러면 왜 그러세요?"

"나도 모르겠어. 뭘 바라고 이러는 게 아니니까 부담 갖지 말란 말이야."

"가겠어요."

"병원에 가겠단 말이지?"

그녀가 고개를 끄덕였다.

우리는 산부인과 병원을 찾아갔다. 나는 유미와 함께 산부인과에 들어간다는 것이 몹시 쑥스러웠지만 체면 불구하고 문을 밀고 안으로 들어갔다.

대기실에 앉아 기다리고 있던 여자 손님들이 나와 유미를 번

갈아 쳐다보았다. 나는 유미를 접수창구 앞에 밀어붙인 다음 복도에서 서성거렸다. 여자들이 앉아 있는 대기실 쪽으로는 가기 싫었다.

"수술하러 왔는데요."

유미의 목소리가 들려왔다.

유미는 카드에 무엇인가 적은 다음 그것을 창구 안으로 디밀었다. 잠시 후 그녀는 대기실로 들어갔다.

한참 후 그녀 차례가 되었다. 그녀의 이름이 불려지더니 그녀는 진찰실로 사라졌다. 안으로 들어갈 때 그녀는 고개를 돌려 나를 한번 뒤돌아보았는데, 그 표정이 마치 도살장에 끌려가는 소 같았다. 대기실을 기웃거려 보니 손님이 다 빠져나가고 아무도 없었다. 나는 안으로 들어가 소파에 몸을 기대고 담배에 불을 붙였다.

한 시간쯤 지났을 때 간호원이 나와서 대기실로 고개를 디밀고는,

"수술 끝났어요. 회복실로 가 보세요."
라고 나에게 말했다.

나는 허둥지둥 회복실로 찾아갔다. 거기에는 네 명의 여자들이 누워 있었다. 모두 중절수술을 끝낸 여자들인 것 같았다. 그 가운데 유미도 누워 있었다. 나는 차마 안으로 들어서지는 못하고 그녀를 향해 물었다.

"괜찮아?"

유미는 가늘게 미소를 띠면서 고개를 끄덕였다. 눈물을 글썽

이고 있었지만 나를 쳐다보는 눈길이 더없이 안정되어 보였다. 어려운 고비를 넘긴 사람의 그런 표정이었다. 나는 문을 닫고 다시 대기실로 돌아와 기다렸다.

한 시간쯤 후에 유미가 나타났다.

"의사 선생님 말이 며칠 안정을 취해야 한대요. 잘 먹고 그래야 한대요."

"그래야겠지. 어디 가서 안정을 취한다?"

나는 수술비를 모두 지불한 다음 유미의 손을 잡고 병원을 나왔다.

"우리 바닷가로 갈까? 바닷가에 방을 하나 얻어 가지고 거기서 안정을 취하면 될 거야."

"네, 좋아요."

병원을 나서는 그녀의 안색은 창백했고 걷는 것이 몹시 힘겨워 보였다.

우리는 택시를 타고 연안 여객 부두로 나갔다. 나는 소희가 말한 '물도'라는 곳을 생각하고 있었다. 개발이 되지 않고, 그래서 사람이 별로 오지 않는 조용한 바닷가라고 소희는 말했었다. 거기에 가서 며칠 유미와 함께 보내고 싶었다.

그러자 소희 생각이 났다. 그녀는 지금쯤 화가 잔뜩 나 있을 것이다. 지금까지 부두에서 기다리고 있지는 않겠지. 아마 거리를 쏘다니던가 아니면 집에 돌아가 분을 이기지 못해 씩씩거리고 있을 것이다. 우리 집에 전화도 걸어 보고 했겠지.

왜 그녀와의 약속을 어기고 어린 창녀와 이렇게 엉뚱한 짓을 하고 있는지 내 스스로 생각해도 놀라웠고 내 행동을 이해할 수 없었다.

그러나 이것만은 분명했다. 소희보다는 어린 창녀 쪽이 더 절박한 입장이라고. 그녀는 누군가의 도움이 필요했고 뱃속의 아기를 떼지 않으면 안 될 입장이었다.

그러나 소희는 그렇지가 않았다. 그녀는 유복한 가정의 딸이었고, 그녀가 지금 품고 있는 생각은 약속을 어긴 데 대한 분노뿐일 것이다.

부두에는 물도에 가는 배가 없었다. 여기저기 물어 보아도 물도를 아는 사람도 별로 없는 것 같았다. 마침 어떤 중년 사내 하나가 물도를 알고 있었다. 그는 자기 배를 가지고 호객 행위를 하고 있는 사람이었다. 그러니까 불법적으로 손님을 실어 나르고 요금을 받는 사람이었다. 그는 5만 원만 주면 물도에 데려다 주겠다고 말했다. 나는 4만 원으로 깎은 다음 그를 따라 부두 터미널을 나왔다.

터미널에서 2백 미터쯤 떨어진 외진 곳에 그의 배는 정박해 있었다. 조그만 통통배였다. 사람을 실어 나를 수 있게 갑판 위에 긴 의자를 고정시켜 놓고 그 위에 비닐 커버로 차양을 만들어 놓은 그런 배였다.

통통배에 들어가 차양 밑에 앉으니 비바람은 피할 수 있었다. 그러나 냉기를 피할 수는 없었다. 우리는 추워서 꼭 붙어 앉아야만 했다.

배가 막 출발하려고 하는데 두 사람이 급히 뛰어오는 것이 보였다. 한 쌍의 남녀였는데 여자가 손을 흔들며 이 쪽에 대고 소리치고 있었다.

"잠깐 기다려요!"

가만 보니 아까 버스에서 내 앞자리에 앉아 있던 그 노랑머리 여인과 그 건장한 사내였다.

"이 배 어디 가는 거예요?"

여자가 헐떡이며 물었다.

"물도에 갑니다."

배 주인이 밧줄을 풀다 말고 말했다.

"물도가 어디예요?"

"좋은 섬이지요. 여기서 한 시간 반이면 가요. 사람도 없고 조용한 데죠. 인심 좋고 경치 좋고 생선이 아주 싸요. 거기 가시려면 타시죠."

그 배는 내가 전세낸 것이었다. 그러나 배 주인은 나한테는 한마디도 물어 보지 않고 멋대로 그들을 태우려고 했다. 그들은 탈까 말까 망설이는 눈치였다.

나는 배 주인을 불렀다.

"이것 보시오, 이 배는 내가 전세낸 건데 왜 그 사람들을 태우려 하는 거죠?"

"이왕 가는 거면 자리도 있고 한데 사람 태우고 가는 게 뭐가 그렇게 나쁜가요. 저도 한 푼 벌어야 하지 않습니까. 한 철 벌어서 먹는 놈이니까 이해해 주십시오."

배 주인은 아주 당당하게 말했다. 나는 불쾌했지만 더 이상 따지기가 싫어 입을 다물어 버렸다.

조금 있자 그들이 배 위로 올라왔다. 그들은, 특히 노랑머리 여인은 나를 보자 흠칫 놀라는 것 같았다. 그러나 이내 미소를 지으며 우리와 정면으로 마주 보이는 건너편 자리에 자리를 잡고 앉았다.

사내는 뭐가 그렇게 기분이 나쁜지 잔뜩 찌푸리고 있었다. 여자가 이쪽을 흘깃거리고 있는데 반해 사내는 나를 거들떠보지도 않았다.

그는 바다 쪽으로 시선을 돌리고 있었다. 점퍼 차림의 고수머리였는데 계속 담배를 피워대고 있었다. 여자는 아직 서른이 되지 않은 성싶었다. 그녀는 청바지 위에 빨간 점퍼를 걸치고 있었다.

곧 배가 출발했다. 배는 섬과 섬 사이를 빠져나가더니 곧 망망대해로 들어섰다. 나는 될수록 맞은편에 앉아 있는 사람들을 보지 않으려고 바다 쪽으로 시선을 던지고 있었다.

유미는 바닷바람이 추운지 내 곁에 바짝 붙어 앉아 있었다. 나는 저고리를 벗어 그녀의 어깨 위에 걸쳐 주었다. 그 바람에 나는 몹시 추웠다.

"물도라는 데 좋아요?"

노랑머리 여인이 갑자기 나를 향해 질문을 던져 왔다. 나는 당황했다.

"글쎄요, 잘 모르겠는데요."

"처음 가시는 거예요?"

"네, 처음입니다."

고수머리 사내가 나를 힐끗 바라보았다.

"아까 시외버스 타고 여기 오셨죠? 부산 쪽에서 오는 버스 말이에요?"

"네, 그렇습니다."

"버스 속에서 뵌 것 같아서요."

"아, 그래요?"

나는 능청을 떨었다.

"거기까지 가서 좋지 않으면 어떡하죠?"

나는 대꾸하지 않고 고개를 돌렸다.

노랑머리가 우리 쪽으로 다가왔다. 그리고 유미에게 무엇인가 내밀었다. 오징어 다리였다. 유미가 괜찮다고 했지만 그녀는 억지로 그것을 유미에게 놓고 자기 자리로 돌아갔다. 유미는 무릎 위에 놓인 오징어 다리를 한참 내려다보다가 그것을 집어 나에게 주었다.

"잡수세요. 전 먹기 싫어요."

그녀는 수술을 끝낸 지 얼마 안 됐으니 식욕이 당길 리가 없을 것이다. 나는 오징어 다리를 찢어 입 속에 집어넣고 질겅질겅 씹기 시작했다.

"아가씨가 어디 아픈가 봐요?"

노랑머리가 턱으로 유미를 가리키며 나를 향해 물었다. 눈은 나를 바라보고 있었다. 그녀는 어떻게든 말을 걸려고 애쓰고 있는 눈치였다. 내가 아무 대꾸도 하지 않자 좀 민망했던지 입을 다물어 주었다.

　한 시간 30분만에 배는 물도에 도착했다.
　조그만 섬이었다. 물가에 집들이 옹기종기 모여 있있는네, 아이들이 처마 밑에 서서 우리가 배에서 내리는 것을 지켜보고 있었다.
　아이들은 우리를 향해 손을 흔들었다. 나도 아이들에게 손을 흔들어 주었다.
　마을 앞에는 노송이 우거져 있었고 그 앞에 작은 백사장이 펼쳐져 있었다. 그것은 조그마한 해변이었지만 소희의 말대로 풍광이 무척 아름다운 곳이었다. 모래는 깨끗하고 더없이 부드러워 보였다.
　섬에 있는 가구라고는 다섯 집뿐이었다. 여관 같은 것이 있을 리 없었다. 섬 주민들이 노랑머리 쪽과 우리 쪽을 번갈아 쳐다보며 눈치를 살피고 있었다.
　나는 나이 든 아주머니를 불러 방을 하나 구했으면 좋겠다고 말했다. 그녀는 기다렸다는 듯이 우리를 자기 집으로 안내했다. 노랑머리 쪽도 다른 주민을 따라 어느 집으론가 들어가는 것 같았다.
　우리는 조그만 방으로 들어갔다. 문을 열면 바로 바다가 가득 들어오는 그런 방이었다.
　나는 주인 여자에게 유미를 가리키며 몸이 몹시 불편하니 방을 좀 따뜻이 해 달라고 부탁했다. 그 대신 방값은 충분히 주겠다고 덧붙여 말했다.

곧 날이 저물었다. 우리는 주인 여자가 차려 주는 저녁 밥상을 받았다. 거의가 해물로 만든 반찬이었지만 정성스럽게 만든 밥상이라 그런지 몹시 맛이 있었다. 유미도 밥 한 그릇을 모두 먹어치웠다.

식사를 끝내고 나자 방이 따뜻해 오기 시작했다. 나는 유미를 아랫목에 눕게 했다. 그녀는 휴식을 취할 필요가 있었다.

섬에는 전기가 들어오지 않는 곳이었기 때문에 석유 등잔의 침침한 불빛이 겨우 방안을 밝혀 주고 있었다. 주인 여자는 그 점을 몹시 부끄러워했지만, 나는 오히려 그 불빛이 전기 불빛보다 더 좋았다. 침침한 불빛 때문에 방안은 더 아늑한 느낌을 주고 있었다.

유미도 그 등잔 불빛이 더 좋다고 말했다. 나는 옷을 벗고 그녀 곁에 드러누웠다.

나는 방바닥에 엎드려 담배를 피우며 파도 소리에 귀를 기울이고 있었다. 내 평생에 그렇게 기분 좋은 밤을 가져 보기는 처음인 것 같았다.

"집이 금방이라도 무너지는 것 같아요."

유미가 조금 두려운 어조로 말했다. 그것은 파도 소리를 두고 한 말이었다. 정말 파도가 때릴 때마다 집은 무너질 듯 흔들리고 있었다.

우리가 배를 타고 올 때는 그렇게 거친 바다가 아니었다. 그런데 날이 저물면서부터 갑자기 바다가 거칠어지기 시작하고 있었다.

　나는 따뜻한 아랫목이 더없이 좋았다. 나는 어린 시절을 생각하며 이불 속으로 깊이 파고들었다. 유미의 몸과 내 몸이 밀착되었다. 나는 그녀를 가슴에 꼭 안아 주었다. 그러나 그 이상의 행동은 하지 않았다.

　그 때 유미가 갑자기 울기 시작했다.

　나는 그녀가 울도록 내버려 두었다. 아마 아기를 뗀 데 대해서 갑자기 슬픔이 몰려왔을 것이다. 그리고 자신의 신세와 가늠할 수 없는 앞길을 생각하고 당황한 나머지 울음을 터트렸을 것이라고 생각했다.

　"선생님, 고마워요."

　한참 몸을 떨며 울고 난 끝에 유미가 한 말이었다. 나는 그녀를 힘주어 안아 주었다.

　"울지 말고 이제 자요. 푹 쉬어야 한다고."

　나는 그녀에게 미역국을 끓여 주고 싶었다. 내일 아침 식사 때는 주인 아저씨에게 부탁해서 미역국을 끓여 달라고 부탁해야 겠다고 생각했다.

　"우리, 파도치는 것 봐요."

　그렇게 말하면서 유미는 방문을 확 열어젖혔다. 바람이 몰려들어왔다.

　"찬바람 쐬면 좋지 않을 텐데."

　"괜찮아요."

　우리는 이불 속에서 드러누운 채 머리만 내밀고 바다를 바라보았다.

집채 같은 파도가 어둠 속에서 허옇게 일어서는 것이 또렷이 보였다. 그것은 갑자기 모래밭 위를 덮치더니 순식간에 어둠 속으로 사라져 버렸다.

이윽고 다시 저쪽 시커먼 어둠 속에서 그 어둠보다 더 짙은 어둠이 서서히 높게 일어서는 것이 보였다. 그것이 흰 빛으로 변하는가 싶더니 이내 모래밭 위로 떨어지면서 어둠 속에 다시 삼켜져 버렸다.

"무서워요."

한참 어두운 바다를 지켜보고 있던 유미가 몸을 돌려 내 품 속을 파고들었다. 나는 바다에 여전히 눈을 고정한 채 그녀를 끌어안았다.

나는 마치 자신이 바다와 교감하는 기분이었다. 바다를 이렇게 가까이서 호흡하기는 실로 오랜만이었다. 아니, 처음인 듯싶었다. 나는 바다에 내동댕이쳐진 한 마리 작은 벌레 같은 기분이 들었다.

나는 바다 속으로 점점 깊이 빨려 들어가는 기분을 느꼈다. 나는 점점 내 자신이 바다의 일부가 되는 것 같았다. 나는 마침내 바다가 되었다. 나는 파도가 되어 높이 일어섰다가 미끄러지듯 밑으로 떨어져 내렸다. 모래밭으로 곤두박질친 나는 정신이 혼미해지는 것을 느꼈다. 그러나 오히려 기분은 말할 수 없이 좋았다.

유미가 내 품속에서 빠져나와 고개를 내밀고 나를 바라보며 물었다.

"우리 언제 가는 거죠?"

"한 2, 3일 있다가 갈 거야."

"그 다음에는 어떡하죠?"

"그 다음에는 글쎄, 그 다음에는 정말 어떡하지?"

나도 그 다음에는 어떡해야 할지 모른다.

"평생 여기서 떠나지 않고 살았으면 해요. 전 부산에 가지 않을래요."

정말 나도 가고 싶지 않다고 생각했다.

누군가가 잡아 흔드는 바람에 나는 눈을 떴다. 유미가 나를 흔들어 깨우고 있었다.

"이제 그만 주무시고 일어나세요."

유미의 몸은 차가웠다. 그녀는 이미 바닷가에 나갔다가 들어온 것 같았다.

"우리 바닷가에 산색 나가요."

방문 가득히 햇빛이 비치고 있었다. 나는 문을 열어 보았다. 구름 한 점 없는 파아란 하늘에 어느새 아침 햇살이 눈부시게 빛나고 있었다.

밤새 바람도 비도 그쳐 있었다. 바다는 마치 빙판처럼 반짝이며 잔잔해 보였다. 수평선 저쪽으로 배들이 지나가고 있는 것이 보였다.

나는 재빨리 옷을 입고 밖으로 나왔다. 주인 여자를 불러 미역국을 특별히 좀 끓여 달라고 하자, 그녀는 그렇지 않아도 미역국을 준비했다고 웃으며 말했다.

유미와 나는 솔밭 사이를 지나 모래밭으로 내려왔다. 모래밭 위를 거니는 한 쌍의 남녀가 있었다. 어제 우리와 함께 배를 타고 온 그 노랑머리 일행이었다.

나는 아침부터 그들과 마주치게 되었다는 것에 언짢은 기분이 들었지만, 그렇다고 집으로 돌아 들어가기도 뭣하고 해서 그대로 걸음을 옮겼다. 발에 밟히는 모래의 감촉이 더할 수 없이 부드러웠다.

우리와 마주치자 노랑머리 여인이 웃으며 고개를 까딱해 보였다.

"안녕하세요?"

나도 웃으며 고개를 끄덕했다. 그러나 상대방 남자는 이맛살을 잔뜩 찌푸리며 바다 쪽으로 고개를 돌려 버렸다. 그 사내가 왜 나를 볼 때마다 그처럼 기분이 나쁜 표정을 짓는지 나는 알 수가 없었다.

유미는 걸어가면서 조가비를 주웠다. 예쁘게 생긴 조가비를 주울 때마다 내 쪽으로 뛰어와서는 보여주곤 했다.

이제 그녀의 어느 구석에서도 창녀 같은 점을 발견할 수가 없었다. 그녀는 마치 천진스럽게 뛰어노는 아이 같았다. 나는 그녀의 변신에 놀라지 않을 수 없었다.

마침내 우리는 모래밭 끝에 다다랐다. 그 끝에는 조그만 야산이 가로막고 있었다. 앞에는 야산으로 오르는 좁은 오솔길이 보였고 야산 위에는 키 큰 노송 한 그루가 바다를 향해 외롭게 서 있었다.

나는 유미의 손을 잡고 오솔길로 올라갔다. 10분쯤 오르자 마침내 노송이 있는 곳까지 오를 수 있었다.

노송이 서 있는 주변은 넓은 공지로 되어 있었다. 우리는 노송 앞에 앉아 바다를 바라보았다.

그림같이 잔잔한 바다 위에는 점점이 섬들이 떠 있었고, 배들이 지나가고 있었다. 그리고 바다의 새들이 부지런히 날아다니고 있는 것이 보였다.

그 때 유미가 노래를 불렀다. 놀라울 정도로 그녀의 목소리는 아름다웠다. 그녀가 바다를 향해 솔베이지의 송을 부르는 동안, 나는 드러누워 담배를 피웠다.

노래를 다 부르고 난 그녀는 배가 고프다고 말했다.

"우리 밥 먹고 나서 여기 다시 놀러 와요."

나는 일어서서 반대쪽 야산 밑을 내려다보았다. 그 아래에는 숨겨진 듯 작은 모래밭이 있었다. 아무도 밟지 않은 듯 눈처럼 흰 모래밭이었다. 바다 쪽에서 보기 전에는 어디서도 보이지 않는 그런 곳이었다.

우리는 숙소로 돌아와 아침을 먹었다.

그야말로 훌륭한 아침 식사였다. 우리는 신선한 해산물을 마음껏 먹었다. 유미는 미역국에 밥을 말아 순식간에 먹어치우고는 내가 덜어 주는 밥을 더 먹었다. 나는 그녀의 식욕이 보기 좋앉다.

식사를 끝내고 밖으로 나왔을 때는 햇볕이 제법 따가워져 있었다.

우리는 야산의 소나무가 있는 곳으로 올라갔다. 나는 거기서 바다를 바라보며 유미가 부르는 노래를 들었다. 그녀는 많은 노래를 알고 있었다. 모두 여학교 때에 배운 노래라고 했는데 듣기에 너무 좋았다.

그런데 우리가 앉아 있는 위로 햇볕이 쏟아지기 시작했기 때문에, 우리는 더 이상 그 곳에 앉아 있을 수가 없었다. 나는 반대쪽 모래밭을 유미에게 가리켰다.

"저리 내려갈까?"

내 말이 끝나기도 전에 유미는 앞장서서 내려가기 시작했다. 길은 없었지만 별로 가파르지 않기 때문에 어렵지 않게 내려갈 수 있었다.

조그만 정원처럼 생긴 그 작은 모래밭의 한쪽은 그늘이 져 있었다.

우리는 그 곳에 드러누워 시간을 보냈다.

나는 가끔씩 물속으로 들어가 수영을 했다. 유미는 아직 몸이 회복되지 않아 바닷물 속에 몸을 담글 수가 없는 것을 안타까워했다.

파도가 거의 없었기 때문에 나는 한 번 멀리까지 헤엄쳐 나가 보았다. 바다 위로는 햇빛이 눈부시게 쏟아져 내리고 있었다. 너무 눈이 부셨기 때문에 눈을 바로 뜨기가 어려웠다. 나는 녹초가 될 때까지 바다 속에 있었다.

　기진해서 모래밭으로 돌아온 나는 유미의 무릎을 베고 드러누워 곧 잠이 들어 버렸다.

　나는 이내 꿈을 꾸었다.

　꿈 속에서 나는 노예가 되어 있었다. 나는 발목에 쇠고랑을 찬 채 모래밭에 구덩이를 파고 있었다. 나는 점점 밑으로 밑으로 내려가고 있었다.

　내 머리 위로는 땡볕이 내려쬐고 있었다. 나는 땀을 뻘뻘 흘리며 모래를 퍼내고 있었다. 내 머리 위에서 하늘이 점점 조그마한 원으로 보이기 시작했다. 내가 도저히 빠져나갈 수 없을 정도로 구덩이가 깊어졌을 때, 내 머리 까마득히 높은 곳에 누군가가 나타났다.

　"뭐 하고 있는 거야. 빨리 파지 않고."

　그는 높은 곳에서 나를 내려다보며 소리쳤다. 햇빛이 등지고 있었기 때문에 그의 얼굴을 알아볼 수 없었다. 그러나 그 목소리는 분명히 강무우 형사의 목소리였다.

　나는 살려달라고 애걸했다. 그러나 강무우는 빨리 파지 않으면 살아날 수 없다고 말했다. 그러나 나는 너무 기진맥진한 나머지 삽질을 할 수가 없었다. 손은 부르트고 목은 타는 듯이 아파 왔다.

　강무우가 다시 뭐라고 외치는 소리가 들려왔다. 그러더니 위에서 모래가 쏟아져 내려오기 시작했다. 강무우의 모습은 이제 보이지 않았다. 내 시야는 완전히 모래로 덮이기 시작했다. 나는 어둠 속에 묻히기 시작했다.

그러다가 소스라쳐 놀라 눈을 뜨니, 유미가 나를 잡아 흔들고 있었다.

"선생님, 빨리 일어나세요. 저기 좀 보세요. 저기 좀 보시라니까요."

유미가 속삭이듯 말했다.

나는 상체를 일으켜 앉았다. 그리고 유미가 가리키는 곳을 올려다보았다.

우리들이 앉아 있는 머리 위, 그러니까 아까 우리가 앉아 있었던 그 소나무 앞에 그 노랑머리 여인과 남자가 서서 우리를 내려다보고 있었다.

내가 일어나는 것을 보고 그들은 저쪽으로 사라져 버렸다. 나는 불쾌했다. 그들이 마치 그림자처럼 내 뒤를 따르고 있는 것 같은 느낌이 들었다.

다음 날도 날씨는 맑았다. 우리는 어제처럼 아침을 먹고 나서 역시 야산에 가려져 있는 그 조그마한 모래밭에 누워서 거의 하루를 보냈다.

유미는 몸도 마음도 놀라울 정도의 속도로 빨리 회복되어 가고 있는 것 같았다.

사흘째 되는 날은 아침부터 무더웠다. 나와 유미는 아침을 먹고 나서 바로 그 모래밭으로 향했다. 우리는 그 모래밭에서 거의 뒹굴면서 시간을 보냈다. 유미는 몸 때문에 아직 수영을 하지 않았지만, 나는 가끔씩 바다 속으로 들어가 더위를 식히다 나오곤 했다.

그 날 민박집 주인 여자가 싸준 점심 도시락을 먹고 나자, 나는 졸음이 밀려와 여느 때처럼 유미의 무릎을 베고 잠 속으로 빠져들었다. 그런데 잠결에 유미가 나를 흔들어 깨우는 소리를 듣고 나는 눈을 떴다.

"그 사람들이 또 보고 있어요."

유미의 다급한 말소리에 나는 벌떡 일어나 앉았다. 그리고 소나무 쪽을 올려다보았다.

과연 노랑머리 여인과 그녀의 정부가 거기에 서서 우리를 내려다보고 있었다. 그런데 이번에는 그들의 태도가 여느 때 같지가 않았다. 그들은 무슨 이야기인가 서로 주고받다가 여자가 우리를 손짓했다.

"이리 올라오세요. 두 분 다 이리 올라오라구요."

여자의 목소리가 날카롭게 들려왔다.

"왜 그러는 거예요?"

유미가 화가 나서 대꾸했다.

"올라와 보면 알아요. 빨리 올라오란 말이에요!"

노랑머리 여인의 목소리가 더욱 앙칼지게 들려왔다. 남자는 그녀 곁에 서서 담배를 피우고 있었다.

유미가 나를 쳐다보았다.

"올라오라는데요."

나는 영문을 몰라 고개를 뒤로 젖히고 그들을 향해 소리를 질렀다.

"왜 그러는 거예요?"

"글쎄, 빨리 올라오란 말이에요. 이쪽에 올라와 보면 곧 알 수 있어요. 안동구 씨, 빨리 올라와요! 그 아가씨도 데리고 같이 올라와요!"

그것은 사뭇 명령조였다.

나는 소스라치게 놀랐다. 여자가 내 이름을 스스럼없이 불렀으니 놀랄 수밖에 없었다. 어떻게 내 이름을 알았을까? 순간 섬뜩한 느낌이 전율처럼 내 몸을 스치고 지나갔다.

나는 천천히 일어나 벗어놓은 옷들을 입기 시작했다.

"올라가실 거예요?"

유미가 이상하다는 듯 나를 쳐다보며 물었다.

"올라가 보는 게 좋겠어."

우리가 위로 올라가는 동안, 그들은 내내 우리를 지켜보고 있었다.

우리가 마침내 소나무 있는 데까지 올라가자, 사내가 담배를 꼬나문 채 얼굴을 찌푸리며 나를 바라보았다. 강렬한 햇빛 때문만은 아닌 것 같았다. 그는 내가 볼 때마다 이맛살을 찌푸리고 있었으니까.

"안동구 씨, 재미가 좋은데 안 됐어요."

여자가 방정맞게 말했다. 나는 멀거니 그들을 번갈아 바라보기만 했다.

"이젠 우리하고 함께 가 봐야겠어요. 그만큼 놀았으면 됐잖아요."

나는 그 말뜻을 알 것도 같았다. 그러나 아직은 확실히 감이 잡히지 않았다.

마침내 사내가 입에 물고 있던 담배 꽁초를 버리면서 나를 바라보았다.

"경찰입니다. 여기 구속영장이 있습니다."

그는 무언가를 꺼내 보이더니, 이윽고 허리춤에서 수갑을 꺼내 내 손목에 철컥 채웠다. 햇빛을 받아 수갑이 번쩍 빛을 발했다. 동시에 유미가 우리 사이에 끼어들었다.

"어머, 안 돼요!"

그러나 내 손에는 이미 수갑이 채워져 있었다.

나는 유미에게 방해하지 말라고 고개를 흔들어 보였다. 유미는 뒤로 물러섰다.

"무슨 일이에요? 왜 그러는 거예요?"

그녀가 울먹이며 물었다

"이 사람은 살인범이에요."

노랑머리가 역시 방정맞은 목소리로 말했다.

그렇게 말하면서 그녀는 노랑머리를 잡아당겼다. 노랑머리가 송두리째 그녀의 머리에서 빠져나왔다.

그것은 가발이었다. 나를 미행해 오느라고 그들은 그렇게 연인 관계처럼 가장했던 것 같았다.

"담배 한 대 주시겠습니까?"

나는 웃으며 사내에게 말을 걸었다. 사내는 무뚝뚝한 표정으로 담배를 꺼내 주었다. 나는 수갑 찬 두 손으로 담배를 집어 입술 사이에 꽂았다.

사내가 라이터 불을 켜 주었다. 나는 두어 모금 빨고 유미를 바라보았다.

유미는 눈물이 글썽한 눈으로 나를 쳐다보고 있었다. 그 눈 속에는 연민과 불안, 그리고 두려움이 교차하고 있었다.

나는 머리를 흔들었다. 나도 모르게 머리를 가만히 흔들면서 그녀를 깊이 응시했다.

나는 그녀에게 내가 사람을 죽이지 않았다고 말하고 싶었다. 그러나 나는 끝내 그런 말은 하지 않았다. 단지 내 눈이 그렇게 그녀에게 말하고 있었을 것이다.

나는 담배를 피우며 망망한 바다를 바라보고 있었다. 이제는 바다도 앞으로는 보지 못하게 될 것이다. 그렇게 생각이 들자 바다 빛깔이 더욱 짙어 보였다.

바다가 내게 다가와 내 가슴에 포근히 안겼다. 나는 바다를 가슴에 품고 바다를 깊이 들이마셨다. 짠 바다 냄새가 내 폐부 깊숙이 들어와 용해되는 것을 나는 느꼈다. 나는 바다로 뛰어들고 싶었다.

내 기미가 이상해 보였던지 사내가 우악스런 손으로 내 팔을 낚아챘다.

"갑시다."
하고 그는 위엄 있게 말했다.

그러자 그 때까지 떨고 서 있던 유미가 나에게 달려들어 내 허리를 끌어안았다.

"안 돼요! 가시면 안 돼요! 가지 말아요!"

"아가씨도 따라와요. 윤락 행위를 했으니까요."

노랑머리가, 아니 여 형사가 유미의 팔을 거칠게 낚아채며 말했다.

야산을 내려온 나는 사내에게 수갑을 풀고 갈 수 없겠느냐고 물었다. 사내는 고개를 흔들더니 한쪽 손의 수갑을 풀어 자기 손목에다 채웠다. 나의 오른손과 그의 왼손이 하나의 수갑에 연결되었다.

"당신은 살인범이야. 살인범을 수갑도 채우지 않고 그대로 데려갈 수는 없어."

그는 나를 돌아보지도 않고 퉁명스럽게 쏘아붙였다. 나는 하는 수 없다고 생각했다.

유미는 울면서 내 뒤를 따라왔다. 유미는 사건과는 아무 관계도 없으니 연행하지 말라고 말했지만, 그들은 들은 체도 하지 않았다.

경찰과 이미 약속이 되어 있었던 듯 우리가 타고 갈 배가 와서 대기하고 있었다.

우리를 사흘 동안 보살펴 준 주인 여자가 놀란 눈으로 나를 쳐다보았다. 나는 거듭 감사하다고 말한 다음 그 동안 밀린 숙박비와 식사 값을 두 배로 쳐서 건네주었다.

돈을 받아든 그녀는 어쩔 줄 모르며 우리가 탄 배가 보이지 않을 때까지 바닷가에 서서 손을 흔들었다.

배 위에서 나는 강 형사에 대해서 물었다.

"강 형사는 며칠 전 사표를 냈어요. 당신에 대한 구속영장을 받아놓고 나서 사표를 내고 그만뒀어요. 대신 내가 이 사건을 맡게 됐지."

놀라운 일이었다. 나는 더 이상 그에 대해서 묻지 않았다. 결국 그는 그런 식으로 자신에게 채찍을 가했다고 생각하자, 그에 대해서 품었던 불쾌감이 씻은 듯이 사라졌다.

부산에 도착한 나는 곧장 경찰서로 연행되어 즉시 유치장에 수감되었다. 거기서 유미는 나와 헤어지면서 마구 흐느껴 울었다. 그러면서 그녀는 나를 절대 잊지 않겠다고 몇 번이나 다짐하듯 말했다.

밤에 나는 불려 나갔다. 나를 물도에서 데리고 온 형사가 나를 취조했다.

"다른 건 다 끝났어. 그런데 한 가지가 아직 분명하지 않은 게 있어. 왜 오세란을 죽였는지 그 동기가 분명하지 않아. 그걸 말해 줘야겠어. 이제는 숨길 필요 없이 말할 수 있으리라고 생각하는데 어때요?"

"글쎄요, 적당히 알아서 하십시오."

나는 그런데는 전혀 관심 없다는 듯 내뱉듯이 말했다. 사실 나는 그런 거야 아무래도 좋다는 생각이었다. 오세란은 이미 죽었지 않은가.

형사는 주먹으로 책상을 쳤다.

"그 따위 대답이 어딨어! 적당히 알아서 하라니, 누굴 놀리는 거야? 혼뜨검 한번 나고 싶어? 그러지 말고 좋게 말해 봐요. 왜 죽였어?"

나는 귀찮아지기 시작했다. 시간이 흐름에 따라 나는 견딜 수 없을 정도로까지 귀찮은 느낌이 들었다.

마침내 나는 마음에도 없는 말을 했다.

"시끄러워서 죽였습니다."

"시끄러워서 죽였다고? 그게 무슨 말이야?"

"피아노 소리가 너무 시끄러워서 죽였습니다."

내 엉뚱한 대답에 형사는 어이가 없다는 듯 나를 멀거니 한동안 바라보다가 앞으로 상체를 기울이면서 나를 뻔히 들여다보며 물었다.

"그게 정말이에요?"

"네, 정말입니다."

"도대체 피아노 소리가 얼마나 시끄러웠기에 사람을 다 죽였지요?"

"피아노 소리가 말도 못하게 시끄러웠죠. 바로 우리 집 위층에 그 여자는 살고 있었습니다. 매일 밤 피아노를 두드려대는 바람에 나는 잠을 잘 수가 없었어요. 그래서 화가 나서 그만 죽여 버렸죠."

"정말이야?"

"네, 정말입니다."

형사는 아무래도 믿을 수 없다는 듯 고개를 갸우뚱했다. 그러나 그에게는 사건을 빨리 마무리 지어야 한다는 초조감이 있었다. 그래서 나의 진술에 대해 굳이 의심을 품고 그것을 뒤집으려고 하지 않았다.

"당신 혹시 정신 상태는 괜찮아요?"

정신 상태가 이상하기 때문에 그런 짓을 저지르지 않았느냐는 그런 물음이었다.

"보시다시피 정상입니다."

"정상이면 다행이고."

결국 피아노 소리가 시끄러웠기 때문에 내가 오세란을 죽인 것으로 사건은 마무리되는 것 같았다.

사형수

　사람들은 그것을 '피아노 살인 사건'이라고 불렀다.
　나는 그런 말을 듣고 속으로 고소를 금치 못했다. 피아노 살인 사건이라니, 정말 진실을 알고 있는 사람이 들으면 배꼽을 잡고 웃을 일이었다.
　그 살인 사건을 피아노 살인 사건이라고 부른 것은 신문들이었다. 각 신문들은 마침 큰 사건이 없었던 때라 그 사건을 아주 대대적으로 보도했다. 그러면서 그것을 피아노 살인 사건이라고 약속이나 한 듯 일제히 발표했다.
　그들이 그것을 피아노 살인 사건이라고 부르게 된 것은, 범행 동기가 "시끄러운 피아노 소리"였기 때문이다. 어떤 신문은 "피아노 소리가 시끄러워 죽였다."라는 나의 자백을 특호 활자로 뽑아 사회면 톱제목으로 싣기도 했다.

이른바 피아노 살인 사건이 준 여파는 꽤 큰 것 같았다. 보도 기관에서 일부러 그 사건을 크게 취급했기 때문인지도 몰랐다. 신문은 물론 라디오. 텔레비젼 방송에서도 그 사건을 크게 다루었다. 여기저기서 다투어 사회 저명인사들을 앉혀 놓고 그 사건에 대한 좌담회를 가지기도 했다.

나는 곧 검찰로 송치되어 구치소에 수감되었는데, 구치소에 수감되어 있는 동안 교도관이 자주 여러 신문을 갖다 주었기 때문에 나는 피아노 살인 사건에 대한 기사를 상세히 읽을 수가 있었다.

특히 내가 대학교 철학 교수라는 사실이 이 사건에 더욱 충격을 준 것 같았다. 대학 교수가 피아노 소리가 시끄러워 피아니스트를 살해했다는 사실에, 모두가 놀라움을 금치 못하고 있는 것 같았다.

어떤 대학의 저명한 심리학 교수는 이번 사건을 놓고 이렇게 말했다.

"지식인의 지적 병리 상태가 낳은 발작적인 범행이다. 앞으로 이러한 사건은 얼마든지 일어날 소지가 있다. 그만큼 오늘의 지식인들은 정신적으로 황폐해 있다."

어떤 여성 단체 회장인 여류 명사는 다음과 같이 말했다.

"대학 교수라는 인물이 피아노 소리 때문에 사람을 죽이다니, 사람의 목숨을 파리 목숨보다 더 경시하는 인명 경시 풍조가 정말 한심스럽기 짝이 없다."

나는 그들의 코멘트를 읽으면서 웃음이 나오는 것을 참을 수가 없었다. 정말 우습기 짝이 없는 일들이 내 주위에서 일어나고 있었다.

구치소 안은 무덥고 답답해서 견디기 어려웠다. 더구나 다른 잡범들이 우글거리는 속에서 그들과 함께 지내야 한다는 것이 나를 미치게 만들었다.

나는 참을 수가 없어 어느 날 교도관을 불러 속삭이는 소리로 이렇게 말했다.

"나를 독방으로 옮겨 주지 않으면 또 살인 사건이 일어날지도 모를 거요. 피아노 소리가 시끄러워서 사람을 죽였는데, 여기 오니까 더 시끄러워요. 그러니까 나를 조용한 독방으로 보내 주지 않으면 누구를 죽일지도 모르겠소."

놀란 교도관 역시 내 정신 상태를 정상으로 보지 않고 있었기 때문에 내 말에 좀 놀라는 눈치였다.

그는 좀 기다리라고 말했다. 그리고 한 시간도 못 되어 나는 독방으로 자리를 옮겼다. 독방으로 옮기자 좀 심심하기는 했지만 마음이 몹시 편안한 느낌이었다. 그러나 역시 콘크리트벽 속에 갇혀 있다는 사실이 나를 못 견디게 만들었다.

그런 세계에 익숙하지 못했기 때문에 답답할 것은 당연했다. 나는 거기에 익숙해지도록 노력해야겠다고 마음먹었다.

감방 속에는 여러 가지 벌레들이 많았다. 나는 내 자신을 바퀴벌레라고 생각하기로 했다. 그렇게 생각하기로 노력하자 정말 내 자신이 바퀴벌레 같다는 생각이 들었다. 나는 감방에 갇힌

한 마리 바퀴벌레 그 이상도 이하도 아니다. 하루 이틀 지나는 사이에 나는 정말 바퀴벌레 같은 생각이 들었고, 바퀴벌레 같이 행동하자 마음이 편해지기 시작했다.

그런 어느 날 아내가 나를 면회 왔다. 아내는 나를 보자 눈물부터 쏟았다. 그녀는 왼쪽 손으로 무엇인가 적어서 나에게 디밀었다. 배태호라는 이름이었다.
"변호사를 선임했어요."
하고 아내가 말했다.
"그런 건 필요 없어. 집어치워요."
아내는 왼손잡이였다. 부부가 똑같이 왼손잡이인 경우는 드물 것이다. 아내는 거의 나를 바라보지 못하고 있었다.
그녀는 울기만 했다. 계속 울먹이는 소리로 그녀는 이렇게 말했다.
"당신이 너무 미웠어요. 오세란도 미웠어요. 그래서 오세란을……."
나는 손을 들어 그녀를 제지했다.
"시끄러워. 그런 말 듣고 싶지 않으니까 시끄럽다고. 모든 것은 나 때문에 일어난 일이니까 내가 책임을 져야겠지. 당신은 내가 사실을 말할까봐 겁이 나는 모양이군."
"아니에요. 나는 그렇지 않아요. 우리 미림이 때문에 그러는 거예요."
"미림이 때문에 그런다고? 하긴 나보다도 그 애 곁에는 당신이 있는 게 낫겠지."

그것은 사실이었다. 미림이를 키우는 데는 아빠보다는 아무래도 엄마 쪽이 더 나을 것이다. 나도 그것을 알고 있었다. 그러나 꼭 그것 때문만은 아닐 것이다.

아내는 내가 사실을 실토할까봐 두려워하고 있었다. 그러나 나는 사실을 밝힐 마음은 추호도 없었다. 그런 점에서 아내는 안심해도 될 것이다.

"앞으로는 면회도 오지 마. 꼴도 보기 싫으니까 오지 말란 말이야."

첫 번째 아내와의 면회는 이렇게 끝났다.

그 뒤 아내는 몇 번 나를 만나러 왔다. 내 반응을 살피기 위해서 그런 것 같았지만, 나는 아내를 만나 주지 않았다.

다음에 나를 찾아온 사람은 소희였다. 나는 소희에게 약속을 지키지 못한 것에 대해서 사과했다. 소희는 눈물을 글썽이며 자기는 나의 행동을 이해할 수 있다고 말했다.

나는 학생들의 반응을 물어 보았다. 학교는 피아노 살인 사건 때문에 몹시 술렁이고 있다고 그녀는 말했다. 앉으면 모두가 그 이야기뿐이라고 그녀는 덧붙였다. 그녀는 나를 뚫어지게 바라보다가 이윽고 나에게 정말로 피아노 소리 때문에 오세란을 죽였느냐고 물었다. 나는 머리를 끄덕였다.

그러자 소희는 얼굴이 하얗게 질리더니 뒤돌아서서 총총히 사라졌다. 그 뒤에 소희는 두 번 다시 나를 만나러 오지 않았다.

세 번째로 나를 찾아온 사람은 창녀 출신의 하유미였다. 유미는 울기만 했다. 그녀는 자기는 재판에 증인으로 출두하게 될 것이라고 말하면서 울었다.

알고 보니 그녀는 윤락행위방지법 위반 혐의로 현재 구속 상태였는데, 법정에서 검찰측 증인으로 출두할 것을 약속하고 나를 면회하는 것을 허락받았다고 했다.

나는 그녀에게 증언대에 설 경우 숨김없이 사실대로 이야기하라고 말했다. 그러나 그녀는 사실대로 이야기하고 싶지만, 상대방이 그것을 믿지 않을 것 같다고 말했다. 상대방이란 나를 기소한 검찰측이었다.

유미는 죽을 때까지 나를 기다리겠다고 말했다. 나는 웃으면서 그럴 필요는 없을 것이라고 말해 주었다.

유미는 자주 나를 찾아왔다. 처음에 나는 그녀가 나를 찾아오는 것이 마음에 들지 않았지만, 나중에는 그녀를 은근히 기다리게 되었다.

그리고 재판이 시작되기 이틀 전, 변호사가 나를 찾아왔다. 아내가 선임한 배태호라는 변호사였다. 살찐 얼굴에 이마가 훌렁 벗겨지고 금테안경을 낀 그 모습이, 나는 처음부터 마음에 들지 않았다.

그는 대뜸 사형만 면해도 큰 다행이라고 말하면서, 마치 장난삼아 이야기하듯 진지한 구석이라곤 하나도 없이 나에게 말을 걸어왔다.

그는 검찰측의 기소 내용을 나에게 하나하나 물어 보았고, 나는 모든 것이 사실이라고 시인했다. 끝으로 그는 정말 피아노 소리가 시끄러워서 그녀를 죽였느냐고 물었다. 나는 그렇다고 대답했다.

"이번 사건에서 당신을 변호해 줄 수 있는 요건이라는 건 찾기가 힘듭니다. 그만큼 당신 입장은 불리하다 이겁니다. 범행 이유가 어느 정도 설득력이 있어야 하는데 당신한테는 그게 없어요. 피아노 소리가 시끄러워서 사람을 죽였다는 사실이 당신한테는 더욱 불리한 사실이 되고 있어요. 그렇게 인명을 경시하는 자를 그대로 두어서는 안 된다는 여론이 비등하고 있어요. 검찰측도 바로 그 점을 물고 늘어지려고 하고 있어요. 그래서 나는 이렇게 하려고 해요. 당신은 정신 상태에 문제가 있다고. 우리가 잡고 늘어질 점은 그 점밖에 없어요. 즉 이건 소리 공해에 대한 건데, 소리 공해가 사람의 정신상태에 미치는 영향, 그것을 과학적으로 입증해 가지고, 그래서 어쩔 수 없이 충동적으로 살인을 했다. 이런 식으로 몰아붙이면 당신한테 조금이라도 도움이 될 수 있을 것 같아요."

나는 웃으며 당신 같은 사람이 변호해 주지 않아도 괜찮다고 말했다. 변호사는 안색이 굳어져서 나갔다.

마침내 이틀 뒤 재판이 열렸다. 나는 손목에 수갑을 차고 오랏줄에 꽁꽁 묶인 채 법정으로 끌려 나갔다.

재판정은 입추의 여지없이 방청객들로 꽉 들어차 있었다. 내가 법정 안으로 들어서자 여기저기서 카메라 플래시가 번쩍번쩍 터졌다.

나는 현기증을 느끼고 비틀거렸다. 나는 비로소 내가 얼마나 관심의 초점이 되고 있는가를 깨닫고는 어처구니없다는 느낌이 들었다.

나는 아는 얼굴을 찾으려고 뒤돌아보았다. 아내의 얼굴도 보였고 소희의 얼굴도 보였다. 유미의 모습도 내 시야에 가득히 들어왔다. 나의 제자들의 얼굴도 눈앞에 어른거렸다. 그리고 동료 교수들의 모습도 보였다.

그 때 누군가가 나에게 돌진해 왔다. 그는 내 위에 덮쳐오면서 내 목을 조르기 시작했다. 교도관들이 달려들어 가까스로 그를 뜯어 말렸다.

그는 바이런이었다. 그는 내가 알아들을 수 없는 소리로 울부짖으며 교도관들에게 끌려나갔다.

조금 있자 재판장이 판사들을 거느리고 나타났다. 검사도 모습을 드러냈다. 사람들은 일제히 기립했고, 재판장이 자리에 앉자 모두 착석했다.

먼저 재판장이 인정 신문을 했다. 나의 이름과 주소, 본적, 나이 등을 물은 다음 검사 쪽을 바라보고 고개를 끄덕했다.

검사가 입을 열기 전에, 교도관이 나의 어깨를 치면서 빨리 일어나라고 말했다. 그러나 나는 그대로 버티고 앉아 있었다. 재판장도 검사도 모두 앉아 있는데 나만 혼자 일어서서 말해야 할 필요가 어디 있는가.

당황한 교도관이 눈을 부라리며 일어나라고 재촉했지만, 나는 그럴 수 없다고 머리를 흔들었다.

검사는 괘씸하다는 듯 나를 노려보다가 교도관을 향해 그대로 두라는 듯 고개를 끄덕였다.

검사는 그야말로 새파란 젊은이였다. 풍부한 인생 경험과 교양 같은 것은 전혀 없어 보이는, 단지 기계적인 고시 공부를 통해 검사가 된 가장 전형적인 인물 같아 보였다.

바로 그런 인물이 나의 앞날을 결정하는 일에 결정적인 역할을 담당하고 있다고 생각하니, 조금 한심한 생각이 들었다. 그러나 나는 이미 구속된 몸이었다. 젊은 애송이가 휘두르는 채찍을 벗어날 수는 없었다.

나는 오세란을 알게 된 동기부터 이야기했다. 검사는 나와 오세란의 불륜의 관계에 대해 내가 답변하기 어려울 정도로까지 아주 구체적으로 캐어물었고, 그러면 그 때마다 나는 숨김없이 대답할 수밖에 없었는데, 그럴 때면 방청석에서 술렁이는 소리가 들려오곤 했다.

검사는 내가 대학 교수라는 점을 들어 나의 도덕적 타락상을 지적했다. 그는 나를 구제 불가능한, 가장 파렴치한 범인으로 몰아붙였다. 도덕적으로 타락할 대로 타락했기 때문에 이웃집 여자와 관계를 맺었고, 마침내 그녀를 죽이기까지 했다는 것이 그의 주장이었다.

그는 이렇게 말했다.

"이것은 처음부터 아주 정교하게 계획된 살인 사건입니다. 그는 오세란이라는 여자를 죽이기 위해 아주 자연스럽게 접근을 시도했고, 마침내 그녀와 가까워지게 되자 육체관계를 맺으면서 그녀를 죽일 수 있는 기회를 노렸던 것입니다. 그리고 마침내 계획대로 그 여자를 살해했던 것입니다."

그는 방청인들의 반응을 살피려는 듯 거기서 말을 끊고 잠시 기다렸다.

실내에 무거운 침묵이 흘렀다. 그 무거운 침묵에 그는 더욱 힘을 얻은 듯 가슴을 펴고 나를 쏘아보면서, 나를 손가락으로 가리키며 다시 입을 열었다.

"더욱 가증스러운 것은 살인 동기입니다. 그의 살인 동기를 들으면 누구나 다 어쩌면 그렇게 사람의 목숨을 경시할 수 있을까? 분노를 느낄 것입니다. 그는 실로 사람들이 전혀 납득할 수 없는 하찮은 동기로 오세란이라는 여자를 죽였습니다. 그러면 왜 그가 오세란이라는 여자를 죽이게 됐는지 그 동기를 한번 들어 보겠습니다."

그는 마치 많은 사람들 앞에 웅변을 토하기라도 하듯 방청객들을 둘러본 다음 나에게 매섭게 질문을 던졌다.

"피고는 왜 오세란 씨를 살해했나요? 그 이유를 말해 보십시오.. 살해 동기를 말해 봐요."

나는 고개를 숙이고 내 두 손을 내려다보았다. 손목에 걸려 있는 수갑이 마치 장난감처럼 생각되었다. 그리고 나를 향해 으르렁거리며 눈을 부라리고 있는 젊은 검사나, 졸음을 이기지 못해 턱에 손을 대고 있는 판사들이 모두 장난을 즐기고 있는 것 같은 생각이 들었다.

"살해 동기가 뭐냐니까요? 왜 그 여자를 죽였어요?"

검사는 버럭 고함을 질렀다.

나는 고개를 천천히 들어 검사를 바라보았다. 그리고,

"피아노 소리가 시끄러워서 죽였습니다."

라고 대답했다.

그 순간 쥐 죽은 듯 조용하던 실내가 술렁이기 시작했다. 여기저기서 한숨 소리가 들려오기도 하고 작은 웃음소리도 들려왔다.

"피아노 소리 때문에 죽였다 이 말이죠?"

나는 미소를 지으며 고개를 끄덕였다.

"고개를 끄덕이지 말고 말로 대답해요. 피아노 소리 때문에 죽였다 이 말이죠?"

"네, 그렇습니다."

나는 분명한 어조로 대답했다.

검사는 재판장과 방청객들을 번갈아 쳐다보았다.

그 때 어디서 날아왔는지 쇠파리 한 마리가 웡웡거리며 재판장의 얼굴 주위를 맴돌고 있었다.

재판장이 손을 흔들어 파리를 쫓고 있는 것을 나는 재미있게 바라보고 있었다.

"자. 들으신 바와 같이 피아노 소리가 듣기 싫어서 피고는 오세란이라는 여자를 살해했습니다. 범행 사실을 인정하는 그의 표정에는 후회의 빛이라곤 전혀 찾아볼 수 없습니다. 오히려 그는 자랑스러운 듯 웃고 있습니다. 사람을 죽이고도 웃을 수 있는 피고의 인면수심에 본인은 오직 치가 떨릴 뿐입니다."

"개새끼, 저거 정신병자 아냐."

방청석 중에서 아마 다혈질인 듯싶은 남자가 내가 들으라는 듯 큰 소리로 중얼거리는 소리가 들려왔다.

나는 내가 정신병자로 오해되는 것이 싫었다. 그렇게 오해받을까봐 갑자기 걱정되기 시작했다. 나는 지극히 정상이라고 말하고 싶었다.

검사는 다음에 증인을 내세웠다. 먼저 증인으로 나온 사람은 내 아내였다.

증언대에 나온 그녀는 더 이상 울지 않았다. 나는 줄곧 그녀를 바라보고 있었지만, 아내는 한사코 나와 시선이 마주치는 것을 피하고 있었다.

검사는 나에게 불리한 질문만을 아내에게 던졌고, 그 때마다 아내는 거의 들리지 않는 작은 소리로 대답했다. 대답을 하지 않을 때는 고개를 끄덕거리는 것으로 대답을 대신했다.

"부인께서는 피고와 오세란 씨의 관계를 알고 있었습니까?"

"모르고 있었습니다."

들릴락 말락 한 소리로 아내가 대답했다.

나는 아내를 보는 것을 포기하고 달려드는 쇠파리를 쫓고 있었다.

"사건이 일어난 다음에야 알았습니까?"

아내는 고개를 끄덕였다.

"사건이 일어나던 날 밤에는 무엇을 했습니까?"

"자고 있었습니다."

"그렇다면 남편이 밤중에 일어나서 비상구로 나가는 것도 모르고 있었나요?"

"네, 모르고 있었어요."

"평소 오세란 씨가 치는 피아노 소리가 무척 시끄럽다고 느꼈나요?"

"네, 그렇게 느꼈습니다."

아내가 나에게 유리한 증언을 한 것은 그 말이 처음이자 마지막이었다.

검사는 반 동강짜리 벽돌 조각을 집어 들었다.

"이 벽돌 조각을 기억하시겠습니까?"

"네……."

아내는 고개를 떨어트렸다.

"오세란 씨 시체가 발견되던 날 이 벽돌 조각은 어디에 있었습니까?"

한동안 침묵이 흘렀다.

검사가 다시 한 번 묻자, 그제서야 아내는 듣지 못했던 듯 입을 열었다.

"저희 집 베란다에 있었습니다."

"이것을 어디다 가져다 놨나요?"

"서재에 가져다 놨습니다. 서재에 있는 선인장 화분 밑에 받쳐놓기 위해서 갖다 놨습니다."

검사는 의기양양하게 재판장과 방청석을 돌아보았다. 그리고 또 하나의 벽돌 조각을 집어 들었다.

"이것은 살해된 오세란 씨의 방에서 발견된 벽돌 조각입니다. 여기에는 아직도 피가 묻어 있고 머리카락이 붙어 있습니다. 이 벽돌 조각과 저 벽돌 조각을 맞춰 보겠습니다. 자, 보십시오. 두 개의 조각이 딱 들어맞지 않습니까. 이 벽돌 조각은 원래 하나였습니다. 그런데 어떤 외적인 충격에 의해서 두 동강으로 갈라진 것입니다."

마침내 쇠파리가 재판장의 코 위에 올라앉는 것이 보였다. 재판장은 화들짝 놀라 황급히 손을 흔들었다. 여자처럼 흰 손이었다.

그의 시선이 나의 시선과 부딪쳤다. 그는 마치 치부를 보인 듯 얼른 시선을 딴 데로 돌렸다.

나는 그만 참지 못하고 킬킬거리고 웃었다.

내가 미친놈처럼 웃는 바람에 실내가 소란스러워졌다. 재판장은 나에게 주의를 주었고, 검사는 어이없다는 표정으로 나를 바라보고 있었다.

검사의 다음 말은 들리지 않았다. 검사는 큰 소리로 말하고 있었지만, 내 귀에는 그의 말소리가 거의 들리지 않았다. 나는 그가 무슨 말을 하고 있는지 이미 짐작하고 있었기 때문에 듣고 싶지 않았던 것이다.

증언이 끝나갈 무렵 아내는 흐느껴 울었다. 그녀가 너무 흐느끼고 있었기 때문에, 검사는 증언을 듣는 것을 빨리 끝마치는 것 같았다.

아내는 울면서 증언대를 내려갔고, 다음에 불려나온 사람은 하유미였다.

유미를 보자 나는 조금 긴장되었다. 그녀까지 내세운다는 것은 너무 잔인하다는 생각이 들었다. 그러나 나로서는 어쩔 수 없는 일이었다.

"직업이 뭐죠?"

검사는 그녀의 약점부터 찔렀다.

"무직입니다."

유미는 나를 쳐다보며 분명한 어조로 대답했다.

"지금은 무직이지만 얼마 전까지만 해도 직업을 가지고 있었던 것으로 알고 있는데, 그 직업은 무슨 직업이었죠?"

굳어 있던 유미의 얼굴이 몹시 난처한 듯 조금씩 밑으로 수그러졌다.

나는 화가 나서 검사를 똑바로 쏘아보았다. 검사는 유미를 윽박질렀다.

"왜 대답을 안 하시는 거죠? 아가씨는 윤락행위방지법 위반 혐의로 지금 구속 상태에 있는 몸 아닙니까? 그러니까 아가씨는 얼마 전까지만 해도 이곳 사창가에서 몸을 팔고 있었다는 말 아닙니까?"

유미의 고개가 더 밑으로 떨어졌다.

나는 결국 참지 못하고 벌떡 일어섰다. 그리고 검사를 향해 소리쳤다.

"그게 이 사건하고 무슨 관계가 있나요?"

방청석이 떠들썩해졌고 화가 난 재판장은 나에게 또 주의를 주었다.

"피고는 조용히 하시오. 만일 조용히 하지 않으면 퇴장시키고 재판을 계속 진행시킬 것입니다."

나는 도로 자리에 주저앉았다.

유미가 울기 시작했다.

"자. 울지 말고 묻는 대로 대답해요. 아가씨는 여기 서 있는 피고인을 언제, 어디서, 어떻게 만나게 됐나요?"

유미는 사실대로 이야기했다. 울면서 모든 것을 사실대로 털어놓았다.

"그러니까 피고를 사창가에서 만났다. 이 말이군요? 그 날 아침 피고가 사창가 골목에 나타났었다, 이 말이군요?"

검사는 얄미울 정도로 남의 약점을 물고 늘어지고 있었다.

유미는 고개를 끄덕였고, 방청석은 한 번 더 소란 속에 빠져들었다.

검사는 나를 파렴치범으로 몰아붙이는데 거의 성공하고 있는 듯이 보였다.

"사창가에서 만나서 어디로 갔나요? 아가씨의 방으로 안내했나요?"

유미의 고개가 아래위로 끄덕거려졌다.

"방에 들어가서 이 사람이 화대를 지불했나요?"

검사는 나를 손가락으로 가리켜 보였다. 유미는 고개를 끄덕였다.

유미의 대답이 끝나기 무섭게 검사는,

"얼마를 지불했나요?"

라고 다그쳐 물었다.

유미는 2만 원이라고 대답했다.

방청석 여기저기서 한숨 소리가 흘러나왔다.

"방안에서 무슨 짓을 했나요?"

유미가 고개를 떨군 채 아무 대답을 하지 않자,

"물론 관계를 했겠죠?"

하고 물었다.

유미는 거세게 머리를 흔들었다. 그녀가 머리를 흔든 것은 그 때가 처음이었다.

"아니에요. 그런 것은 하지 않았어요."

"그것을 하기 위해 들어가서 여자에게 화대까지 지불한 사람이 그걸 하지 않았다구요? 이 세상에 그걸 믿을 사람은 아무도 없어요. 그런 거짓말하지 말아요! 거짓 진술을 하면 위증죄에 해당된다고!"

그러나 유미는 여전히 머리를 가로저었다.

그녀가 뭐라고 말하기 전에 검사가 먼저 입을 열었다.

"방에서 함께 있다가 다음에 어디로 갔죠?"

"선생님이 백 20만 원을 주인한테 주고 저를 거기서 빼내 주셨어요. 그래서 함께 충무로 갔어요. 충무에서……."

그녀는 거기서 말을 잊지 못하고 머뭇거렸다. 나는 그녀가 차마 자기 입으로 산부인과에 가서 아기를 뗐다는 말을 할 수 없기 때문에 머뭇거리고 있는 것이라고 생각했다.

"충무에서 어디로 갔지요?"

검사는 이미 알고 있는 사실을 여러 사람들에게 들려주기 위해 묻고 있었다.

"물도라는 섬에 갔어요."

"거기서 뭘 했나요?"

"그냥 지냈어요."

"어떻게 지냈어요? 잠은 어디서 잤나요?"

"민박을 했어요. 방을 하나 얻어 가지고 거기서 함께 지냈어요. 낮에는 주로 바닷가에서 지내고…….

"거기서 얼마 동안 있었나요?"

"3일 동안 있었어요."

"됐습니다."

유미는 그녀 나름대로 할 말이 많은 것 같았다. 그러나 검사는 더 이상 그녀의 말을 들으려고 하지 않고 그녀에게 내려가라고 말했다.

"전 이 자리에서 할 이야기가 있어요. 말할 수 있게 시간을 좀 주세요."

유미는 내려가지 않고 버티었다.

"이제 더 이상 물어 보지 않아도 되니까 내려가도 좋아요. 내려가세요."

"싫어요. 저는 선생님을 존경하고 사랑해요."

"그것 참, 아름다운 사랑이군요."

검사가 빈정거리자 방청석에서 웃음이 일었다.

"선생님이 아니면 저는 사창가에서 죽을 때까지 빠져나오지 못했을 거예요. 저는……."

"알았어요, 알았어."

검사는 더 이상 들을 필요 없다는 듯 손을 휘휘 내저었다. 그래도 유미는 내려가지 않고 버티고 있었다.

그러나 그녀의 말은 더 이상 들리지 않았다. 방청석이 더욱 소란스러워진 데다 교도관이 그녀를 증언대에서 끌어내렸기 때문이다.

그녀는 교도관에게 끌려가면서 엉엉 소리 내어 울었다.

나는 그녀가 보이지 않을 때까지 그녀의 모습을 바라보고 있었다. 나는 가슴이 터질 것만 같았다. 검사석을 향해 욕설을 퍼붓고 싶은 것을 나는 가까스로 참았다.

검사는 작은 기침을 한 번 한 다음 한껏 거드름을 피우며 말을 시작했다.

"들으신 바와 같이 피고 안동구는 수사망이 좁혀지자 거리를 방황하다가 사창가를 찾아갔습니다. 그가 왜 사창가를 찾아갔는가 하는 것은 제가 여기서 굳이 이야기할 필요가 없을 줄 압니다. 막판에 몰린 그는 백 20만 원이라는 거액을 몸값으로 포주에게 주고 윤락녀 하유미 양을 빼냈습니다. 마지막으로 애정 행각을 벌이기 위해 돈으로 윤락녀를 샀던 것입니다. 그리고 그녀와 함께 수사의 손길을 피해 섬으로 도주하여 그 곳에서 지냈던 것입니다. 이같이 자명한 사실을 비추어볼 때……."

나는 그의 상상력에 자못 놀라지 않을 수 없었다. 그러나 나는 이내 지루해지기 시작했다. 그 다음부터는 그의 각색이 귀에 들려오지 않았다. 쇠파리가 이번에는 내 얼굴에 달라붙기 시작했다.

그런데 이번에는 재판장이 호기심어린 눈으로 나를 바라보고 있었다.

쇠파리란 놈이 콧등에 앉자 나는 간지러움을 느꼈다. 손을 움직일 수 없었기 때문에 나는 하는 수 없이 쇠파리를 쫓기 위해 코를 씰룩거렸다.

그것을 보고 재판장이 웃음을 머금었다. 나와 시선이 마주치자 그는 위엄을 보이며 고개를 돌렸다. 그 때 검사가,

"이상입니다."

하고 말했다.

검사는 당당하게 말하고 나서 할 일 다 했다는 듯 상체를 뒤로 젖히고 의젓한 자세를 취했다. 그런 그의 모습에는 승리에 도취된 자만이 가질 수 있는 흡족한 표정이 서려 있었다.

다음은 변호인 차례였다. 변호인은 마치 자기가 죄나 지은

듯 유난히도 굽신거리며 입을 열었다. 그는 살해 동기에 초점을 맞추어 이야기를 늘어놓았다.

"피고는 피아노 소리가 시끄러워서 오세란 씨를 살해했다고 자백했습니다. 피고의 아파트는 살해된 오세란 씨의 아파트 바로 아래층에 위치해 있었기 때문에 피아노 소리가 어느 집보다도 시끄럽게 들렸던 것은 사실이었습니다. 단순히 피아노 소리 때문에 사람을 죽였다는 피고의 자백만 가지고 생각하게 되면, 우리는 정말 피고의 살해 동기에 대해서 어처구니없다는 느낌을 갖게 될 것입니다. 사람은 피아노 소리가 시끄럽기 때문에 과연 다른 사람을 죽일 수 있을까? 정상적인 사람이라면 그럴 수 있을까? 이렇게 생각하게 될 것입니다. 그러나 우리는 단순히 그 점만 가지고 생각한다면 피고의 살해 동기를 이해할 수 없으리라고 생각합니다. 우리는 보다 고차원적인 생각을 할 필요가 있습니다. 그것은 즉 소음 공해라는 것입니다. 저는 여기서 잠깐 소음 공해에 대해서 말씀을 드리겠습니다. 우리는 현재 지독한 소음 속에서 생활하고 있습니다. 밤낮으로 소음 속에서 살고 있기 때문에 소음이 주는 공해가 얼마나 심각한 것인지를 아직은 모르고 있습니다. 그러나 그것은 살인 사건을 불러일으킬 만큼 매우 심각한 것입니다. 고도의 현대 문명은 가정이나 거리에서 매 십 년마다 소음을 배로 증가시키고 있습니다. 소음은 인간의 신경을 피곤하게 만들 뿐 아니라 건강을 위협하고 있습니다. 저는 여기서 소음이 불러온 살인 사건 하나를 여러분들에게 소개하겠습니다. 수 년 전 미국 뉴욕의 브론스라는 구역에서 발행한 살인 사건입니다. 어느 날 오후 아파트 부근에서 어린 소년들이 소리를 지르며 달리기 놀이를 하고 있었습니다. 그런데 갑자기 2층 창문이 열리더니 권총 소리가 들렸습니다. 놀고 있던 흑인 소년 한 명이 피를 흘리며 쓰러졌습니다. 권총을 발사한 사람은 흑인이었습니다. 경찰에 체포된 그는 이렇게 진술했습니다. 자기는 야간 노동자이기 때문에 항상 낮에만 잠을 자야 한다, 그런데 소년들이 시끄럽게 떠드는 바람에 낮잠을 잘 수 없었다, 그래서 홧김에 권총을 발사했다고 고백했습니다. 이 사건은 아주 극단적인 것이긴 하지만, 소음으로 해서 악화되어 가는 인류의 문제를 단적으로 표현한 아주 명확한 예라고 저는 생각하고 있습니다. 소음공해는 많은 인간들을 폭력 직전의 상태로까지 몰아가고 있고 정서를 파괴시키고 있습니다. 또한 소음은 심장 질환 같은 육체적 질병을 유발시킨다는 증거들이 속속 드러나고 있습니다."

변호인은 자기 변론의 반응을 살피려는 듯 검사 쪽을 힐끗 바라보았다.

검사는 상체를 뒤로 젖힌 채 눈을 감고 있었다. 그가 졸고 있는지 경청하고 있는지를 알 수 없었다.

변호인은 탁자 위에 놓인 준비된 서류를 들여다보며 다시 입을 열었다.

그는 마치 초등학생처럼 더듬거리며 그것을 읽어 나가고 있었다.

변호를 하기 위해 어디선가 자료를 발췌해 온 것 같았다. 나는 그의 그러한 성의에 대해 웃음이 나왔다.

　변호인만은 진실을 알고 있어야 했다. 그러나 그 역시 내가 피아노 소리에 견디지 못해 오세란을 죽인 것으로 알고 있으니, 나로서는 어이없는 나머지 웃음이 나올 수밖에 없었다.

　"공해에는 여러 가지가 있습니다. 그런데 사람들은 다른 공해에 대해서는 심각하게 생각하고 있는데 반해 소음 공해에 대해서는 대수롭지 않게 생각하고 있습니다. 사람들은 소음 공해를 어쩔 수 없는 것이라고 생각하기 일쑤입니다. 사실 소음 공해는 우리가 겪고 있는 오염 중에서 가장 물리치기 어려운 공해에 속합니다. 그러나 사실 우리는 갖가지 소음 공해, 자동차 소리, 길바닥을 뚫는 착암기 소리, 교회에서 들려오는 마이크 소리, 사이렌 소리, 라디오 소리 등등 우리가 알게 모르게 쉴 새 없이 들려오는 소음에 시달리고 있고, 이것은 우리들의 정신세계를 갉아먹고 있으며, 그로 해서 우리들의 정신 상태는 황폐해지고 있는 것입니다. 정신 상태가 극도로 예민한 사람들은 이러한 소음 공해를 견디지 못해 발작 상태에 이른다는 것이 통계에 나와 있습니다. 불행한 것은 인간의 귀가 마음대로 열고 닫을 수가 없다는 점입니다. 귀는 항상 소리를 향해 열려 있습니다. 손으로 또는 솜으로 귀를 틀어막기 전에는 귀는 항상 열려 있고 소음에 민감하게 작용하기 마련입니다. 저는 여기에 오기 전에 제가 잘 아는 신경정신과 의사를 만나서 소음 공해에 대해서 이야기를 들었습니다. 그 의사의 말이, 소음을 지나치게 많이 듣거나 과도한 소음 속에서 생활하면 결과적으로 심장의 고동이 증가하고 안

구의 동공이 팽창하며 동맥 혈관이 수축된다는 임상학적 증거들이 있다고 말했습니다. 일찍이 오스트리아의 정신 의학자인 프로이트는 소음은 불안 신경증을 유발한다고 말한 바 있습니다. 내가 알고 있는 그 의사는 보다 구체적으로 이렇게 말했습니다. 지나친 소음은 고혈압, 현기증, 환각 증세, 과대망상증을 유발할 수 있고, 때때로 자살이나 살인 충동을 야기시킨다고 했습니다. 그밖에 소음 공해는 위궤양, 알레르기, 야뇨증, 척수막염, 혈관 내의 과대한 콜레스테롤로 인한 동맥경화증, 소화불량, 균형 상실, 시력 상실을 유발시킨다고 했습니다. 소음 공해가 어느 정도 심각한 것인지를 알아보기 위해 동물들에게 실험을 한 결과가 나와 있습니다. 쥐를 오래도록 소음 상태 속에 놓아둔 결과, 그 쥐는 생식력을 잃었고 그리고 자기 새끼들을 잡아먹었습니다. 소음을 재는 일반적인 기준 척도로는 데시벨이란 것이 있습니다. 그것은 고막을 진동시킬 수 있는 음향의 압력 정도를 나타내는 것입니다. 이 데시벨이라는 수치는 0데시벨로 시작하는데, 0데시벨은 건강한 인간의 귀가 겨우 들을 수 있는 최저의 음향을 뜻합니다. 나뭇잎이 바스락거리는 소리는 20데시벨에 속합니다. 사람들이 대화하는 음성은 60데시벨, 혼잡한 도시의 교통 소음은 90데시벨, 그리고 굴착기 소음은 100데시벨에 속합니다. 그러면 인간은 소음이 어느 정도일 때 고통을 겪기 시작하느냐. 120데시벨일 때면 인간은 고통을 느끼기 시작합니다. 그리고 그 소음의 정도가 120데시벨을 넘을 때에는, 마침내 발작 증세가 나타나면서 사람을 죽이고 싶은 살의까지 느끼게 됩니다. 이것은 모두가 과학적으로 입증된 수치입니다. 피고는 바로 천정에서 해머로 두드려대는 것 같은 쾅쾅 울려대는 피아노 소리를 매일 밤잠을 설치며 들어야 했습니다. 그러다 보니 불면증에 시달리게 되었고, 피아노를 치는 사람이 더없이 저주스러웠고, 마침내 살의를 느끼게 되었다고 저는 생각합니다. 살해 당시 피고는 거의 발작 상태가 아니었나 본인은 생각합니다. 따라서 피고에 대한 전문가의 정신 감정을 요청하는 바입니다. 아울러 한 가지 참고로 말씀드리고 싶은 게 있습니다. 살해된 오세란 씨는 피고가 알게 되었을 당시 6개월밖에 살지 못할 시한부 인생을 살고 있었습니다. 그 여자는 자궁암으로 시한부 인생을 살고 있었던 것입니다. 그러한 상태에서 두 사람은 관계를 가졌던 것이고, 결국은 한 사람은 가해자로 또 한 사람은 피해자로 이 법정에서 심판대에 오르게 된 것입니다. 위 사건은 이러한 여러 가지 점들을 생각해 볼 때 단순히 판단할 수 없는 매우 델리킷한 사건이라고 본인은 생각합니다. 따라서 존경하는 재판장님의 현명한 판단이 있기를 바라 마지않습니다."

나는 졸음이 밀려왔다. 재판장은 10일 후에 재판을 다시 열겠다고 말한 다음 먼저 일어서서 나가 버렸다.
나는 다시 교도관에게 이끌려 법정 밖으로 나갔다. 내가 막 법정 밖으로 나갔을 때 출입구 가까이 서 있던 사람들 사이에서 내 이름을 부르는 소리가 들려왔다. 고개를 돌려 바라보니 강무우가 초조한 얼굴로 서 있었다. 나는 미소를 지으면서 고개를 끄덕였다.

그는 사람들을 헤치고 내 쪽으로 가까이 다가왔다. 그리고 내 옷깃을 잡으며,

"미안해, 어쩔 수 없었어."

라고 말했다.

나는 그를 충분히 이해할 수 있었다. 그래서 그 말을 해 주려고 했는데, 교도관이 나를 앞으로 떠밀었다.

내가 버스를 막 타려고 했을 때, 이번에는 내 딸 미림이 목소리가 들려왔다.

미림이는

"아빠!"

하고 부르면서 내 쪽으로 돌진해 왔다.

나는 수갑을 차고 포승에 꽁꽁 묶여 있었기 때문에 미림이를 안아 줄 수가 없었다. 미림이는 내 허리를 부둥켜안고 울음을 터트렸다.

나는 눈물이 나오려는 것을 간신히 참으면서 어린 미림이를 달랬다.

"미림아, 사람들이 보는데 이러면 안 돼. 아빠는 조금 있다 나갈 테니까 엄마 말 잘 듣고, 공부 잘하고, 건강하게 자라야 해. 자, 울지 말고 가 봐, 응."

그러나 미림이는 떨어지기 싫다고 몸부림치면서 마구 흐느껴 울었다.

교도관도 어쩌지 못하고 멍하니 쳐다보기만 했다.

나는 저만치 떨어져 있는 아내를 노려보았다. 이런 데까지 아이를 데리고 온 아내가 저주스러웠다. 아이에게 이런 꼴을 보이다니, 나는 입술을 깨물며 눈물을 삼켰다.

아내가 다가와 미림이를 나에게서 떼어 갔다.

나는 얼른 버스 안으로 들어갔다. 창가에 앉아서 울고 있는 미림이에게 손을 흔들었다. 안경이 온통 눈물로 얼룩져 있는 것을 볼 수가 있었다.

문득 소희의 모습이 시야에 들어왔다. 그녀는 사람들 사이에 우두커니 서서 나를 이상한 듯 바라보고 있었다.

나는 푸른 하늘을 올려다보았다. 눈부신 햇살에 눈을 바로 뜰 수가 없었다.

차가 달리는 동안 나는 마음속으로 모든 것들에게 이별을 고했다.

여름이 다 가기 전에 젊은 검사는 나에게 사형을 구형했다. 그는 나에게 사형을 구형하면서 도덕적으로 가장 타락한 흉악범이라고 못 박았다.

그 전에 신경정신과 의사가 찾아와서 나를 검진했는데 나의 정신 상태에 이상이 없다는 판단이 나왔다. 나는 다행이라고 생각했다.

며칠 후 재판장 역시 나에게 사형을 언도했다.

각 신문들은 기다렸다는 듯이 일제히

〈피아노 살인 사건 범인에게 사형언도〉

라고 보도했다.

　재판장은 나에게 사형을 언도하면서 마지막으로 할 말이 없느냐고 물었다.

　나는 잠시 생각해 보았지만 별로 할 말이 없었다. 그렇다고 그에게 유언을 말할 입장도 못 되었다. 그래서 나는 별로 할 말이 없다고 말했다.

　그동안 너무 지루했고 감방에 갇혀 있는 것이 권태롭기 짝이 없었기 때문에 모든 것을 빨리 좀 끝내 주었으면 좋겠다고 만 말했다.

　사형언도가 내리고, 그 다음 날 아내가 나를 찾아왔다. 나는 그동안 아내의 면회를 받아 주지 않다가 그 날 처음으로 아내를 만나 보았다. 아내에게 할 말이 있었기 때문이다.

　"나를 잊으라구. 그 사건은 생각할 필요 없어. 이제 다 끝난 것이니까, 미림이나 훌륭하게 키워 줘요. 그리고 당신은 아직 젊으니까 재혼을 해야 해."

　"아니에요. 대법원까지 가려면 아직 멀었어요. 당신은 살아날 수 있어요."

　"살아나더라도 나는 죽은 목숨이나 다름없어. 사형 아니면 무기일 테니까 말이야. 내 걱정 말고 당신 걱정이나 해, 나는 아주 편안하니까 말이야."

　나는 아내가 재혼해 줄 것을 간곡히 부탁했다. 아내는 울면서 돌아갔다.

　소희는 나를 만나러 오지 않았다. 그녀가 나를 면회 올 것이라고 기대했던 것은 아니지만, 나는 왠지 좀 섭섭했다.

여름이 지나고 가을이 됐을 때 하유미가 나를 찾아왔다. 그녀는 얼마 동안 유치장 생활을 하다가 나왔다고 했다. 그녀는 없는 돈을 털어 나에게 사식을 넣어 주었다. 그녀는 말을 안 했지만, 나는 그녀가 다시 사창가에 나가고 있다는 것을 눈치 챌 수 있었다.

나는 너무 실망해서 그녀에게 화를 냈다. 내가 누구에게 화를 내 보기는 그 때가 처음인 것 같았다. 나는 내가 놀랄 정도로 화를 냈다.

"너 같은 것 다시는 보기도 싫으니까 나를 찾아오지 마. 더러운 것 같으니! 내가 너를 거기서 빼 줬을 때 내가 부자였기 때문에 그런 돈을 쓴 줄 아니?! 망할 년 같으니! 썩 꺼져버려! 꺼지란 말이야!"

나는 심한 욕설과 함께 고래고래 고함을 질렀다. 유미는 울면서 돌아갔다.

그러나 그녀는 며칠 후에 다시 나를 찾아왔다. 그녀는 사창가에서 다시 나왔다고 말했다. 나는 너무 기뻐서 그녀를 붙들고 오랜만에 활짝 웃었다. 그녀는 어느 식당 종업원으로 나가고 있다고 말했다.

유미는 그 뒤 사흘 걸러 나를 찾아왔다. 내가 그만 찾아오라고 말했지만, 그녀는 듣지 않고 계속 나를 찾아왔다.

나는 어느 새 그녀가 면회와 주기를 기다리는 신세가 되었다. 그녀가 오는 날은 아침부터 밥도 먹지 않은 채 그녀가 오기만을 초조하게 기다렸다.

아내는 더 이상 나를 찾아오지 않았다. 나는 아내를 보고 싶지도 않았다.

내 사건은 고등법원으로 올라갔다. 사형수에 대해서는 자동적으로 대법원의 판결까지 있어야만 집행이 될 수 있기 때문이었다.

나는 대법원 판결이 날 때까지 그 길고 지루한 나날을 어떻게 견딜까 생각했다. 나는 그 지루하고 긴 나날들을 견뎌낼 수 있을 것 같지 않았다.

나는 여전히 독방에 감금되어 있었다.

어느덧 가을이 가고 겨울이 왔다.

조그만 창문을 통해 첫눈이 내리는 것이 보이던 어느 날, 나는 또 한 번 죽음에 직면해야 했다.

고등법원이 나에게 사형언도를 내린 것이다.

이제 나에게는 대법원의 마지막 판결이 남아 있었다. 대법원은 고등법원의 판결을 확인해 주는 절차에 지나지 않는다는 것 정도는 나도 알고 있었다.

두 번이나 사형언도를 받았지만 나는 아직도 죽음이 실감나지 않았다. 내 목에 밧줄이 걸린다는 것이 도무지 사실로 믿기지가 않았다.

그런데도 불구하고 죽음의 그림자는 서서히 나를 잠식해 들어가고 있었던 것 같았다.

어느 날 나는 깨진 거울을 통해 내 모습을 보고는 소스라치게 놀라지 않을 수 없었다.

내 자신도 나를 알아보기 어려울 정도로 나는 무섭게 바짝 말라 있었다. 그렇지 않아도 마른 내 얼굴은 피골이 상접해서 차마 보기 민망할 정도였다. 나는 내 얼굴에서 금방 죽음의 그림자를 찾을 수 있었고, 내가 몹시 불안해하고 있다는 것도 느낄 수 있었다.

나는 죽음의 그림자를 떨쳐버리기 위해 열심히 바퀴벌레처럼 살아야겠다고 마음먹었다.

그 해 겨울은 혹독하게 추웠다. 나는 겨우내 추위에 떨면서 지내야 했다.

나는 이제 인간이랄 수 없는 모습으로 변해 있었다. 나는 이제 완전히 바퀴벌레처럼 되어 있었다.

겨울이 다 갈 무렵 마침내 대법원의 확정 판결이 있었다. 사형을 확정한다는 판결이었다.

그 결정이 내려지자 나는 갑자기 편안하다는 느낌을 맛보게 되었다.

그 때까지 마음 한 구석에 남아 있던 불안과 초조의 감정은 씻은 듯이 사라지고, 나는 오히려 편안한 잠 속에 빠져드는 것 같은 느낌이 들었다. 이제 나에게 남은 것은 죽음을 기다리는 것 뿐이었다.

대법원의 사형 확정 판결이 내려지고 나서 1주일쯤 지났을 때, 아내가 나를 찾아왔다.

"차라리 잘 됐어. 무기나 받았으면 정말 어떡할까 걱정했었지. 죽을 때까지 죽는 날을 기다리며 언제까지고 이 속에 갇혀 있을 생각만 하면 정말 끔찍했어. 당신을 남겨두고 먼저 가게 되어서 미안해. 내 몫까지 다 합쳐서 미림이를 잘 키워 줘. 그리고 물론 재산이야 별 것 아니지만 당신이 모두 알아서 처리하도록 해요."

아내는 눈물 사이로 내 눈치를 살피다가, 마침내 속에 품고 왔던 말을 꺼냈다.

"저기 이혼해 주세요."

"이혼해 달라고? 이혼을 하고 말고 할 필요가 없잖아. 난 곧 죽을 텐데."

"하지만 그런 건 싫어요. 그렇게 되는 건 싫어요."

나는 이내 아내의 말뜻을 알아차렸다. 그렇다. 아내는 사형수의 아내로 있다가 과부가 되기 싫은 것이다. 그런 몸으로 재혼하기는 싫을 것이다. 그 전에, 내가 사형 집행되기 전에 나와 정식으로 이혼한 다음 과부 아닌 이혼녀로서 다른 남자와 재혼하고 싶은 것이다.

"좋아요. 당신이 원한다면 그렇게 해 주지."

나는 서슴없이 그렇게 해 주겠다고 말했다. 아내가 야속하다는 생각은 들지 않았다. 나는 당연히 해 줘야 할 것을 해 주는 그런 기분이었다.

그런데 아내가 가고 난 다음 날 유미가 나를 찾아왔다.

유미는 대뜸 나와 결혼하고 싶다고 말했다. 나는 그럴 수 없다고 머리를 흔들었다.

"나는 얼마 안 있어 죽을 몸이야. 왜 그런 짓을 하려고 하는 거지?"

"선생님의 아내가 되고 싶어요."

"하지만 우리는 얼마 살 수도 없고 나는 얼마 안 있어 죽을 몸이야. 그건 쓸데없는 허시이야."

내 말을 듣고 유미는 울었다. 그녀는 오직 나를 사랑하기 때문에 내가 죽기 전에 나의 아내가 되고 싶다는 것이 그녀의 주장이었다.

"너한테 남겨줄 게 난 아무것도 없어."

"그게 무슨 말씀이세요? 제가 뭘 바란다고 했나요?"

나는 감격한 나머지 눈물이 다 나왔다.

나는 마침내 그녀의 요구를 받아들이기로 했다.

아내와 이혼 절차가 끝나는 것과 동시에 나는 유미와 결혼식을 올렸다. 식을 올렸다고 하지만 그것은 정식으로 식을 올린 것은 아니었다. 서류상으로 정식 부부임을 입증한 것에 지나지 않았다.

우리는 손 한번 잡을 수도 없었고, 신혼여행 같은 것은 생각할 수도 없었다. 신방도 차릴 수 없었고, 단지 얼굴만 쳐다보다가 헤어졌다.

그러나 유미는 무한히 행복한 표정을 짓고 있었다. 정말로 서류상으로 내 아내가 되긴 했지만, 나는 어린 그녀가 아무래도 내 아내라는 생각이 들지 않았다.

그녀가 내 아내라고 생각하기까지는 상당한 시간이 걸렸다. 그러나 그녀는 그렇지 않았다. 그녀는 정말로 내 아내처럼 행동하고 말했다. 그녀는 이제 정말 내 아내였다. 나는 그녀를 아내라고 부르기로 마음먹었다.

그녀는 거의 매일이다시피 나를 만나러 왔다. 우리들의 결혼은 다시 한 번 신문에 대대적으로 보도되었다.

〈 피아노 살인 사건 범인, 윤락녀와 결혼. 〉

신문들은 대개 이와 같은 제목으로 우리들의 결혼을 센세이셔널하게 다루었다.

그리고 죽음을 얼마 남겨두지 않은 사형이 확정된 죄수와 결혼한 유미의 숭고한 사랑에 초점을 맞추어 감동적으로 기사들을 다루었다.

유미와 결혼함으로써 나는 바퀴벌레로부터 다시 인간으로 돌아왔다. 나는 하루하루가 즐거웠고, 그런 상태가 오래 지속되기를 갈구하기 시작했다.

나는 인간적인 삶을 누리고 싶었다. 밤이면 죽음의 그림자가 나를 괴롭히기 시작했다. 나는 삶과 죽음의 갈림길에서 다시 고민하기 시작했다.

어느 날 유미가 나를 찾아왔을 때 나는 그녀에게 강력한 삶의 욕구를 보여주었다. 나는 그녀에게 감옥에서 나가서 유미와

사형수 · 343

함께 살고 싶다고 말했다.
"선생님은 결코 죽지 않을 거예요."
유미는 울면서 나를 그렇게 위로했다. 나는 그 날 밤을 거의 뜬눈으로 지샜다. 손으로 콘크리트 벽을 쓰다듬기도 하고 주먹으로 그것을 때리기도 하면서 살고 싶어 몸부림치며 밤을 하얗게 지샜다.
교도관의 발자국 소리에 깜짝깜짝 놀라는 때가 많아졌다. 그들이 나를 사형대에 끌고 가기 위해 다가오는 것만 같이 생각되었기 때문이다.

겨울이 가고 봄이 왔다.
조그만 창 밖에 비치는 봄볕이 나는 더없이 그리웠다. 봄바람과 파아란 하늘과 햇볕이 더없이 그리웠다.
나는 살고 싶었다. 만일 내가 살아나면 이 세상에 다시 태어난 기분으로 열심히 살 수 있을 것 같았다.
그런 어느 날 나에게 뜻밖의 선물이 날아들었다. 그것은 죽음이 아닌 삶의 선물이었다.
대통령이 나의 형을 감형시켜 준 것이다. 그래서 나는 사형에서 무기형으로 감형되었다. 일단 목숨을 건진 셈이었다.
교도관은 그 사실을 알려 주려고 찾아와서 웃으면서 이렇게 나에게 말했다.
"당신은 참 운이 좋았어요. 아내를 잘 얻었다구요."
"그게 무슨 말입니까?"

"대통령께서는 당신 두 사람이 결혼한 것을 신문 보도를 통해 알고 있었어요. 그래서 감동하고 있었는데, 그러던 차에 당신 아내가 대통령한테 직접 탄원서를 보낸 모양이에요. 제발 목숨만은 건져 달라고 장문의 편지를 눈물로 써서 보낸 모양이에요. 대통령은 감동한 나머지 이 여자를 위해서라도 당신을 사형 집행시켜서는 안 된다고 했대요."

그 날 나를 찾아온 유미는 아무 말도 못한 채 내 손을 끌어 쥐고 울기만 했다. 나도 감격에 목이 메어 눈물이 앞을 가려 아무 말도 할 수 없었다.

"기다리겠어요. 선생님을 언제까지나 기다리겠어요. 이제 얼마든지 기다릴 수 있어요. 선생님이 나오실 때까지 열심히 돈도 벌고 열심히 살겠어요."

유미는 생명에 넘쳐 그렇게 말했다.

나는 그녀에게 부끄러웠다. 그리고 그녀에게 깊이 감사했다. 그녀가 드디어 나를 살려냈던 것이다. 그녀의 사랑이 나를 살려낸 것이다.

나는 비로소 사랑의 힘이 얼마나 위대한가를 깨달았다. 비록 내가 석방되지 않고 감옥 속에서 여생을 지낸다 해도, 나는 즐거운 마음으로 얼마든지 기다릴 수 있으리라.

< 끝 >

피아노 살인에 대하여

작가 백 휴

삶은 욕망 그 자체이다. 이것이야말로 김성종의 철학인가?

'삶 = 욕망 그 자체'라는 철학, 이 난순하면서도 심오한 철학은 '피아노 살인'에 잘 드러나 있다.

「피아노 살인」은 그 빼어난 작품성에 비해 거의 주목을 받지 못해 왔다.

그 이유는 이 땅의 추리문학에 대한 이해의 부족과 비판의 부재에서 연유했다고 보여지는데, 더구나 불륜(不倫)이라는 소재를 통해 독자의 심기를 흐려놓음으로써(불륜하면 으레 진부한 소재 혹은 왠지 언급하기가 꺼려지는 소재처럼 여겨지는 모양이다) 결국 불륜을 통해 김성종이 말하고자 했던 바는 '욕망'이란 점을 간과하게 만들었던 것이다.

외견상 이 작품은 김성종의 다른 작품에 비해 분량도 아주 적고, 스토리에도 큰 굴절이나 변화가 없으며, 격렬한 액션도 보이지 않는다.

「부랑의 강」 정도가 스토리 진행과정의 측면에서 이 작품과 비슷하지 않나 싶다. 그러나 양자는 그 질에 있어서는 천양지차

(天壤之差)이다.

　나는「피아노 살인」이 김성종이 쓴 추리소설 중에 최상의 작품이라고 생각한다. 그 이유로 네 가지 점을 꼽을 수 있다.

　첫째, 한국 최초의 포스트 모던한 추리소설이다.

　둘째, 김성종이 독자를 사로잡는 방식인 $Y=F(B)=D\propto P/K$를 구현하고 있다.

　셋째, 김성종 개인의 굴절된 심리를 떨쳐버린 인간적으로 가장 성숙한 작품이다. '**심리비평에 의한 김성종 읽기**' 참조

　넷째, 욕망이라는 가장 보편적인 주제를 다루고 있다. 이것은 민족사의 비극을 다룬「최후의 증인」보다 더 보편적이라고 할 수 있다. 이 글에서는 욕망에 초점을 맞춰보자.

　「피아노 살인」의 대강의 줄거리는 다음과 같다.

줄거리

　나(안동구)는 아내의 입을 통해 위층에 사는 피아니스트 오세란이 죽었다는 얘기를 듣는다. 그녀의 시체가 곤돌라에 의해 내려져 간 며칠 후, 이웃이라 하여(나의 딸이 오세란한테서 피아노 레슨을 받고 있었다) 형사가 찾아온다. 형사는 공교롭게도 대학 동창이었다.

　수사가 진행됨에 따라 아파트 내부자의 소행일 가능성이 높아지고, 강 형사의 출현은 빈번해진다.

　피살자 오세란은 뒤통수에 둔기(벽돌)로 얻어맞고 스타킹으로 목이 졸려 죽었는데, 매듭으로 보아 범인은 왼손잡이일 것

으로 추정된다. 형사의 수사가 본격화되는 동안, 나는 한편으로 대학 제자인 소희와 데이트를 즐긴다. 그녀와 해변가에서 수영을 하고, 바캉스 철에 단둘이서 여행을 떠날 약속까지 한다.

강 형사는 내가 외출한 사이 집안으로 들어가 서재를 조사해 오세란이 나에게 준 리사이틀 팜플릿을 가져간다. 여기서부터 상황은 긴박하게 돌아간다.

강 형사는 매서운 의심의 눈초리로 나를 감시한다.

그 며칠 후, 반동강난 벽돌—반은 오세란의 집에서 발견, 오세란의 머리카락이 엉겨 붙어 있음—이 나의 서재에서 화분받침대로 사용되어지다가 발견된다.

이제 상황은 거의 종국에 이르렀다.

형사들은 나를 범인으로 지목하고 추궁한다. 나는 도리질을 하며 완강히 거부하다가 며칠 여유를 달라고 부탁한다. 강 형사는 친구이기에 기꺼이 그 부탁을 들어 준다.

때는 8월초.

비바람이 몰아치던 어느 날, 나는 소희와 만나기 위해 부두로 나간다. 함께 무인도로 여행을 떠나기 위해서이다. 그러다가 아직 약속시간까지는 여유가 있다고 생각되어 비도 피할 겸 영화관에 들어간다.

영화를 보다가 남녀의 정사장면에 흥분해서는 영화관을 뛰쳐나와 창녀촌을 찾아간다. 거기서 임신 중인 18살의 앳된 창녀 하유미를 만난다. 갑자기(까닭 없이, 자신도 납득할 수 없는 이유로) 그녀에 대한 무한한 동정심과 연민에 사로잡혀 거액의 몸

값을 포주에게 지불하고 그녀를 창녀촌에서 구해낸다.

그런 다음, 소희와의 약속을 가차 없이 저버리고(하긴 며칠 동안 흥분한 마음을 가다듬을 시간을 형사로부터 약속 받은 상황에서 그녀와의 약속을 지킬 기분도 아니지만), 낙태수술을 한 창녀 하유미와 작은 섬마을로 배를 타고 떠난다.

그러나 결국 거기서 며칠 묵다가 형사에게 체포된다. 경찰서로 호송되어 조서가 꾸며지고 끝내는 재판대에 선다.

아내가 면회를 온다. 나는 아내가 범인이라는 것을 알지만 기꺼이 아내를 대신해 죗값을 받는다. 그런데 그것은 아내와 재결합하기 위한 것이 아니었다.

어찌된 셈인지 나(안동구)는 아내와 기꺼이 이혼을 하고 창녀 하유미(그녀의 노력으로 사형에서 무기징역형으로 감형된다)와 옥중 결혼식을 올린다.

「피아노 살인」을 읽다가 나는 창녀 하유미가 등장하는 대목에서 심한 혼란을 느꼈다. 소설은 막바지에 이른 느낌이었으며, 따라서 예상된 파국(破局)과 그에 따른 놀랄만한 반전을 기대했는데, 전혀 다른 양상의 새로운 스토리가 거기서부터 전개되고 있었기 때문이었다.

이 새로운 전개의 양상은 확실히 일반적인 추리소설과는 달랐다. 보기에 따라서는 이상하게 생각될 수도 있는 후반부가 없었다면 「피아노 살인」은 그저 진부한 불륜을 다룬 평범한 추리소설로 전락하고 말았을 것이다.

그 후반부가 있음으로 해서 양으로는 7할이 넘는 앞부분이 새롭게 조명되어 부각된다. 창녀 하유미는 '불륜의 대상'이 아니라 '욕망의 대상'으로 다가온다. 이것은 언어의 유희가 아니다. 궤변을 늘어놓는 것도 아니다. 이 욕망은 '죽음에의 충동'과 '삶에의 충동'으로 변별된다.

"갈매기가 날개를 접더니 밑으로 쏜살같이 떨어졌다……＜중략＞……갈매기는 수면을 차면서 다시 날아올랐다." ―P8

여기서 갈매기는 주인공 안동구(나)의 분신이다.

"갈매기 한 마리가 저만치 외따로 떨어져서 홀로 날아다니고 있는 것이 나의 시선을 끌었다. 그 갈매기는 내가 항상 보아온 그 갈매기인 것 같았다. 가슴이 유난히 하얗고 다른 갈매기보다 힘차게 날고 있는 그 갈매기를 볼 때마다, 나는 항상 자식을 만난 듯 반가움을 느끼곤 했다." ―P113

갈매기의 하강이 죽음에의 충동이라면 안동구를 죽음에의 충동으로 몰고 가는 것은 무엇일까? 그것은 사물화(死物化)된 아내와의 관계이다.

안동구의 집안은 단란한 중산층이다. 아내는 수다쟁이이지만, 특별한 결점이 없으며 외동딸 미림이도 무럭무럭 자라나고 있다. 한데 엉뚱하게도 그는 무언지 불만과 일상의 무료함에 빠져 있는 듯이 보인다.

"나는 서랍 속에 넣어둔 사직서를 꺼내보았다. 그것은 석 달 전에 써둔 것이었는데 아직 내 서랍 속에 그대로 들어 있었다. 일신상의 이유로 사표를 제출하니 받아주기 바란다는 내용이었다. 아내가 이것을 보면 펄펄 뛸 것이다." ―P27

오히려 대학 교수라는 사회적 신분을 그는 부담스럽게 느끼고 있을 정도였다.

"오히려 그 때가 더 그리웠고, 지금은 위선으로 가득 찬 생애를 살고 있는 것 같은 생각이 들었다." ―P89

오세란이 밤늦게까지 치는 피아노 소리는 안동구에게 욕망을 불러일으킨다.

"그 때 내가 느낀 것은 누가 피아노를 치는지는 몰라도 그 사람은 대단한 정력가임에 틀림없을 거라는 생각이었다." ―P17

안동구는 결국 오세란을 만나 깊은 관계에 이르지만, 그녀가 피아노 앞에 앉아 알몸인 채로 죽자 그의 시선은 새로운 욕망의 대상을 찾아 제자 소희에게로 향한다. 소희와 급속도로 가까워진 안동구는 그녀와 해변가로 나가서 위험천만인 수중 애무에

열을 올리는데, 아직 도덕적 위선의 각질을 깨지 못하는 자신을 이렇게 묘사하고 있다.

"우리는 입과 입을 마주 댄 채 수면 위로 올라왔다……수면 아래서는 그녀의 다리와 내 다리가 서로 얽혀 있었다." ─P129

아내를 감쪽같이 속이고 오세란과 제자 소희를 만나는 동안에도, 안동구는 자신의 위선을 떨쳐내지 못한다. 그것은 달리 말하면, 욕망이라는 내면의 소리에 아직 솔직하게 귀를 기울이지 못했음을 의미한다.

그는 소희를 만나 여행을 떠나기 위해 부두로 나갔다가, 너무 일찍 나오는 바람에(이것은 그가 형사에게 심리적으로 쫓기고 있기 때문이었다) 시간의 여유가 있자 영화관에 들어간다. 공교롭게도 애정영화를 보던 그는 야한 장면이 나오자 성욕을 느낀다.

"갑자기 나는 성욕을 느꼈다……갑자기 여자를 안고 싶다는 생각이 나를 못 견디게 만들었다……좀 더 기다리면 소희를 안게 될 수 있을 것이다. 그런데도 다른 여자를 안고 싶었다." ─P264

이 욕망은 그를 창녀촌으로 내몰아 임신 중인 18살의 어린 창녀 하유미를 만나는 계기가 된다. 하지만 이 욕망은 천박하고 조급한 것이지만은 않다. 그것은 전에 느껴보지 못했던 새로운 욕망이다. 욕망은 늘 새로운 것일 수밖에 없다.
　안동구는 창녀를 따라 방으로 들어가는 기분을 이렇게 묘사하고 있다.

　"내 가슴은 뛰고 있었다. 나는 마치 처음 여자를 안아보는 소년처럼 가슴이 쿵쿵 뛰고 있는 것을 분명히 느낄 수가 있었다." ─P266

　안동구는 포주에게 돈을 주어 창녀촌에서 하유미를 구해내고 산부인과로 데려가 태아를 낙태시킨다. 그는 자신의 이러한 행위를 스스로도 납득하지 못한다.

　"왜 그녀와의 약속을 어기고 어린 창녀와 이렇게 엉뚱한 짓을 하고 있는지 내 스스로 생각해도 놀라웠다." ─P286

　안동구의 새로운 욕망은 이성적으로 이해될 수 없다. 그것은 온전한 욕망 자체이기 때문이다. 이성은 도덕으로 무장되기 마련이며, 그 도덕적 무장에 의해 욕망과 대립된다.
　어린 창녀 하유미와 섬으로 여행을 떠나는 행위는 문명이나 도덕과의 결별을 의미한다. 그리고 하필 그 섬에서 (자신을 쫓는 형사가 친구였으므로 돌아와서 체포될 수도 있었을 텐데) 형사(도덕과 질서의 수호자)에 의해 체포되었다는 것은 사회가 이성과 도덕을 저버리는 행위를 용납하지 않음을 보여준다.
　여기서 안동구는 기존의 법과 질서, 우리의 관념을 지배하는 도덕과 이성에 패배하는가? 아니, 안동구는 패배하지 않는다. 왜냐하면 오세란을 죽인 범인은 자신이 아니라 아내이기 때문이다. 오세란을 벽돌로 내려치고 그것도 모자라서 잔인하게 스타킹으로 목을 조른 사람은 바로 아내였다. 따라서 기존의 도덕과 법이 훼손당하지 않으려면 아내를 잡아 처벌해야만 한다.

한데, 안동구는 왜 뚜렷한 이유도 없이 즉 아내를 전혀 사랑하지 않는데도 아내를 대신해 저지르지도 않은 죄를 뒤집어쓰고 재판대에 서려고 하는 것일까? 앞 뒤 없는 이 돌출적인 행동을 어떻게 설명할 수 있을까?

그는 장자의 '나비 꿈'에서처럼 현실과 꿈의 경계를 무너뜨린다. 경계가 무너짐으로써 그가 도달하는 세계는, 자신도 아내 못지않은 사악한 본성을 갖고 있다는 인식이다.

"인간의 범죄성이란 인간의 본성이 아닌가. 영원히 없어질 수 없는 인간의 본성." ―P52

"우리 모두는 도둑놈이고 강도고 살인자야. 왜냐하면 우리들 사이에서 우리와 똑같은 인간조건을 지닌 사람들 속에서 살인자가 생겨나고 강도가 생겨나기 때문이지." ―P116

"제기랄, 내가 살인범이라니. 하긴 뭐, 살인범이라고 대단할 거야 없지. 누구나 살인자가 될 수 있는 기니까." ―P219

그렇지만 '범죄 가능성의 인자(因子)'를 가지고 있다고 해서 다 '현실의 범죄자'가 되는 것은 아니다.

흡사 양자를 혼동하는 듯 한 이 인식은, 그러나 뒤집어본다면, 안동구는 '철학자의 가면을 쓴 범죄자'인 반면 아내는 '살인범의 누명을 쓴 평범한 주부'라는 결론에 이르게 된다.

이것이야말로 장자의 '나비 꿈'이 진정 의미하는 바이다. 이 작품의 묘미와 빼어난 점은 여기에 있다.

욕망이라는 주제와 관련하여, 갈매기의 비상(飛上)에 해당되는 부분, 즉 안동구가 아내라는 울타리를 벗어나 '오세란→소희→하유미'에 이르기까지 끊임없이 상대를 바꿔가는 동인(動因)이 암시하는 바는 절륜한 정력 따위가 아니다.

그것은 언제나 무지개처럼 한 걸음 다가설 때마다 뒤로 물러나는 욕망 자체이다. 욕망은 변형된 모습으로 반복된다.

이것은 다름과 같음으로 반복되는 것이며, 은유와 환유로서 드러난다. 욕망도 언어처럼 은유와 환유의 구조를 갖는다.

아내에게서 오세란, 오세란에게서 제자 소희, 소희에게서 하유미로 넘어가는 고비마다 다음과 같은 욕망이 불러일으키는 활력이 있다.

"유미와 결혼함으로써 나는 바퀴벌레로부터 다시 인간으로 돌아왔다. 나는 하루하루가 즐거웠다." ―P342

인간의 삶이란 늘 욕망의 맹목성에 농락당하고 있다. 이 굴레를 벗어날 수 있는 인간이란 없다. 희망이란 맹목적 욕망의 시적 승화이며, 종교인이 제시하는 천국이라는 보증수표도 따지고 보면 사후 세계 뒤로 욕망의 맹목성을 연장한 것에 지나지 않는다. 그렇다면 우린 이렇게 질문할 수 있다.

안동구가 아내를 저버리고 바람을 피운 것은 바보 같은 짓이 아니냐고? 왜냐하면 우리가 욕망 자체에 속는 것이라면 우린 아무것도 정착할 수가 없기 때문이다.

그렇다. 창녀 하유미도 안동구가 궁극(窮極)으로 삼는 욕망의 대상이 아니다. 하유미도 안동구의 아내나 오세란 그리고 소희와 비교해 처지가 하나도 나을 게 없다.

여기서 지혜(知慧)를 생각해야 하는 안목이 생긴다. 날마다 새로운 꽃향기를 찾아다녀야 하는 꿀벌의 수고로움과 그 어느 꽃도 꿀벌을 완전하게 만족시켜 줄 수 없다는 것을 안다면, 향기와 꿀이 떨어진 꽃이라 해도 비록 그것이 사물화(死物化)된 대상이라 해도, 더구나 짧은 인생을 생각한다면, 사랑하는 아내를 저버려서는 안 된다는 인식이 생겨난다.

「피아노 살인」만큼 삶이란 욕망이라는 주제를 극명하게 보여주는 소설도 드물다.

심리비평에 의한 김성종 읽기

1. 여러분은 추리문학관이 왜 서울이 아니라 부산에 세워졌는지 생각해 보셨습니까?

부산은 거대 도시이긴 하지만, 문화적으로는 서울에 비할 바가 못됩니다.

서울에 세워졌다면 지금보다 훨씬 더 중앙 언론매체의 스포트라이트를 받을 수 있었을 겁니다.

김성종은 왜 그런 것에 전혀 무관심했던 것이었을까요? 무욕(無慾)의 낭인(浪人)처럼 세속적인 이득에 관심이 없었던 것일까요?

다시 묻겠습니다.

왜 하필 부산입니까? 부산에서 오래 살아왔으니까 번잡하게 서울로 올라갈 필요 없이 그냥 부산에 세웠다고 간단히 대답할 수 있을 겁니다.

하지만 김성종의 고향(비록 중국 제남에서 태어났지만)은 전라남도 구례군으로 알고 있습니다. 영호남이 별로 사이도 좋지 않은데 왜 구례가 아니라 부산입니까? 구례라면 또 다른 뜻으로 충분히 애착을 가질 수 있었다고 생각합니다.

이것 역시 '부산에 오래 살아왔으니까!' 인 것입니까?

좋습니다. 그렇다고 칩시다.

그럼 왜 하필 외떨어진 달맞이 고개입니까? 문화적으로 번화한 부산의 유명 거리나 지성의 산실인 대학촌 같은 곳이 아니라 왜 산비탈에 세웠을까요?

경관이 빼어나서라구요? 그렇습니다. 미포 앞바다는 아름답습니다. 아주 틀린 얘기는 아닙니다.

그러나 이것에 대한 궁금증의 완전한 해소는 작년(1997년)에 4개월간 생존했다가 폐간된 대중문학잡지 엑스칼리버 7월호에 실린 다음 구절에서 찾을 수 있을 듯싶습니다.

"특히 그가 열 살 무렵 때의 일은 그의 성장기에 더욱 그늘을 드리워 주었다. 여수의 산비탈 난민촌에서 피난살이를 하던 김성종은 어머니와 여섯 번째로 태어나던 동생을 동시에 잃는 고통을 당했다……."

― 엑스칼리버 7월호 P180

저는 이것이 김성종의 개인사(個人史)에 있어 가장 의미심장한 사건이었다는 점에서 빅뱅(Big Bang)이라고 부르겠습니다.

어쨌거나 위 구절을 읽은 후 바다가 훤히 내려다보이는 달맞이 고개와 여수의 산비탈을 연관 지은 것은 저로서는 당연한 연상이었습니다. 하지만 여러분은 거부감을 느끼실지 모르겠습니다. 이건 너무 자의적이지 않느냐?

혹은 '성인이 되어서 취한 모든 행동이 어린 시절의 상처에서 비롯되었다.'는 환원주의적 해석의 위험에 빠져 있다고 경고하실 수 있을 것입니다.

추리문학관을 부산 달맞이고개에 세운 까닭에 대한 얘기는 잠시 접어둡시다. 대답은 조금 있다가 하기로 하겠습니다.

2. '김성종이 무엇이냐?'라고 정체성(identity)을 물어온다면, 저는 $Y=F(B)=D \propto P/K$ 라고 말하겠습니다.

위의 등식 기호는 김성종 추리소설의 '심리지평'을 드러내는 동시에 '본질'이며 '구조'라고 감히 말할 수 있습니다.

이 심리지평의 한 축에 「피아노 살인」이 있으며, 그 반대 축에 「백색인간」이 있습니다.

그림1

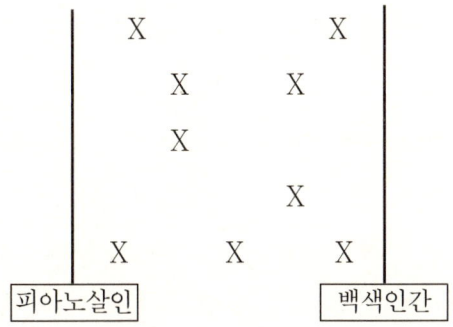

여타의 거의 모든 작품은 이 양축 안에서 좌표(座標)를 매길 수 있으며, 달리 표현한다면 김성종은 이마에 「피아노 살인」, 뒤통수에 「백색인간」이라는 딱지를 붙이고 지구 위에 서 있는 형국입니다.

그림2

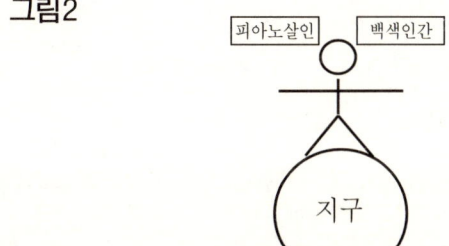

위의 그림에서처럼 원환적인 사고로 본다면, 이마에서 가장 먼 곳은 뒤통수 「백색인간」이며, 뒤통수에서 가장 먼 곳은 이마

「피아노 살인」입니다.

김성종은 지구를 떠날 수 없습니다. 어쩌면 독수리 5형제처럼 지구를 굳건히 지킬 모양입니다. 왜냐하면, 지구는 그가 좀처럼 떨칠 수 없는 자신의 심리지평이기 때문입니다.

이것은 시계추에 비유될 수도 있습니다.

시계추는 좌에서 우로 우에서 좌로 쉬지 않고 움직입니다만, 좌우의 특정 지점 밖으로 나아갈 수가 없습니다.

좌의 끝 지점에 「피아노 살인」이 삶의 깃발을 꽂고 있으며, 우의 끝 지점에 「백색인간」이 죽음의 깃발을 꽂고 있습니다.

그렇다면 비유된 시계추의 진면목은 무엇일까요?

그것은 놀랍게도— 전 너무 놀라고 흥분되어 밤잠을 설칠 정도였습니다— Baby 즉 아기입니다.

아기는 김성종을 이해하는 키워드입니다. 신화제의(神話祭儀)적 의미에 있어 아기는 '죽음/삶'을 체현(體現)하는데, 그도 그럴 것이 아기의 탄생은 구세대의 죽음인 동시에 신세대의 삶이 시작되는 지점이라고 말할 수 있기 때문입니다.

$Y=F(B)$에서 B는 Baby의 이니셜입니다.

잠깐! $Y=X+1$이라는 함수를 생각해 봅시다. X의 정의역이 '$1 \leq X \leq 3$ (X는 정수)'이라면, Y는 2, 3, 4의 값을 갖게 됩니다.

마찬가지로 B의 관계와 양태(B를 누가 임신했는가, 아버지는 누구인가, B가 낙태되었는가 등등)에 따라 Y의 값은 결정됩니다.

$Y=F(B)=D \propto P/K$에서 D는 형사(Detective)이고 K는 범인(Killer)이며, P는 창녀(Prostitute)를 나타냅니다.

여기서 중심 되는 관계는 $D \propto 1/K$입니다.

이것은 힘의 반비례 관계를 기호화한 것입니다.

김성종의 추리소설에서 살인이 일어나고 D가 K를 추적한다고 생각해 봅시다. 형사의 힘이 커지면(수사에 진전이 있으면), 범인의 힘이 약화(궁지에 몰린다는 의미에서)됩니다.

$D \propto 1/K$은 이 상관관계의 표현입니다.

사실, P는 양상이 좀 다릅니다. P는 D 혹은 K와 힘의 관계에 있진 않습니다.

제가 주목한 점은 P는 K가 궁지에 몰렸을 때 거의 일백프로 등장한다는 것입니다. 한데, 여기서 P는 반드시 돈을 주고 사는 매춘부일 필요는 없습니다. P는 가발상점의 노처녀일 수도 있고, 여염집 과부의 모습으로도 나타나며, K에게 '성적 노리개'의 대상이 되는 모든 여자들을 의미합니다.

이에 그치지 않고 P는 김성종식 문체(Style)를 설명하는데 빠뜨릴 수 없는 요소이기도 합니다. P는 가급적 시·공간의 축약을 사용하지 않으면서 손에 땀을 쥐게 하는(이것은 김성종 본인이 즐겨 사용한 표현입니다) 긴장과 재미를 주기 위해 소설에서 필수불가결한 장치인 것입니다.

아무튼, $Y=F(B)=D \propto P/K$에서, P의 위치는 논리적으로 타당하지는 않지만, 경제성의 원칙에 따라(과학에 있어 한 현상을 설명할 수 있는 두 가지의 법칙이 있다고 했을 때, 상대적으로 더 간단하게 표현될 수 있는 법칙이 선호된다) K 위에 위치하여도 크게 무리는 없다고 보여집니다.

앞서 저는 이 등식기호가 김성종의 심리지평을 드러낸다고 했습니다. 본질이나 구조라는 말도 썼습니다. 표현은 다르지만 제가 말하고자 하는 바는 하나입니다.

힘주어 말하건대, $Y=F(B)=D\propto P/K$ 는 김성종 추리소설의 원형(Prototype)입니다. 그의 다른 모든(약간의 검증절차가 남아 있긴 합니다만) 작품은 이것의 배리에이션 즉 변형(Variation)에 불과합니다.

피아노 살인: $Y=F(B)=D\propto Pb/K$

백색인간: $Y=F(B)=D\propto P/Kb$

일곱 개의 장미송이: $Y=F(B)=D\propto Pb/Kb'$

얼어붙은 시간: $Y=F(B)=Db'\propto Pb/K$

경찰관: $Y=F(B)=Db'\propto \sim P/Kb$

나는 살고 싶다: $Y=F(B)=D\propto P/K$

女子는 죽어야 한다: $Y=F(B)=D\propto P/Kb$

세 얼굴을 가진 사나이: 백색인간과 같은 구조. 셋은 쌍둥이처럼 닮아 있다 등등……

다 체크해 보지는 못했으나 「최후의 증인」에서 손지혜가 임신을 하고, 「Z의 비밀」과 「서울의 황혼」에서 피살자가 임신 3개월, 「미로의 저쪽」에서 남편의 죽음을 복수하는 오월이 임신 중이었다는 것은 절대 흘려 넘길 일이 아닙니다.

3. '심리비평'이라는 말로써 제가 암시하려고 했던 점은 ―

심리적 환원주의자가 됨으로써 김성종의 비웃음이나 노여움을 살지도 모르겠지만 Y=F(B)=D∝P/K 는 김성종이라는 한 개인의 정신(Mind)이기도 하다는 것입니다.

눈치 빠른 독자는 앞서 인용했던 '태어나던 동생'이 바로 Baby라는 걸 짐작하셨을 겁니다. 그렇습니다. 이것이 제가 위에서 말한 Baby가 아니고 무엇이란 말입니까? 김성종의 주요 저작 곳곳에 Baby가 나오는 점은 부인할 수 없습니다.

김성종에게 지울 수 없는 콤플렉스가 있었다는 것은 분명해 보입니다. 여기서 '콤플렉스'란 심리학에서 사용하는 용어로서, 흔히 말하는 열등감이 아니라, 원체험(源體驗) 즉 유년기의 충격적인 경험을 말합니다.

사실, 경중의 차이는 있겠지만, 이런 것은 누구에게나 있습니다. 따라서 앞서 1)에서 유보되었던 추리문학관이 부산에 세워진 이유에 대한 제 대답은 이렇습니다.

달맞이고개의 비탈은 여수 산비탈의 배리에이션입니다. 그의 작품세계에서처럼 김성종은 여수에 관련된 기억—절망과 희망(빅뱅)—을 현실에서 배리에이션하고 있는 것입니다.

그의 작품세계가 빅뱅에 근원을 두고 있다는 것은 다음 인용에서도 분명해 보입니다.

"……그 애가 네 애인이나 되는 거야? 아는 애야?"
"아니야. 본 적도 없는 여자야. 하지만 여자가 죽는 바람에 뱃속에 있는 아기까지 죽었잖아."

"그게 어떻다는 거야? 네가 그 여자를 죽인 거야? 너하고는 아무 상관도 없잖아."

"그래. 나하고는 상관없어. 하지만 좀 불쌍해."

― 세 얼굴을 가진 사나이, 상권 P172

하지만 정말 달맞이고개의 비탈이 여수 산비탈을 배리에이션하고 있는 것일까요? 아니, 그 전에 대체 뭘 배리에이션하고 있다는 겁니까? 저는 어머니의 산고(産苦)를 배리에이션하고 있다고 봅니다. 산고란 문자 그대로 아기를 낳는 고통입니다. 어머님은 그 신성한 탄생의 순간에 돌아가셨습니다.

이것은 김성종에게 죄의식을 불러일으켰습니다. 어떤 죄의식일까요? 본인은 살아남았다는 죄의식입니다. 그야말로 살아남은 자의 슬픔이며 고통입니다. 죄의식은 속죄행위를 낳습니다. 이런 의미에서 저는 김성종이 효자이고 어머니를 진정 사랑했다고 봅니다. 그의 초기 작품에서 느껴지는 따뜻한 인간애는 이것에서 비롯되었다고 생각합니다.

한데 속죄행위라뇨? 남자인 김성종이 아기를 낳을 수는 없는 게 아닙니까? 당연히 그렇습니다. 영화에서, 아놀드 슈왈체네거나 아기를 임신하지 현실에서 그럴 수는 없습니다.

하지만 김성종이 누구입니까?

김성종은 작가입니다. 작가가 작품을 창작하는 행위를 산고에 비유하는 것을 여러분도 들으셨을 겁니다. 이것은 창작행위가 분만의 고통만큼 힘들다는 비유적 표현만은 아닙니다.

창작에 몰두하는 많은 예술가가 자식을 갖지 않는 이유는 자신의 작품을 자식이라고 생각하고 있기 때문이라는 것(창작이 아기를 갖는 것과 거의 같은 기쁨을 맛본다는 의미에서)은 일정 부분 정설로 받아들여지고 있습니다. 따라서 김성종은 여수 산비탈에서 어머님이 겪었던 고통을 부산 달맞이고개에서 속죄의 심정으로 재현하고 있는 것입니다.

그러나 아직 저 또한 미심쩍음을 느끼고 있습니다. 과연 이렇게까지 설명될 수 있는 것일까? 한국의 무능한 검찰이 짜 맞추기 수사를 하듯, 하나의 이론을 가설로 내세우고 거기에 꿰맞춘 것은 아닐까요?

저는 이런 의문에 대해 '빅뱅과 시선(視線)'을 참고할 수 있다고 봅니다.

시선의 측면에서 볼 때 김성종의 작품은 3단계로 분류할 수 있습니다.

첫째, 자기연민(自己憐憫)의 시선입니다.

자기연민이란 어떤 감정입니까? 자기를 동정적으로 바라보는 감정입니다. 여기에서는 '바라보는 자기'와 '바라보여짐을 당하는 자기'가 있습니다.

특히 '바라보여짐을 당하는 자기'에 주목해 봅시다. 이것은 어머님을, 피어나지도 못한 동생을 잃은 자의 슬픈, 고독한, 보헤미안적인 모습입니다.

김성종의 초창기의 작품은 자기연민의 시선을 가지고 있습니다. 위에서 얘기했듯 이것은 따뜻한 눈을 가진 휴머니티의 시선입니다.

그러나 나쁜 측면도 있습니다. 시선이 늘 자기를 향해 있다는 것입니다.

「경찰관」에서 오병호는 자신 주변에 있는 무엇을 보고 있어도 결국 자기를 보고 있습니다. 갈매기를 볼 때도, 살인자로 의심받는 어부를 볼 때도, 비유하자면 굴러다니는 하찮은 돌멩이를 볼 때도 결국은 자기를 보고 있는 것입니다.

나(주인공) ← (시선)

둘째, 분노의 시선입니다.

무엇에 대한 분노입니까? 어머니와 아기를 죽인 조물주 혹은 세상에 대한 분노입니다.

이것은 막연하지만, 작품에서 구체성을 띨 때 아주 분명하게 드러납니다.

「백색인간」·「여자는 죽어야 한다」·「세 얼굴을 가진 사나이」는 이 분노를 표현하고 있습니다.

「백색인간」의 서남표는 자신이 좋아했던 여자 홍난미가 아기를 낙태한 것을 안 후 낙태를 한 산부인과 원장 우동철을 그리고 나중에는 홍난미를, 「여자는 죽어야 한다」에서 Z는 자신의 아기를 밴 여자를 교통사고로 사망케 한 배수지와 염상희를, 「세 얼굴을 가진 사나이」에서 배삼배는 씨앗이 다른 여동생(M이라는 사이비 시인의 아기를 임신 중이었다)을 역시 교통사고로 사망케 한 제로회원(노는 것에 미쳐 있는 남녀혼성의 젊은이 그룹)을 무참히 살해합니다.

어느 정도인가 하면 귀를 잘라내고 젖가슴을 도려내기까지 합니다. 잔인하게 살해한다는 것은 그만큼 분노가 크다는 것을 의미합니다.

젖가슴을 도려낸다니까 80년 광주의 봄이 생각나는군요. 그곳에서도 잔인성이 있었습니다.

전두환의 시선이 분노의 시선이라고는 말할 수 없지만, 서남표 · Z · 배삼배의 시선과 같은 점은 타인의 시선을 허용치 않는다는 데 있습니다. 그 때 국민은 한결 같이 전두환이 집권을 해서는 안 된다고 생각했습니다. 하지만 그에 대한 그의 대답은 총검이요 탱크였습니다.

타인의 시선을 허용하지 않는다는 점에서, 술에 취한 아빠 · 김일성 같은 독재자 · 강간하는 남자는 매한가지입니다. 이것은 이렇게 표현될 수 있습니다.

나(주인공) ➜ (시선)

이것은 자기에게서 밖으로 향하는 시선만 있지 밖에서 안으로 즉 타인에게서 자기로 향하는 시선은 없습니다.

셋째, 쌍방향의 시선이 있습니다.

나에게서 타인으로, 타인에게서 나로 향하는 시선이 그것입니다.

나(주인공) ➜ (시선) ← 타인(타자)

「피아노 살인」이 이에 해당하는데, 이것은 건강한 시선입니다. 타인의 존재를, 타인의 응시(凝視)를 인정하는 시선입니다. 김성종의 경우, 쌍방의 시선에 도달하기 위해서는 해결해야 할 숙제가 있습니다. 그 숙제는 「빅뱅」으로부터 눈을 돌릴 수 있는 용기를 가질 수 있느냐 하는 것입니다.(이 점은 좀 있다가 설명하겠습니다.)

　위의 3가지 시선에서 제가 말하고자 하는 바는 이렇습니다. 3가지 시선이 모두 직, 간접으로 빅뱅과 닿아 있다는 것입니다.

　빅뱅의 파문은 김성종의 전 존재와 관련되어 있습니다. 왜냐하면 위의 3가지 시선을 벗어나는 작품은(내용에 관계없이 시선으로만 따지면 김성종의 작품뿐만 아니라 모든 작품이 그렇기는 하지만) 존재할 수 없기 때문입니다. 앞서, 지구(심리지평)를 떠날 수 없다는 것은 이런 뜻이기도 했습니다.

　따라서 빅뱅의 엄청난 영향력을 감안한다면, 김성종이 힘들여 고통스럽게 자신의 작품을 창작해 나갈 때 어머님의 고통을 배리에이션하고 있다는 것은 잘못된 유추가 아닙니다.

　4. 김성종의 작품은 유년기의 충격적인 체험이 예술혼(藝術魂)으로 승화된 전형적인 경우로 보여집니다. 승화되었다는 것은 빈말이 아닙니다. 아마도 그랬을 거라는 막연한 추정이 아니라 구체성을 띠고 있습니다.

　김성종의 Baby는 살아보지도 못한 핏덩어리에서 '삶'과 '죽음'이라는 추상으로 변모해갑니다.

　삶이란 욕망이며 '성적인 욕망'인 에로스는 피아노로 압축될 수 있습니다.(피아노 건반은 성감대입니다) 또한, 죽음이란 타나토스(죽음에의 충동)이며 그의 작품에서(추리소설이니까) 동전의 이면이랄 수 있는 살인으로 나타납니다. 아래 그림을 봅시다.

그림3

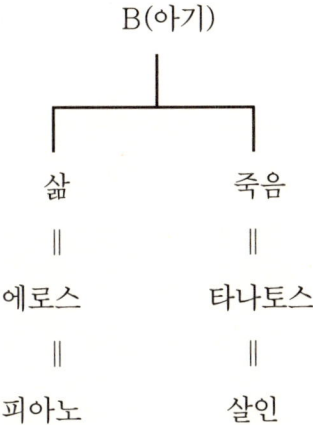

우리가 김성종의 작품 「피아노 살인」에 주목해야 하는 이유가 바로 여기에 있는 것입니다.

포스트 모던한 성격을 갖는 「피아노 살인」을 분석해 봅시다.

5. 결론적으로 말해서 「피아노 살인」은 다음의 3가지 특징을 갖고 있습니다.

①. 이 작품은 김성종 개인의 심리라는 측면에서 가장 성숙한 것이라 말할 수 있습니다.

②. 그러면서도 여전히 독자에게 보여줬던 전형적인 '재미의 틀' 즉 $Y=F(B)=D \propto P/K$에 충실하다는 점입니다.

③. 앞서 지적했던 것처럼 이 작품은 한국 최초의 포스트 모

던한 추리소설이라고 말할 수 있습니다.

위의 세 가지 점에서 볼 때, 나는 이 작품을 쓴 시점을 김성종의 절정기라고 봅니다. 절정기라는 표현이 다소 모호하기는 하지만, 위의 3가지 점이「피아노 살인」을 최고로 만드는 것이라고 나는 확신합니다.

사실,「피아노 살인」은 부산 해운대 백사장을 거닐면서 녹음기에 육성으로 녹음을 해서 쓴 작품이라고 합니다. 이 작품이 없었다면 김성종은 훨씬 낮게 평가되고 말았을 것입니다.

우선「피아노 살인」이 김성종 개인의 심리에 있어 가장 성숙한 작품이라는 점에 주목해 봅시다. 앞서 언급했듯이 김성종이 성숙해진다는 것은 빅뱅으로부터 눈을 돌릴 수 있어야함을 의미합니다. 좀 더 구체적으로 그것은 어머니의 고통 다시 말해 어머니라는 존재로부터 눈을 돌려야하는 것입니다. 물론 이것은 일시적인 외면을 뜻하지는 않습니다.

어머니와 상관없이 본인의 인생을 꾸려 감을 의미합니다. 어머니의 고통이 혹은 어머니를 졸지에 잃었다는 슬픔이 김성종의 인생에 개입해서 그의 감정과 진로를 왜곡시켜서는 안 되는 것입니다.

김성종의 어머니는「피아노 살인」에 있어 '소희'라는 인물로 나타나는데, 다음과 같은 표현은 어머니의 품에 안긴 김성종 자신의 모습에 다름이 아닙니다.

"그녀는 허리를 뒤틀다가 두 손으로 내 머리를 끌어안았다. 나는 아기가 된 기분으로 그녀의 젖꼭지를 빨았다. 그녀는 더 힘껏 나를 끌어안았다. 행복하다는 느낌이 내 전신에 퍼져왔다. 나는 자고 싶다고 생각했다.……" ―P233

소희는 처음에는 욕망의 대상으로 다가오지만, 안동구(김성종의 분신)는 왠지(아마도 김성종의 무의식에서 소희가 어머니라는 것을 깨닫고) 섹스를 단호히 거부합니다.

"함께 누울 수 있다는 사실이 무엇보다 중요했기 때문에 우리는 옷을 벗고 이불 속으로 들어갔다.…… <중략> ……그녀는 나를 받을 준비가 되어 있었다. 그러나 나는 그녀를 범하고 싶지가 않았다. 범한다는 것이 왠지 싫었기 때문이다……" ―P234

안동구는 여기에서 근친상간의 욕구를 버리고 새로운 건전한 욕망의 대상을 찾아갑니다. 그 대상은 10대의 창녀인 하유미입니다. 그가 창녀에게서 구원을 받는 장면에서 김성종의 인생철학은 남김없이 표현됩니다.
누군가가 김성종에게 '인생은 무엇인가?' 라고 묻는다면 그는 이렇게 대답할 것입니다.
삶이란 욕망 그 자체이다, 라고……
프로이트에 의하면 쾌락원칙 너머에 '무의식적인 반복충동' 이 있다고 했습니다. 그것은 욕망자체를 욕망하는 것이며, 삶이란 끊임없는 욕망의 반복이며 그 자체로는 아무것도 아닌

무라고' 말할 수 있습니다.

여기서 프로이트의 '반복충동'은 라캉의 '욕망하는 주체' 입니다. '욕망하는 주체'가 무엇인지는 장황하게 설명하지 않겠습니다.

첫째, <피아노 살인>의 플롯은 이런 욕망 자체를 표현하고 있으며, 욕망이 그치지 않을 거라는 암시에서 우린 김성종의 인생관을 엿볼 수 있게 되는 것입니다.

"인간의 욕망을 완벽히 충족시키는 유일한 대상은 죽음뿐이고 죽음을 연기시키는 욕망이 삶이요 서사이다. 그리고 그것은 '다르게 반복하기'에 의해 이루어진다. 잡고 보니 모든 게 허상이고 무엇으로도 가슴이 채워지지 않는 허무는 바로 삶 그 자체이다. 아니, 허무이기에 계속되는 것이 우리의 삶이다."

― 영화와 소설 속의 욕망 이론 P198

두 번째로 「피아노 살인」이 $Y=F(B)=D\propto P/K$의 전형을 보여준다고 할 때, 나는 안동구가 수사망이 좁혀져 오자(강 형사로부터 의심을 받을 때) 창녀를 찾아가는 대목을 떠올리게 됩니다. '전형'이나 '틀'이라는 용어로서 제가 말하고자 하는 바는 그것이 김성종이 우리 독자들에게 제시한 재미있는 추리소설의 표현방식이라는 것입니다.

추리소설에 창녀가 빈번히 등장함으로써, 혹은 섹스가 남용됨으로써 생겨나는 문제점에 대해서는 다른 기회에 말하도록 하겠습니다.

세 번째로 「피아노 살인」은 포스트모던(Postmodern)한 작품이라는 점에 대해 말씀드리겠습니다

포스트모더니즘(Postmodernism)은 뚜렷하게 규정하기 힘든 그러면서도 많은 사람들이 그 실체를 인정할 수밖에 없는 현상을 지칭합니다.

신세대(新世代)를 둘러싸고 나타나는 현상(TV에 친숙하고, 논리보다는 감각을 선호하고, 타인 지향적이며, 가벼운 것을 즐기는)뿐만 아니라, 미국의 히피족과 로큰롤, 여성해방운동에 이르기까지 그 범위와 내용이 다양합니다.

이처럼 포스트모더니즘은 너무나도 다양한 현상을 포함하기 때문에 일관된 내용과 체계를 갖고 있지 않으며, 따라서 하나의 '시대정신'처럼 보이지만 하나의 통일된 개념으로 정의하기는 쉽지가 않습니다. 그럼에도 불구하고 '기존의 권위에 대한 부정'이라는 점에서 하나의 공통점을 갖습니다.

그렇다면 포스트모던한 추리소설이란 어떤 소설일까요? 역설적으로 들리겠지만, 추리를 부정하는 추리소설입니다. 이것을 과연 추리소설이라고 할 수 있을까요?

이런 극단적인 예를 우리는 F. 뒤렌마트의 「판사와 형리」(Der Richter und Sein Henker)에서 찾아볼 수 있습니다.

「판사와 형리」는 발단부에서는 전통 추리소설의 도식을 따르고 있지만(경찰관에 의한 살인 현장 발견), 곧 수사진행은 도식과는 다른 양상으로 굴절됩니다. 수사관은 사건해결에 적극

적으로 뛰어들지 않습니다. 그는 다만 한 살인 용의자를 점찍어 놓고 그를 자신의 조수로 고용한 뒤, 그를 관찰하는 데 정신을 쏟습니다. 요컨대, 그는 전통 추리소설의 양식에서는 발견되지 않는 엉뚱한 일을 벌이고 있는 것입니다. 이에 대해 이 소설을 번역한 차경아는 이런 결론을 내렸습니다.

"뒤렌마트는 전통적 탐정소설의 유희법칙이 불합리한 것임을 입증시키려 했고, 결과적으로 이 장르 자체가 지양된 소설을 썼다고 할 수 있다." ―**판사와 형리** P284

뒤렌마트가 위의 결론에 도달할 수밖에 없었던 이유는 그의 세계관이 이성 혹은 발전에 대한 믿음을 부정하는 '우연의 세계관' 위에 기초하기 때문이었습니다.

새삼 여기서 뒤렌마트의 세계관을 논하고 싶지는 않습니다. 여기서 주목해야 할 점은 그가 추리소설이라는 타이틀을 달고 추리 즉 합리적 해결을 부정하고 있다는 것입니다. 이것이야말로 그의 작품이 포스트 모던하다고 불리우는 이유입니다.

같은 이유로 우리는 「피아노 살인」을 포스트 모던하다고 말할 수 있습니다.

창녀 하유미가 나타나는 시점까지 「피아노 살인」은 전통적인 추리소설의 기반 위에 서 있습니다. 그러나 창녀가 나타나는 순간 전통적인 도식은 깨어집니다.

전통적인 추리소설에 의하면 주요인물은 작품의 초반부에

나타나야 하는데(창녀 하유미는 살인자는 아니지만 작품 전체에서 차지하는 비중이 엄청나게 크므로 뒤에서 갑자기 튀어나오는 점에는 무리가 있습니다. 이것은 다른 말로 얘기하면, 주인공 나(안동구)는 왜 소희와 여행을 떠나지 않고 창녀와 떠나게 되느냐는 문제와 관련되어 있습니다) 그렇지 않다는 것과 이 결과로서 전통적인 추리소설과는 달리 선악(善惡)의 경계가 모호해진다는 것입니다.

선과 악의 경계선이 희미해지는 것이야말로 포스트 모던한 특징 중의 하나입니다.

이 추리소설에서 살인범은 아내입니다.

나(안동구)의 아내가 질투심에 사로잡힌 나머지 피아니스트 오세란을 벽돌로 내려치고 그것도 모자라서 스타킹으로 목을 졸라 죽인 것입니다.

한데, 나(안동구)는 사랑하지도 않으면서 아내를 대신해 살인자의 오명을 기꺼이 뒤집어쓰고 아내의 요구에 따라 이혼까지 해 줍니다. 이런 터무니없는 행위에 대해 김성종은 작중인물인 나(안동구)의 입을 통해 이렇게 말합니다.

"나는 생각해 보지 않을 수 없었다. 왜 내가 오세란을 죽였을까? 내가 정말 오세란을 죽인 것일까? 나는 나도 모르는 사이에 오세란을 죽인 것일까?……" —P253

장자의 '나비 꿈'처럼 현실과 꿈 사이의 경계가 허물어지고 이 혼동은 '살인자가 과연 아내인가 나인가?' 라는 극한 물음에 도달하게 됩니다. 이에 대한 대답은 이렇습니다.

"……제기랄, 내가 살인범이라니. 하긴 뭐, 살인범이라고 대단할 거야 없지. 누구나가 다 살인자가 될 수 있는 거니까……" ―P219

누구나가 다 살인자가 될 수 있다는 가능성을 현실로서(안동구는 아내 대신 재판을 받는다) 받아들임으로써, 선악의 경계는 가차 없이 파괴됩니다.

이것은 통상 추리소설이 지향하는 보수적이고 체제유지적인 가치에 위배됩니다. 뿐만 아니라 문제의 합리적인 해결을 지양(止揚)함으로써 논증의 진실에도 도달하지 못합니다.

이것이야말로 이 작품의 포스트모던한 성격이 아니고 무엇이겠습니까?

1980년대 중반에, 전혀 포스트모더니즘 이론을 몰랐던(?) 김성종이 오로지 무의식적 충동에 의해 포스트 모던한 작품을 썼다는 것은 자못 놀라울 따름입니다.

이것은 앞서 제가 지적한 것처럼 대중소설의 한계선에까지 나갔다는 점을 극명하게 보여준다고 하겠습니다.

<끝>

김성종 추리소설

『최후의 증인』-상·하 | 김성종 장편추리소설
한국일보 창간 20주년 기념 공모 당선작! 살인 혐의로 20년간 억울하게 옥살이를 한 황바우의 출옥과 동시에 일어나는 살인 사건! 사건을 뒤쫓는 오병호 형사의 집념으로 20년 동안 뒤엉킨 사건의 전모가 백일하에 드러난다.

『제5열』-상·중·하 | 김성종 장편추리소설
일간스포츠에 연재한 최고의 인기소설! 대통령선거를 기화로 국제 킬러를 고용, 국가를 송두리째 삼키려는 범죄 집단의 음모를 적나라하게 파헤친 수사진! 종래의 추리물과는 그 궤를 달리한 한국 최초의 하드보일드 추리소설!

『부랑의 강』- | 김성종 추리소설
여대생과 중년 신사가 벌인 불륜의 사랑이 몰고 온 엽기적 살인 사건! 살인범으로 몰린 아버지의 무죄를 확신하고 사건에 뛰어든 딸! 집요한 추적을 벌이는 정통 추리극! 사건의 종점에서 부딪치게 되는 악마의 얼굴은 과연?

『일곱개의 장미송이』- | 김성종 추리소설
임신 3개월 된 아내가 일곱 명의 악당에게 유린당하자 평범하고 왜소하고 얌전하던 남편이 복수의 집념을 불태운다. 아내의 유언에 따라 범인을 하나씩 찾아 내어 잔인하게 죽이고 영전에 장미꽃을 한 송이씩 바치는 처절한 복수극!

『백색인간』-상·하 | 김성종 장편추리소설
허영의 노예가 되어 신데렐라의 꿈을 쫓는 미녀의 끈질긴 집념과 방탕! 그녀를 죽도록 사랑하는 나머지 그녀를 혼자 독차지하려는 이상 성격을 가진 청년의 단말마적인 광란! 그리고 명수사관이 벌이는 사각의 심리 추리극!

『제5의 사나이』-상·중·하 | 김성종 장편추리소설
국제 마약조직이 분실한 2천만 달러의 헤로인 6kg! 배신자들을 처치하고 헤로인을 찾기 위해 홍콩으로부터 날아온 국제킬러 '제5의 사나이'! 킬러가 자행하는 냉혹한 살인극과 경찰이 벌이는 숨가쁜 추적의 하드보일드 추리극!

『반역의 벽』-상·하 | 김성종 장편추리소설
한국이 개발한 신무기 '레이저-X', —핵무기를 순식간에 녹여버릴 수 있는 레이저-X의 가공할 위력! 이를 빼내려는 국제 스파이의 음모와 배신, 이들의 음모를 저지하는 수사관의 눈부신 활약. 국내 최초의 산업스파이 소설!

『아름다운 밀회』-상·하 | 김성종 장편추리소설
신혼여행 도중 실종된 미모의 신부로 인해 갑자기 살인 용의자가 되어버린 신랑! 그가 벌이는 도피와 추적! 미녀의 뒤에 가려 있던 치정과 재산을 둘러싼 악마들의 모습을 밝혀낸 추리극의 결정판! 김성종 추리소설의 새로운 지평!

『라인 -X』-상·중·하 | 김성종 장편추리소설
교황을 살해하려는 KGB의 지령에 따라 잠입한 스파이 '라인-X'! 킬러의 총부리가 교황을 위협하는 절대 절명의 순간, 신출귀몰하는 라인-X와 이를 제압하는 한국 경찰의 생사를 건 한판 승부를 치밀하게 묘사한 국제적 추리소설!

『어느 창녀의 죽음』- | 김성종 단편집
작가 김성종의 탄탄한 필력을 유감 없이 보여 주는 주옥같은 단편집! 신춘문예 당선작 「경찰관」및 「김교수 님의 죽음」, 「소년의 꿈」, 「사형집행」등을 수록. 순수문학과 추리기법의 접목으로 독자를 매료하는 김성종 추리소설의 백미!

『죽음의 도시』- | 김성종 SF단편집
김성종 SF단편소설집! 김성종이 예견한 기상천외한 미래사회의 청사진! 「마지막 전화」, 「회전목마」, 「돌아온 사자」, 「이상한 죽음」, 「소년의 고향」등 SF 걸작들! 새로운 문학장르를 개척하려는 김성종의 끊임없는 실험정신!

『여자는 죽어야 한다』-상·하 | 김성종 장편추리소설
김성종이 시도한 실험적 추리소설! 첫 장에서 독자는 예고살인 속으로 여행을 시작한다. "오늘 밤 여자 한 명을 죽이겠다. 여자는 한쪽 귀가 없을 것이다. 잘 해봐!" 살인 예고장을 보는 순간 독자들은 숨가쁜 긴장 속으로 빠져든다.

『한국 국민에게 고함』-상·중·하 | 김성종 장편추리소설
추악한 한국 국민들에게 보내는 對 국민 경고장! "한국 국민에게 고함! —이 경고를 받아들이지 않으면 테러를 감행할 수밖에 없다"! 테러조직의 가공할 폭탄 테러에 전율하는 시민들과 이를 추적하는 수사진의 필사적인 노력!

『국제열차 살인사건』-1·2·3 | 김성종 장편추리소설
이탈리아 밀라노에서 눈 덮인 알프스산맥을 넘어 스위스 취리히에 이르는 낭만의 기나긴 여로—그 여로 위를 달리는 국제열차에서 벌어지는 살인 사건! 한 사나이의 父情과 분노가 국제열차 속에서 엮어내는 눈물겨운 복수의 드라마!

『슬픈 살인』-1·2·3·4 | 김성종 장편추리소설
부산 해운대를 무대로 펼쳐지는 김성종의 새롭고 야심찬 대하 추리소설! 뜨거운 여름 바닷가를 중심으로 벌어지는 젊은이들의 애욕과 애증의 파노라마가 몰고 온 엽기적 연쇄 살인 사건! 범인을 찾아 수사진이 벌이는 추리극의 백미!

『불타는 여인』-상·하 | 김성종 장편추리소설
불처럼 화려한 여인의 육체에 감염된 공포의 AIDS! 무서운 AIDS를 접목시켜 공포의 연쇄 살인을 연출해낸 김성종 최신 장편 추리소설—현대 여성의 비극적 자화상을 경탄할만한 솜씨로 묘파해낸 우리시대의 새로운 인간드라마!

『제3의 사나이』-상·하 | 김성종 장편추리소설
대통령 출마를 선언한 대재벌 회장! 일본에 의해 지배당할 운명에 처한 한국 경제를 구하기 위해 독재자에게 도전장을 낸 재벌 회장의 과거 약점을 쥐고 협박을 해오는 검은 그림자! 그들을 무자비하게 칼로 살해하는 제3의 사나이는?

『죽음을 부르는 소녀』- | 김성종 추리소설
친구들과 지리산에 올랐다가 실종된 무당의 딸 현미, 민가를 침범하는 호랑이와 산 속에 사는 사냥꾼 부자의 숙명적인 대결! 수십 년간 벼랑의 굴 속에서 숨어 살아온 빨치산 출신의 야수! 그들이 숨바꼭질하듯 벌이는 죽음의 드라마!

『홍콩에서 온 여인』-상·하 | 김성종 장편추리소설
군부의 지원을 받아 쿠테타를 성공시킨 염광림의 개혁 조치에 불안을 느낀 극우 보수 세력이 끌어들인 홍콩의 범죄 조직! 염광림을 제거하려는 킬러의 뒤를 끈질기게 추적하여 마침내 그들의 계획을 저지하는 오병호 경감!

『버림받은 여자』-상·하 | 김성종 장편추리소설
밝은 보름달 아래 피냄새를 쫓아 여자 사냥에 나선 식인개! 전설로만 전해 오던 그 개는 실제로 존재하는가? 맹수에게 물어뜯겨 살해된 시체로 발견된 한 남자의 아내와 그의 애인! 그녀들은 왜 그렇게 잔인하게 살해되었을까?

『코리언 X-파일』-상·하 | 김성종 장편추리소설
21세기를 향해 첫발을 내딛는 김성종 추리문학의 진수! 한반도의 운명을 좌우할 X-파일을 찾아라! 한·중·일 3국의 비밀 기관원들이 X-파일을 둘러싸고 벌이는 상상을 초월하는 음모와 배신! 첫 장부터 연속되는 흥미와 감동!

『형사 오병호』- | 김성종 추리소설
고층 호텔에서 추락사한 외국인에 이어 연쇄적으로 발생하는 살인 사건! 사건의 배후에 도사린 일단의 국제 테러리스트! 그들의 음모를 분쇄하기 위해 목숨을 걸고 사지에 뛰어든 형사 오병오의 숨막히는 스릴과 불타는 투혼!

『서울의 황혼』- | 김성종 추리소설
20층 호텔에서 벌거숭이로 떨어져 죽은 여배우 오애라— 그 뒤에 도사리고 있는 비밀 요정의 정체는! 그 곳에 도사린 마약·인신매매·밀항·국제 매음조직 등 깊고 우울한 함정을 날카로운 시각으로 파헤친 김성종 추리소설!

『세 얼굴을 가진 사나이』-상·하 | 김성종 장편추리소설
질두하는 스포츠카가 한 여인을 치고 달아나는 뺑소니 사고가 발생한다. 우연히 현장을 지나던 트럭 운전사 삼배는 분노에 찬 시선을 보내고…… 얽히고 설키는 사건의 전개는 과연 어떻게 마무리 될 것인가?

『얼어붙은 시간』- | 김성종 추리소설
임신한 어린 소녀가 사창가로 흘러들어 갔다. 그녀의 어린 남동생은 골목에서 손님을 불러들인다. 그리고 어느 날 그 사창가 쓰레기 더미 속에서 발견된 중년 남자의 시체! 강한 휴머니즘을 바탕에 둔 추리소설, 비극미의 극치!

『나는 살고싶다』- | 김성종 추리소설
이혼을 요구하던 아내의 갑작스런 죽음 때문에 살인 누명을 쓴 성불능 남편 최태오, 이어진 그의 탈옥! 죽음의 의식 속에서 더욱 강렬해지는 삶의 욕구! 피와 살이 튀기는 성의 고통과 환희 속에서 그는 집요하게 범인을 추적한다.

『미로의 저쪽』-상·하 | 김성종 장편추리소설
인생의 모든 것을 상실한 여인 몃月! 자신을 짓밟은 네 명의 악한을 상대로 '복수'에 생의 최후를 건다! 연약한 여인이 벌이는 처절하리만큼 비정하고 완벽한 복수극! 독신 형사와 여대생이 등장하여 극적인 전환을 이루는 추리소설!

『안개속에 지다』-상·하 | 김성종 장편추리소설
의문의 살해를 당한 세균학의 세계적 권위자인 유한백 박사! 이 사건 뒤에 잇달아 두 처녀가 피살된다. 미술을 전공한 미모의 외동딸 보화는 아버지가 남긴 막대한 재산으로 남자들을 고용, 범인의 추적에 나서는데……

『Z의 비밀』- | 김성종 추리소설
일본의 '적군파', 서독의 '바더마인호프단', 이탈리아의 '붉은여단', 팔레스타인의 '검은 9월단' ……세계의 도시 게릴라들이 모두 한국에 잠입했다. 암호명 'Z'의 비밀을 밝혀라! 그들과 한국 수사진이 숨가쁘게 펼치는 한판 승부!

『최후의 밀서』-김성종 장편추리소설
다섯 살 된 아이의 유괴사건, 그 아이가 어느 재벌 2세의 사생아임이 밝혀지면서 시종 숨가쁜 호흡을 토해 내는 기업에 얽힌 악마 같은 드라마! 유괴범을 집요하게 추적하는 형사 앞에 마침내 얼굴을 드러낸 'X'! 그의 정체는 과연?

김성종

1941년 중국 제남시 출생. 전남 구례에서 성장기를 보냈다.
구례 농고와 연세대학교 정외과 졸업한 후 언론매체에 종사하다가
전업 작가로 전업.
1969년 조선일보 신춘문예 단편소설 당선
1971년 현대문학 소설추천 완료
1974년 한국일보 장편소설 공모에 「최후의 증인」 당선
장편 대하소설 「여명의 눈동자」(전10권)는 TV드라마로 방영
장편 추리소설 「제5열」, 「부랑의 강」 등 50여 편의 작품을 발표하였다.

피아노 살인
김성종 장편추리소설

초판발행	2004년 05월 15일
2판 1쇄	2013년 07월 10일
저 자	金聖鍾
발행인	金仁鍾
발행처	도서출판 남도
등록일자	서기 1978년 6월 26일 (제2009-000039호)
주 소	경기도 성남시 중원구 둔촌대로 중일아인스플라츠 507호
전 화	031-746-7761 서울사무소 02-488-2923.
팩 스	031-746-7762 서울사무소 02-473-0481
Email	ndbook@naver.com

ⓒ 2013 Kim Sung Jong. Printed in Korea
저자와의 합의로 인지를 붙이지 않습니다.
ISBN 978-89-7265-573-2 03810
파본이나 잘못된 책은 교환하여 드립니다.

정가: 16,000원

이 책의 초판본은 1983년 도서출판 明知社에서 발행되었습니다.

이 도서의 국립중앙도서관 출판시도서목록(CIP)은 서지정보유통지원 시스템 홈페이지(http://seoji.nl.go.kr)와
국가자료 공동목록시스템(http://www.nl.go.kr/kolisnet)에서 이용하실 수 있습니다. (CIP제어번호: CIP2013006552)